谨以此书献给

甲午海战中英勇殉国的邓世昌等北洋水师官兵们

一百二十年前为中国的主权、独立和自由而奋战的海军官兵们

一百二十年中为这个国家做出贡献的所有中国人民

寻找邓世昌

北洋水师名舰追踪纪实

萨苏 著

北京日报报业集团
同心出版社

目录

屹立在威海卫刘公岛上的邓世昌塑像

自 序

120 年前，中国和日本之间爆发了一场影响两个国家国运的战争，这就是中国近代史上著名的甲午之战。

这场战争的一个重要的转折点便是大东沟海战，在这场海战之中北洋水师战败，从而失去了黄渤海的制海权，甲午战争形势急转直下。

但是在这场海战之中，有一名中国海军的高级将领却因为他的英勇善战而成为中国海军的军魂，他就是邓世昌。邓世昌殉国已经过去了两个甲子，但是他的身世乃至他最后的命运至今仍是人们所关心的。

随着 1963 年电影《甲午风云》的问世，由李默然饰演的邓世昌便成为深入人心的中国英雄。2014 年 9 月 30 日，随着中央电视台一条新闻的播出，邓世昌的名字再次引起了大家的关注——在丹东的大东沟水域，一条北洋水师沉没军舰被重新发现，它会不会是邓世昌当年带领前去撞击日本巡洋舰吉野号的那艘致远舰呢？

实际上，在甲午海战发生之后的 120 年中，关于北洋水师和它的战舰探索一直没有中断过，但这次的发现的确令人有耳目一新之感。笔者作为此次探摸与打捞的直接参与者，经历了这次搜索沉船的惊心动魄的过程，也曾经深入各地去寻访北洋水师在这个世界所留

笔者在北洋水师沉船打捞现场，背后的
岛屿即大东沟海战爆发地——大鹿岛

存的最后踪迹。北洋水师的战舰今天埋骨何方？丹东新发现的这条沉船是不是邓世昌的军舰？它到底曾经发生过哪些故事？在水下的它还隐藏着多少秘密？希望这份记录能带我们重回 120 年前甲午海战的战场，去感受那震动国运的一战，去体会中国海军的军魂。

更借此机会，对进入蒸汽时代后中国海疆内水下沉船的情况和文物打捞等工作做一回顾，体验幽深秘境中的水下探险故事。

这是一本根据作者亲历的经过写成的纪实性文学作品，虽然已经尽了最大的努力，但由于作者历史知识与新闻资料掌握的不足，仍难免挂一漏万，存在很多问题，仅希望将此书作为抛砖引玉中的那一块砖，引起更多的朋友予以指教和帮助，从而让那一段历史得以更多地为世人所知。

谨以此书献给甲午海战中英勇殉国的邓世昌等北洋水师官兵们。

谨以此书献给 120 年前为中国的主权、独立和自由而奋战的海军官兵们。

谨以此书献给 120 年中为这个国家做出贡献的所有中国人民。

2014 年 10 月 8 日，于北京

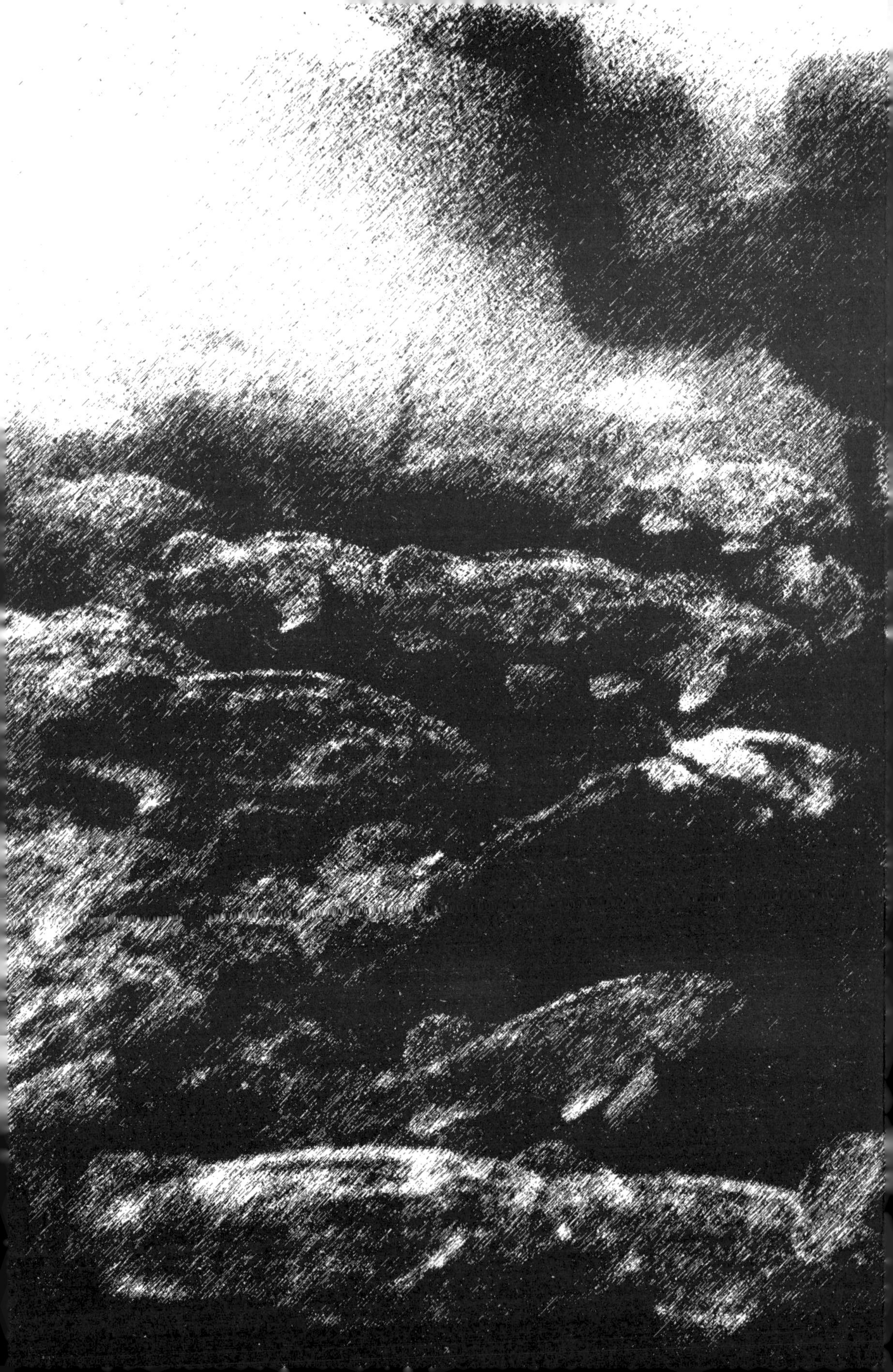

第一章

发现致远？

寻找邓世昌
北洋水师名舰追踪纪实

01

国庆节前的发现

2014 年，是甲午战争爆发两甲子的纪念年，在这一年中，无论是国防大学的《甲午　甲午》，还是海军精心制作的《北洋水师兴衰史》，电视上、平面媒体上关于甲午战争的报道让人们对这场战争产生了新的认识。

在这些报道的夹缝之中，9 月 30 日中央电视台新闻频道播出了一条并不太引人注目的消息：丹东黄海水域发现甲午海战沉船。

根据央视当时的报道，国家文物局考古人员确认在丹东黄海水域发现一艘体量在 1600 吨左右的沉船。考古队认为，该船是中日甲午海战中沉没的战舰，并将其命名为“丹东一号”。记者从国家文物局水下文化遗产保护中心获悉，这艘战舰全部深深地陷在淤泥之中，只有船体边缘微微突起于泥沙之上，船身上覆盖着大量的海底生物和渔网。

参加这次考古的调查队领队、国家水下考古中心周春水研究员说：这艘船损伤很严重，目前还需要对它进行抽沙才能获取关于船体的更多情况，但是体型符合军舰的特点。而调查队员黎飞艳介绍，他在下面拍照的时候发现该舰被大火烧过，而且烧得很厉害，到处都是凝结的碳粒。他还找到了一截已经被炸

北洋水师致远舰管带邓世昌

断的大炮炮管，他认为以此可以判断这确实是一艘北洋水师的战舰。

这条新闻在播出的时候便引起很多关注，而且细心的观众会注意到在这条新闻的末尾还播放了由考古队员在水下拍摄的录像资料，显示幽暗的海底之上，连绵的战舰铁甲和残骸接续不断，一直蔓延到摄影机无法看到的深邃空间。

但这仅仅是一个系列报道的开头，第二天中央电视台继续播放了关于这艘战舰的探摸情况。这次周春水研究员讲述了该舰在水下的状况，并且配有一段短暂的动画再现，而就是这段再现镜头引起了更多熟悉甲午海战朋友们的关心。这是因为此段录像中模拟了一艘战舰在水面负伤以后沉入水下的经过，而这艘双桅杆单烟囱的战舰其外形十分独特，很容易让人认出它秀丽的外观，那就是北洋水师最著名的那一艘致远舰。

谈到甲午战争，可能最让普通中国人记忆深刻的并不是当时双方的最高指挥者日本明治天皇或者中国慈禧太后与李鸿章，而是一名刚毅的中国海军将领，这就是在甲午海战中发出了“撞沉吉野”口令的北洋水师致远号巡洋舰管带邓世昌。

邓世昌的致远舰！

尽管看过《甲午风云》这部电影的中国观众对于邓世昌的事迹耳熟能详，但邓世昌的致远舰今天究竟在何方，他本人又埋骨何处，依然是颇为神秘的话题，而且也一直是人们所关心的事情。难道这次在丹东发现的就是邓大人的战舰吗？

如果国庆节这天的报道仅仅是一个暗示，那么10月2日的继续报道便显示了更多的证据。

在这次报道之中，不但周春水研究员提到这艘被定名为“丹东一号”的战

中国北洋水师致远号巡洋舰侧视图

舰有很大的可能便是致远号，而且中国海军史研究会会长陈悦先生也在电视机前向大家解析了自己的看法。他认为这次考古中发现的几样独特的水下物品应该已经基本锁定这艘战舰便是人们苦苦寻觅了 120 年的致远号。

如果这艘船真的是致远号，那么它在今天的舆论中引起的轰动不言而喻，有人评价其为“中国水下考古在北方海域的最大发现”。

由于考古工作的程序，这艘战舰的身份鉴定目前还在进行之中，但已经有很多朋友对于它是怎样被发现的以及水下探摸中到底经历了什么深感兴趣。

笔者在看到这条新闻时的感受又与大家不同，那是一种久别重逢之后的欣慰，因为笔者正是这次探摸打捞行动的参与者之一。

应该说，平面媒体对于这次打捞的报道要比电视早得多，虽然内容稍有含糊其辞的嫌疑。不过，如果审视这之前的报道，会发现包括笔者在内，很多参与者都信誓旦旦地把这艘正在进行勘测的沉船称作“超勇舰”。超勇舰也是在那场海战中不幸战沉的中国战舰。

到底是超勇还是致远?

对笔者而言，这真是个颇为尴尬的问题，但追溯整个探摸的经过，其中真相便不言自明。

无论致远还是超勇，都是我们所期待的，都是我们的船。

02

广岛，中国兵墓地前的鲜花

当然，对于一般百姓而言，无疑对致远舰和邓世昌更加熟悉。我自然也深深期望那是致远。实际上谈到邓世昌和他的致远舰，对他们的追寻不仅仅应该锁定在这一次探摸之中，如果把邓世昌从参军到阵亡，致远舰从诞生到沉没再到重新发现的历史串缀成一体，就仿佛一串散碎的珍珠，把中国海军在120年前的那一次自强努力与今天中国对于海权的渴求有机地联系在了一起，或者这干脆就是一段中国人追求海洋权益、保护自己海疆的历史印证。

笔者与北洋水师算是有着相当深厚的缘分，从20世纪90年代起，笔者曾在日本长期居住，就在那里偶然地发现，在神社之中、在寺院之中乃至在一些私人的庭院之中，都可以见到散落着当年北洋水师的各种残存。这种情况让笔者尤为吃惊，也就此开始了一段自发的历史探幽之旅。因为在我国甲午海战似乎仅仅存在于历史图书之中。当然，事后发现，在刘公岛和旅顺，北洋水师的遗骸也处处依稀可辨，只是不曾被我们注意到。

超勇或者致远，120年前的沉没战舰，对我们有着怎样的意义？

当笔者在日本寻访甲午战争遗物之时，在广岛比治山陆军墓地所经历的一

致远号巡洋舰公试照片

超勇号巡洋舰

北洋水师定远号的船钟，存于日本佐世保自卫队资料馆

幕让人深感心悸。由于从日本朋友口中得知，在广岛的这座墓地之中存在着数座中国士兵的墓葬，笔者专程前往广岛寻访。那一天正是樱花开败的时节，满地落英缤纷。踏着粉色白色的樱花花瓣，笔者沿环山公路而上到达了比治山陆军墓地窄小的入口。这是一座看起来十分幽静，仿佛与世隔绝的墓地，由于位于广岛市一侧的山陵顶端，攀援不易，道路崎岖，因此很少有人涉足。

在一排排日军墓葬之中，有一条笔直的甬道，沿着这条甬道一直向前便可以到达一个开阔的平台。这座平台上的墓葬有些特别，我们在这里可以看到法国士兵的墓地，那是当年在八国联军入侵北京时法国军队负伤士兵送到日本时死亡者留下的最后痕迹；在这里还可以看到德国水兵的墓碑，那里安眠的是第一次世界大战之中日军攻占青岛时阵亡的德军之亡灵。就在这些墓葬的一角，有一座小庑殿式的纪念碑，上书“慈恩塔”三字，下方四座在甲午海战之中被俘之后客死他乡的中国士兵的墓碑环绕而立，仿佛几个流落异乡的中国人在对饮小酌。

据守墓人说，我和我的朋友可能是一百多年来第一批来到这里的中国人。

笔者在广岛比治山陆军墓地悼念埋葬在这里的甲午战争被俘清军，墓地上的鲜花和清水依稀可见

百感交集之下，笔者却看到了一样难以忘怀的东西——在中国水兵的墓前居然安放着清水和鲜花。鲜花虽然已经稍稍败落，但很明显是不久以前刚有人放上去的。

是谁在这些流浪百年的中国人的墓前摆下了清水和鲜花？

直到向墓葬的管理员询问，才知道一百多年以来这里的守墓人一直在给这些中国士兵每周奉献着祭品。原因么，这只是出于对死于远方的外国人的一份同情。

当守墓人远去的时候我拍下了他的照片。这位年过古稀的老者的耳朵有一只失去了听力，据他自己讲，那是在广岛原子弹爆炸之中所受到的伤害。也许就是因为这个原因，广岛和长崎似乎是日本最爱好和平的两个城区。他们这里祭祀这些当年士兵的墓地，只是为了安慰战死者的亡灵——他们的生命被战争打断，于人生而言，实是一件应为后世所避免的事情。

当我起身环顾四周，在日本士兵墓地面前，每个墓碑前方都有着鲜花和清水。

这样的事情不仅仅存在于广岛。几天之后，当我到佐世保去采访的时候，

日本士兵的墓葬前，不曾间断的鲜花供奉

在那里的日本海军墓地同样看到，120 年前日本水兵们的墓碑依然完好，每一座墓碑前都置放着盛开的花朵。

徘徊于这些四棱方尖墓之中，笔者的心绪久久难以平静。

在我们自己的国土上，如今再难寻觅当年甲午战争中牺牲于国事的那些中国人的墓葬，连北洋水师提督丁汝昌的墓碑也只能用“寒碜”二字来形容。其实在那场战争之中，中国人也曾英勇奋战，但是他们的英灵在哪里呢？我只知道他们沉睡在大东沟冰冷的海水下面。

也许就因为这个原因，我对于在丹东的这个发现有着特殊的感情，仿佛是给一百多年前冰冷的骨骸加上一抹今世的阳光，我们在告诉他们——我们没有忘记你。

03

炮弹打不响

这是一份迟到的纪念。从甲午战争结束之后，各界对于当年的这批中国军人便充满了质疑，我们经常可以看到类似《剥下丁汝昌邓世昌虚伪的面皮》这一类口诛笔伐。在很多文字之中，当年的这批中国军人是天然该受到攻击的，不仅仅是因为他们打败了这场战争，而且因为他们腐败、无能、怕死，丢尽了中国人的脸。

然而当笔者真的走在北洋水师遗物周围的时候，所得到的却是完全不一样的感观。

2009 年，笔者和内地北洋水师研究学者一行来到了日本的冈山县，据说在这里的一座神社之中存放着北洋水师镇远号军舰的大锚。为了能够瞻仰这件不平常的遗物，我们开车走了五个小时。

功夫不负有心人，在这座叫作福田海神社的日本古老建筑之中，我们很快发现了被放置在一座巨大石头平台上的镇远号大铁锚。之后我们才知道这座铁锚比存放在中国人民军事博物馆里的另一座镇远大锚还要沉重一些，它是北洋水师各舰之中最大的一座锚。不过，当我们看到它的时候，它的上面却被加以

北洋水师镇远号装甲舰，曾经与其姊妹舰定远号并称东亚第一巨舰

了一份佛家的特殊含义，因为当地的日本人告诉我们这座大锚还有一个特殊的名字，叫作“不动尊”。他们认为这样巨大的一座铁锚象征着平稳和安全，应该可以保佑远方航船的平安。

但是当我们走近它的时候，感觉与日本人全然不同，因为我们看到就在这一座铁锚之上便可以数出四个弹痕，两枚炮弹打中了大锚的侧面，其中一枚在大锚的下方形成了深深的凹坑，大锚一侧的锚翼被一枚炮弹打断，并且用水泥重新连接起来，这大概就是这座铁锚没有被日本海军所用而留作纪念品的原因。在大锚的背脊上有一枚炮弹长长的拖过的痕迹，几乎撕裂了上面用英文撰写的铭文和六角形的原厂标志。

就在我们对着大锚唏嘘不已的时候，突然发现在这座大锚的下方摆放着一枚不平常的炮弹。说它不平常是因为这枚锈迹斑斑的巨型炮弹上面分数列镶嵌着银色的铆钉。这种表面凸凹不平的炮弹我们以前从没有见过，当我们走近它的时候，同行的中国海军史研究会会长陈悦得出了自己的结论——这应该是一枚北洋水师平远号巡洋舰上260毫米主炮的炮弹。

冈山的镇远大锚，状如飞鹰，右下方可以看到一处清晰的炮弹造成的凹坑，也可见到打断后重新接合的锚翼

冈山所存平远舰 260 毫米炮弹

平远号，是北洋水师中唯一一艘国产装甲巡洋舰，为福州船政局所造，代表了当时中国造船工业的最高水平。该舰排水量 2067 吨，1889 年 5 月 15 日竣工，同年加入福建船政水师服役，命名为“龙威”，北洋水师总教官琅威理（Lang William M）对该舰检查后甚为满意，于 1890 年 5 月 16 日建议将其调归北洋海军，更名为“平远”。该舰在大东沟海战和威海卫海战中曾英勇奋战，于北洋水师战败之时落入日军手中，后在日俄战争中沉没于旅顺。

大东沟海战开始时，由于北洋水师更信任进口的战舰，平远号和广丙号两艘国产军舰被留在鸭绿江口保护运兵船。但是，战斗一开始，日舰即利用高航速，掠过北洋水师横阵之前，绕袭中国海军右翼超勇、扬威两艘弱舰。激战中超勇沉没，扬威起火搁浅。平远号和广丙号见势主动加入战团，平远号奋勇冲向日军旗舰松岛，其舰首的 260 毫米主炮命中正在攻击镇远舰的松岛，炮弹从松岛左舷中部下甲板的医疗室斜穿而入，击穿 1 英寸厚的钢铁墙壁，穿过中央鱼雷发射室，击中松岛 320 毫米主炮塔下的机关，引起爆炸，顿时使得松岛主炮炮罩粉碎，火炮无法旋转。平远因此遭到日舰集中攻击，在负重伤起火

奋勇冲向日军舰队的平远号，其法国风格的梨形舰身凸显其福州船政局出身的特点（1896 年，日军大尉若林钦绘）

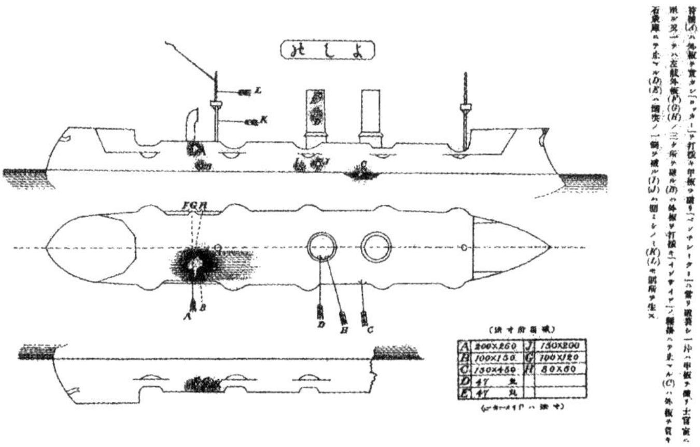

日方战后总结吉野舰中弹部位，可见多数位于水线附近

遭到中国海军痛击的西京丸，左侧为北洋水师福龙号鱼雷艇，其发射的鱼雷因距离过近从西京丸船底钻过（1896年，日军大尉若林钦绘）

甲午海战中的日本海军辅助巡洋舰西京丸号（模型），被平远号命中却幸运地没有沉没

之后才撤回本队。这一幕被日本海军大尉，当时在高千穗号军舰上服务的若林钦记录在他的画作《平远的冲锋》之中。

这艘战舰至今没有找到其他残存在这个世界上的物品，所以这枚炮弹可能是平远舰最后的遗物。

那么它为什么造型如此奇特？当我们咨询日方人员之后，一个 120 年前的故事出现在了我们面前。

这枚炮弹是平远号击中日本军舰西京丸号之后没有爆炸而留下来的。

后撤中的平远号扑灭舰上大火，在混战中逐渐偏向战场右翼，发现日本海军部长桦山资纪的座舰西京丸号正在攻击已经搁浅的扬威舰，当即冲上去连连发炮。根据记载，曾有多枚炮弹命中西京丸，但未将其击沉，后因战场形势变化而放弃攻击。这枚 260 毫米炮弹就是此时命中而没有爆炸的。

西京丸的水兵们不敢相信自己有这份好运气，因为这枚打入的炮弹是如此的巨大，如果爆炸的话，西京丸必将葬身海底，但是……它竟然没有爆炸，于是自感幸运的日本水兵将这枚炮弹作为礼物奉献给了故乡的神社并留存至今。

炮弹没有响，让我们想起包括《甲午风云》和《甲午大海战》等电影之中类似的描述，反映的似乎是军械管理的粗疏与腐败。但是当我们细看这枚炮弹的时候感觉就完全不同了，事实上这枚炮弹没有响才是正常的，如果它能够爆炸那倒可以称作奇迹了。这根本不是一枚应该出现在 19 世纪 90 年代海战中的炮弹，因为此时的大炮都是后膛炮，而这枚炮弹却是一枚应该出现在陆地炮台上的前膛炮炮弹。这种炮弹最后的使用时间应该是美国的南北战争或者中国的中法战争时期。

一枚炮台上的炮弹怎么会出现在军舰之上？如果我们查看北洋水师的历史就会知道原因。从 1891 年开始北洋水师便停止了向外洋购买枪械和炮弹，这是由于清朝户部提出财政紧张而造成的后果。

但像平远号 260 毫米炮弹这样的武器并不是工业基础薄弱的清朝兵工厂可以制成的，所以只有消耗却无法补充。因此在甲午战争爆发的时候，平远舰上能够使用的炮弹仅仅 20 余枚，也就是说仅仅够这艘战舰打一个小时的。而决定性的大东沟海战却进行了整整五个小时。在战前就认识到炮弹不足的北洋水师不得不想方设法从各地调集可以使用的炮弹，也包括这枚可能当时被放置在福建炮台上的 260 毫米开花弹。只是这纯属充数，因为填充黑火药的炮弹在炮台上放了一二十年，谁也不敢想它射出去还能够爆炸，而且这枚炮弹从性质上来看也不是用来打击敌人战舰的穿甲弹和开花弹，而是一枚用于加强炮台防御、攻击敌人步兵的杀伤弹，用它来轰击敌人的军舰是不容易取得很好效果的。

那么它怎么会出现在日本军舰西京丸上呢？还原当时的历史，我们看到，在平远号冲击松岛号舰未成后撤途中，突然发现在烟雾中出现一艘几乎比自己大一倍的日军战舰，这就是日方用商船改装的辅助巡洋舰西京丸号。

日方记载，这时平远号向西京丸猛烈开火，其中一枚炮弹命中机舱，却没有爆炸，便是这枚炮弹了。可以看到，当时的平远舰应该已经打光了所有随军舰携带的炮弹。当再次遇到敌舰的时候，这些勇敢的中国战士们不是选择后退，而是把军舰上所有能够抛向敌舰的弹药奋勇地打了出去。

同样的事情不仅发生在平远舰上。战斗后期日军战舰中弹部位多在水线附近。这是因为打光了实弹的中国炮手只剩了实心的教练弹，他们希望自己的炮弹能够有足够好的运气正好钻到日舰的水线上，打沉它一艘。

04

来自海底的呼唤

镇远号大锚上的弹痕、平远号没有爆炸的炮弹，让我们感受到了一个不一样的北洋水师。那一天天气十分闷热，我们在忙碌中测量着铁锚和炮弹的参数，耳边不时传来悠扬的“钟声”。这让我们感到有点惊讶，因为这座神社所处位置十分偏僻，难道附近还有深山古寺？

直到工作完毕的时候，陈悦先生突然发现原来这钟声并不是来自古寺，而是置放在石台上方的大锚所发出的。当我们测量的时候不经意触碰了锚环，使看似笨重的大锚发出了类似钟磬的优雅声音。

尽管从科学上可以解释，但是我们更愿意把它看作北洋水师的英灵对百年之后来看望他们的故国亲人的一种致意。也就在我们认识到

最后时刻的致远舰（1896 年，日军大尉若林钦绘）

这钟声来自大锚之时，闷热的天空突然飘来一阵急雨，暑热顿消，而这凌空而下的雨点更像是那一代中国人为自己命运抛洒的泪水。

2014年8月23日，在丹东对北洋水师沉船打捞工程进行考察之后，笔者和央视军事频道邓新力大校、环球网总监石丁等友人登上由丹东港集团提供的一艘拖轮，驶向大东沟古战场。在北洋水师曾经浴血奋战的这片海面上，我们把手中所携带的鲜花全部抛向了大海。这个时刻我们感到，大海是如此浩瀚，那种对于北洋水师的质疑其实是微不足道的，我们仿佛与大海之下的他们息息相通。我们的历史是一个整体，他们的刚毅是我们的刚毅，他们的屈辱也是我们的屈辱，我们的历史让我们共同来承担。

也就在这一时刻，三名曾经的中国军人走到了甲板上向他们的前辈致以了一个今天这个时代的军礼。

其实北洋水师从历史的角度看来并不仅仅是一个舰队，北洋水师更像是当时一个“中国梦”的象征，他们曾经为了中国的富强努力过，而甲午战争便是这个“中国梦”的梦碎时刻。当我们纪念他们的时候，我们会感到自己的心脏在与他们共同跳动，我们热切地期望着能够找到邓世昌和他的战舰最后的归宿，我们希望由今天的中国人给他们一个真正的祭奠。

说起来，在最初参与对北洋水师的寻访和对于丹东沉船的探摸工程之时，并没有想到会把它汇总起来做成一本书，但是我们也同样没有想到在这个过程中会遇到如此多的意外，有的意外是我们亲历的，有的意外是我们在寻访过程中回溯历史时发现的。

比如，我们没有想到邓世昌在冲向日本舰队的时候曾经给日本海军官兵们留下了如此震惊的感受，以至于他们画下了致远舰冲锋时的真实身影。

1896年由若林钦大尉所绘制的《最后时刻的致远舰》一图，让我们第一次从最近的距离看到这艘冲向敌阵的中国战舰。画面上海水一片碧绿，背景是沉重的硝烟，致远舰修长的身躯已经倾斜，但仍然在破浪前进冲向自己的对手。

就在这个画面上有一个令我们几乎泪下的细节，我们突然发现在若林钦所绘制的这艘致远号之上竟然没有一艘救生艇，所有的吊艇钩都空空如也！这让

海祭中，一名中国老军人向长眠在这里的水师官兵敬礼

我们回忆起在《清末海军史料》之中曾经记载：邓世昌在冲向敌舰之前下令将所有的救生艇抛入大海以示决死之战，不胜不归。

我们曾经以为这只是一种对于英雄的宣传，直到一百多年之后，才在敌方的记录中看到了他真实的身影，那种感触令人难以言表。

在探摸致远舰的过程之中，我们遇到了从来没有想到过的感动，也遇到过从来没有想到过的挫折。当我把这些事情一一地讲给我的朋友——同心出版社的宛振文先生的时候，宛先生催促我说你何不把这段历史写下来，让我们一起来感受一下邓世昌和他的战舰曾经走过怎样的航迹，我想这就是我开始动笔写这本书的由头。

从哪儿写起呢？就从邓世昌是何许人也开始吧。

第二章

曾经的中国梦
——从汉城到长崎

01

邓世昌何许人也？

尽管很多朋友对于电影《甲午风云》中邓世昌的形象记忆犹新，但是邓世昌是怎样成为一名中国海军军官的，他和致远舰又是怎样结下缘分的，并不是每一个人都清楚。

邓世昌便装照

邓世昌，1849 年 10 月 4 日生于广东番禺，原名邓永昌，字正卿。他是中国海军的早期将领，1894 年 9 月 17 日在甲午战争中阵亡于大东沟海战。海战结束之后，他因为作战英勇，以身殉职而被清朝政府追封为太子少保，入祠召忠祠，被誉为民族英雄和中国海军的军魂。

从今天的角度来看，邓世昌所在的

两次鸦片战争时期中国军事上落后很多，图为福州三江口水师的射箭训练

北洋水师其实是中国第一支成形的近代军队，而邓世昌便是这中国第一代近代职业军人的典范。

这背后有着怎样的含义呢？去理解它，需要我们回到那个时代重新来体味这一代中国人到底经历了什么。

邓世昌出生于一个商人家庭，他的父亲往返于香港与上海之间，既从事茶叶生意，同时又为其他商人协助办理海关的出入关手续，因此家境殷实。假如不是战争的原因，或许邓世昌也会成为一个 19 世纪中国的“富二代”了。然而，这位邓正卿所出世的时代却是中国一个风高浪急的时代。

1840 年，也就是邓世昌出生前九年，英国炮舰入侵虎门，通过鸦片战争打开了中国的大门。他出生以后十一年，英法联军入侵北京，火烧圆明园，曾经辉煌一时的东方大帝国如日落西山摇摇欲坠。

在今天的资料中可以充分看到那段时间中国的屈辱与腐败。然而如果我们真正走进这段历史，就会发现那时的中国人并没有甘于沉沦。

02

不甘沉沦的王朝

在甲午战争之前，曾经有一位日本将领这样评价那个时代的中国——在亚洲各国沉沦之际，只有两个国家奋起自强，便是中国和日本。的确，作为有着五千年文明的中国，面对着从未见过的巨大变局做出的第一反应便是追赶时代的脚步。

出自北洋水师的张伯苓，后为天津南开大学校董

就在圆明园被焚毁十年之后，一批年轻的中国学子远渡重洋前往英国，他们便是即将留学于英国格林威治海军学院的中国海军学生们，也是中国最早的学习军事的留学生。他们在离开国家的时候留下了这样的誓言：“此去西洋，深知中国自强之计，舍此无所他求。背

负国家之未来，取尽洋人之科学。赴七万里长途，别祖国父母之邦，奋然无悔！”

尽管此时梁启超先生的《少年中国说》尚远未问世，但这些中国人所为仿佛就是他描述的“乳虎啸谷”。他们到达英国开始学习海军的知识，也开始接触这个近代化的国家，他们也正是将中国引领向近代化的最早期的那一批中国人。

这种努力并不仅仅局限于底层，19 世纪 70 年代的中国到处都是努力自强的印迹，甚至包括在历史上恶名远扬的慈禧太后。

笔者曾经在史料中见到一段慈禧太后接见驻英公使郭嵩焘的记录。郭嵩焘是中国最早了解西洋文化的人物之一，绰号“郭鬼子”，曾担任广东巡抚，第二次鸦片战争后被任命为驻英国公使。

对中外之间差别了如指掌的郭嵩焘不愿意接受这一职务，他认为无论自己到了英国去怎样做都会被国人视为卖国贼和二鬼子。在这种情况下，慈禧

一张罕见的照片，慈禧挥着手帕与房顶上的摄影师打招呼

接见了他，温加勉慰。在两人的对答之中，这位“素不读书”的老太太留下了如此有见识的一段话：“英国人烧了咱们的圆明园，此仇一日不可或忘，但绝不是烧几所房子、杀几个人便算是报了仇的。”

也就在这个时代，在北京的北海公园，慈禧开始让臣下为她修一条不到一公里长的铁路。尽管后人认为这是慈禧贪图享乐的一个证据，但是在那个视外洋之物为洪水猛兽的时候，身为大清朝最高领导人的慈禧带头上了铁路，其中的潜台词不问可知，当与奢靡无关。

中国人的第一次近代化努力开始了。负责总理各国事务衙门的议政王恭亲王被称为这次近代化努力的舵手。在李鸿章、张之洞等一代名臣的努力之下，中国的近代化萌芽开始成长起来。

当我们今天拿起1875年时中国北洋水师后来的右翼总兵刘步蟾留下的照片时，我们惊讶地发现这位身穿西服领军礼服的年轻中国海军军官与20世纪的海军军人几乎没有差别，尤其是他脸上的那种自信而沉毅的表情几乎让我们能够触摸到那时中国人血脉中的搏动。

就在这个时代，中国的近代兵工厂开始建立，近代炼钢厂开始出现，而凝固了这些近代化成果的便是中国海军。

在欧洲留学期间的刘步蟾

曾经的北洋水师——依次可见旅顺基地内外的镇远装甲舰、威远练习舰、致远巡洋舰、来远巡洋舰等

从 1840 年开始，世界列强对中国的入侵便皆自海上而来，因此巩固海防成为中国这次自强运动中最重要的努力方向。至 1888 年，北洋舰队的建设达到顶峰，这支负责拱卫京畿的远洋舰队成为中国在近代史上第一次争取海权的象征。建设这样一支蒸汽铁甲的舰队，对于 19 世纪中期的欧洲列强来说亦不是一件简单之事，对于中国来说无疑更充满了艰辛。从人员训练到军港配置，特别是战舰的购买和磨合都经历了无数波折。但是到了 1888 年，它终于成为亚洲的第一大舰队，这支建成的北洋舰队包括被称为“八大远”的八艘铁甲战舰，超勇、扬威两艘撞击巡洋舰，以及被称作“六镇”的近海炮舰群，还有当时被视为技术尖端的鱼雷艇队。

这时的中国是瞄准了世界的最前线而努力的。

1886 年发生在天津的一个场景仿佛可以反映出当时中国人的急切和不拘一格。那一年的秋天，李鸿章在天津北洋兵备学堂召集幕僚检阅军队，在这里工作的中国数学家华蘅芳给中堂大人带来了一件奇特的礼物——热气球。

在此之前曾有法国专家携带热气球前来中国推销。华蘅芳细心地记下了气球的工艺、尺寸和材料，而后凭借自己雄厚的数学基础，寻找工匠为中国制造了第一个军用热气球。在他的指挥下，这个军用热气球在北洋兵备学堂冉冉升空。

在李鸿章面前，华蘅芳详细介绍了这种独特的先进装备之特点，但李大人更关心的是——这个飞船可以载人上天吗？

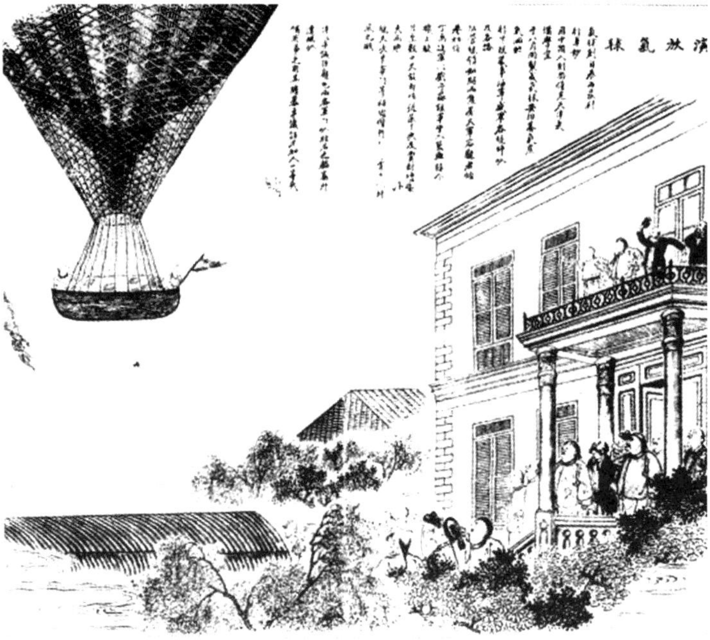

《点石斋画报》上描述北洋热气球升空的图文

要知道在此之前这个热气球从无载人上天的记录，然而华蘅芳是个科学家，科学家的特点往往是不顾及政治风险，因此他慨然回应道：当然可以，而且可以载两个人上天。华蘅芳的这一承诺带有相当大的冒险成分，而李鸿章却兴致勃勃，点手问在场的官员是否有人愿意乘此飞船至空中一游。这是一个令人感到颇为为难的要求，因为在座的都是李鸿章的亲信部下，此时官高爵显，让这些部级、副部级的官员乘坐如此冒险的交通工具类似一个国际玩笑。

然而终于有人站了出来——身为军人者胆气更为豪壮一些，有两个军官走上前来主动试乘气球，这两个人便是北洋水师提督丁汝昌和右翼总兵刘步蟾，换句话说，这是中国海军舰队的正副司令员。如果在今天，这种请命明显违背规则，因为一支军队的正副司令是不应该同时乘坐同一航空器的，否则万一失事就会造成群龙无首的景况。

但是，李鸿章等人显然没有现代的军事常识，因此丁、刘二将便顺利进入了华蘅芳气球下方悬挂的吊舱准备升空。李鸿章不知道这条规则毫不奇怪，因为此时离飞机问世还有很久。

两名中国将领升空的过程十分平稳，华蘅芳的气球质量颇佳，两人至于十丈左右的高度，今天约 30 米的空中，用鸣号的方式与地面联络，饱览了天津的十里洋场。当时的《点石斋画报》进行了充分的报道，并对“丁禹廷军门”和“刘子香军门”的勇气大加钦佩。当时的中国已经出现如《点石斋画报》的近代期刊和报纸，它们也对近代化努力颇为关注，比如北洋水师的旗舰，被称为亚洲第一大舰的定远号订购完成之后尚未到达中国，在中国的画报上便登出了该舰的线图和基本情况，可见人们对此的关心。

北洋水师成军之后，其活动范围北到海参崴，南到新加坡，成为远东地区最强大的海军存在。

不过海军的发展并不仅仅意味着军队的近代化，它还有更深刻的含义。

曾经有一位日本历史学者赠送给笔者一柄日本海军的短剑。在解析自己赠剑的含义时，这位学者如此说道：“在这口短剑上凝固着日本成为一个国家的历史。”

原因是这样的，在日本明治维新之前，这个东方岛国经历了漫长的战国时期，即便是战国时期结束之后，处于幕府统治之下的东瀛也并不是一个中国式的中央集权国家。日本的各地被称作“大名”的诸侯所管理和统治，这些诸侯所管辖的地区称为“藩”，其实都是半独立的王国。

在日本的中世纪，藩与藩之间，与中央政府之间不断爆发战争，尽管属于同一民族，但其间的血海深仇往往可以追溯到几代以上。有人开玩笑说，当时两个日本人见面首先的想法便是对方属于哪一个藩，双方之间有没有历史恩怨。这样一盘散沙的国家显然很难成为一个近代化的强国，而让日本能够凝聚成一个国家的正是它的海军。

1857 年，日本幕府海军卿胜海舟在长崎开办海军讲习所，此后又移到江田岛，成为日本著名的海军士官学校的前身。这所讲习所中来自日本各藩的武

清朝海军的军乐队，可见其中西结合之特点

士在一起学习，在一起训练，他们被要求穿同样的海军制服，并且乘同一艘战舰前往世界各地进行访问。在经过几年的共同学习之后，这些日本军人在毕业典礼佩上了前面提到的那种短剑。也就在这个时候，他们意识到自己已经忘却了原来彼此出身于哪一个藩，而成为日本近代史上第一代的国家军人。而日本成为一个中央集权的国家便由此而始，从海军开始，日本民众开始有了自己的国家观念。

对于中国来说，军事的近代化也有着类似的含义，比如北洋水师的建立，从硬件来说便推动了中国包括铁路、煤矿、西医、翻译、电报、地图等各个领域的进步。在北洋水师成军之前，中国铁路的建设始终停滞不前，即便慈禧亲自号召也受到大批守旧派官僚的抵制。而北洋水师建成之时，由于海军舰只需要大量的煤炭，用人力和畜力运输都属于天方夜谭。因此为满足舰队需要，李鸿章奏请在开滦煤矿与海军码头之间建立了中国第一条实用的铁路。而看到铁路的运输能力与收益，守旧派官员关于铁路的种种疑问便被迅速打消，阻力如阳光下的雪人一般融化，中国的铁路开始修向四面八方。

军队带给中国的变革不仅仅是在硬件方面，在软件方面也有着同样的推动作用。在北洋水师成军之前，中国体制内的精英们已经意识到中国当时的落后并不仅仅在不如别人船坚炮利，而更多输在制度之上。但是，清王朝的制度改革却很难推进，原因是在任何一个成形的部门之中都有既得利益者，他们会有意无意地阻止着变革发生，只有海军这个部门属于新设，因此一切均可以从头开始。当北洋水师开始顺利运行的时候，人们开始意识到它的工作效率与战斗能力都比原有的系统有着太大的优势，而它的示范作用又让人们有了自信，知道中国人也可以用自己的方式来使用近代化的各种体系。于是其他部门开始参照海军进行改革，也就是说，当时的社会变革已经走向了体制改革的前期。

03

近代化工业文明

19 世纪后期中国的这次自强努力在历史上被称为“洋务运动”，但笔者更愿意用“第一次近代化努力”的方式来形容它。这是因为无论是“洋务”还是“西洋”这样的词汇都会给人一种误解，认为这是东方向西方的一种学习或者说潜台词中暗含着东方和西方的对抗。而实际上如果我们审视当时发生的事情，就会发现中国真正学习的是近代化工业文明。如果说利益有东方和西方之分，那么近代化工业文明却不分东西，而是全人类的财产。

中国的这一次自强产生了丰硕的成果，对内而言改变了清王朝整个的收入体系，贸易和工业的发展带来海关税收的大量增加，以至于清王朝在后期对于海关收入的依赖远远大于此前对于田赋的依赖，这意味着中国的工业化已经走上了初兴的轨道。

西学东渐，中国在新闻报道、文化、科教等领域都开始大量引进当时世界最先进的技术与思路。与此同时，中国海军的大力建设也开始收到成果，在 1882 年和 1884 年，日本曾两次试图利用朝鲜半岛的危机染指这块奔向大陆的跳板，但是在这两次危机之中，中国均出动陆海军及时地稳定了局势。

正在训练的北洋时代清军，已经具有接近近代军队的特点

在北洋水师存在的时代，中国北方海疆一直处于19世纪后期难得的安稳时代，如第二次鸦片战争之中那种皇帝被赶得到处跑的情况终于改观了，一切都似乎显示着中国列车正在走上近代化的轨道。特别是朝鲜半岛的两次危机得以平息，显示出中国最担心的“寇自海上来”的问题得到了初步的应对。而在这两次危机公关的处理中，一个熟悉的名字出现了，那就是邓世昌。

在1882年汉城发生的壬午兵变之中，北洋水师提督丁汝昌率领北洋舰队当时仅有的两艘巡洋舰超勇号和扬威号，毅然东进朝鲜平乱。

与此同时，日本方面也派出了七艘舰艇前往仁川试图控制局势，结果邓世昌“鼓轮疾驶”，先一日而至，次日日舰到达，“争门而不得入”，不得不放弃了与中国争夺汉城危机处理权的努力。

一向精于算计的日本方面怎么会比中国海军到得晚呢？据推测，这是因为邓世昌采用了虽然冒险但却相当先进的封舱增压技术，使他的军舰航速超过了设计指标，从而出色地完成了任务。历史上的邓世昌显然比电视电影中的邓世昌有着更丰富的色彩。

04

解读邓世昌

抛开电影和电视剧中的形象，邓世昌究竟是怎样的一个人，也许我们可以从历史上的记载确切地有所了解。

真实的邓世昌是一个业务熟练而又人情世故通达的高级军官。

邓世昌在那批新式军官中，年龄最大，而最小的是后来大清最后一代海军军门：萨镇冰。同时，邓世昌也是唯一有社会经验的。在加入马尾学堂成为军人之前，他是一个商人，而且是一个港商，他的人情练达超过了他所有的同学。

他在北洋水师中，本来有着先天的不足。邓世昌籍贯广东，是北洋水师舰长中少有的非闽籍汉族军官。而北洋水师中福建人的排外，是连丁汝昌也头疼不已的事情。后来，直到抗战胜利，中国中央海军始终被冠为“闽系海军”，就是从这个时候开始的。

但邓世昌的确出类拔萃，所以能够在闽系军官团外脱颖而出，丁汝昌对他倚若心腹，这可以从邓世昌的头衔看出来。

甲午战争前夕，北洋水师的军官中，最高军官丁汝昌是海军中将（提督）；以下是刘、林两海军少将（总兵）；一般的舰长，都是海军上校（副将），比

邓世昌管带的致远号巡洋舰

如济远的方伯谦、经远的林永升；军舰小的就更低些，比如超勇巡洋舰的舰长林履中，就是中校（参将）；还有少校（守备）的，比如平远巡洋舰舰长李和。而邓世昌则比一般舰长要高，他的职务应该是海军准将，享受海军中将待遇（提督衔中军副将记名总兵），和杨用霖持平，地位不亚于李鸿章青眼关照的刘步蟾和林泰曾。而邓的致远巡洋舰属于轻巡洋舰（快碰船），其实档次低于邱宝仁的来远和林永升的经远，它们都是重巡洋舰（炮塔舰），邓能够得到这样的头衔，显然不是由于统带军舰的重要，而是因为他作为中军副将，带有参军长或副官长性质的职务，和中枢更为接近。如果他没有丰富的社会经验和优秀技术，署理这个位置是很难想象的。

谈到邓世昌，还有一个让人感兴趣的问题，就是他和李鸿章究竟是怎样的关系？饰演邓世昌的著名演员李默然有一段逸闻。他的好友、在《甲午风云》中饰演北洋大臣李鸿章的王秋颖病重，李默然赶到医院前去探视。在病房外有很长的一段落地窗式的长廊，李默然经过长廊快步走向王秋颖的病房，因为在走廊中有很多王秋颖的家属和好友，因此人们打招呼的声音传进了病房。在病床上的王秋颖用两个手指轻轻地敲了一下桌案，冒出了一句台词：何人二堂喧

马尾船政局，中国近代海军的摇篮，北洋水师大多数军官在这里开始了海军教育的启蒙

哗？李默然闻听，在门外对曰：标下邓世昌。原本《甲午风云》中的一段对白成为两个好友的最后诀别。

那么历史上的李鸿章和邓世昌究竟是何种关系呢？邓世昌是如《甲午风云》中那样完全与李鸿章无关，甚至由于他的激进与爱国思想而受到李中堂大人的记恨吗？还是如冯小宁演绎的《北洋水师》之中，邓大人自幼便与李中堂交情莫逆呢？

历史上这都不是真实的情况，邓世昌得以脱颖而出与他在 1874 年参与第一次保台之战时的表现有关。

如前所述，邓世昌进入海军时，中国海军带有一点地域色彩。

中国近代海军的将领多为闽人，这是因为海军最早也最完善的军官学校福建船政学堂坐落于福州，建立这所学堂的左宗棠或许是希望有下海习惯的福建人能更好地承担海军的职责。

不幸的是湖南人左宗棠对福建并不了解。福建人的确有下海下南洋的传统，但主要是闽南人，而福州所在的闽北地区，大部分人习惯于考秀才做官的生活途径，也因为这个原因，福建船政学堂的学子们大多更像文人，而不大像军官。只是这些看上去文质彬彬的第一代中国海军军人并无愧于自己所受的教育，在此后几十年的铁血征战之中，他们大多以身殉职或用自己的一生为这个国家的海军建设做出了贡献，极少出现贪生怕死或叛国投敌者。

然而，海军中过多的福建人多少引起了上峰的警醒，为此邓世昌、林国祥、李和、程璧光等一批广东学员被送进福州的海军学校，其作用大概也有一点今天“掺沙子”的含义。

1874年，日本借口琉球船民遇难，派出海陆军在台湾的恒春登陆，试图占领台湾岛。面对如此危机，一向被视作腐败的清政府反应极快，仅仅一周之后便通过军机处下达上谕，称“台湾本是中国地方”，勒令日方退出，并着李鸿章与沈葆桢共同备战，处理这一危机。李鸿章闻讯迅速带大队淮军开赴福州，正在调集海军军舰准备出击的沈葆桢闻讯大喜,称自己的心情如同“穷人暴富”，于是一队队精悍的淮军官兵登上福建水师的战舰，被运过台湾海峡来到与日军对峙的前线。

兴办福建船政学堂的中兴名臣左宗棠

由于中国陆海军的压力，日军统帅西乡从道被迫撤军，初步完成近代化的中国陆海军，展现了保卫国家领土主权的能力。

在这个过程之中，有一名指挥琛航号运输舰的年轻军官因为表现优异被授予五品军功，此人便是邓世昌。他的优秀表现也吸引了当时在福州前线的李鸿章重要幕僚马建忠的注意。马建忠与邓世昌多次交谈，见他对军舰的管理井然有序，士兵训练有素，纪律严明，认为他是“水师不易之人才”，极力向李鸿

参加 1874 年侵台的日本战舰日进号

日军第一次侵台之役，这次入侵由于清军和高山族武装的共同抵抗而归于失败（日本绘画）

发现邓世昌的马建忠，很难想象他是中国第一个留学欧洲的国际法学博士

在反击日军侵台运兵中发挥重要作用的琛航号运输舰

章推介。邓世昌因此被调入北洋水师，先后担任镇南号炮舰管带、扬威号巡洋舰管带、致远号巡洋舰管带，这也使他开始走向了通往大东沟海战的不归之路。

不过，也有说重用邓世昌为中军副将，或许上层有借此遏制闽籍将领的意思。

值得一提的是，刘、林、邓、杨这四名优秀的中国第一批近代军官，全部在甲午战争中以身殉国。可见，在对军官的基本品质选择上，传统的教育和官僚体系，也自有它独到的地方。

真实的邓世昌同时又是一个勇敢而多少有些刻板的军官。他练兵有方，勤奋过人，以出海常在大洋上作演习而闻名，他带兵非常严格，甚至近乎苛刻。在大东沟海战前，他正在受到审查，理由就是治军太严，而“鞭打士兵致死”。他带船多年，事故率在北洋水师各舰长中最高：他担任镇字号炮舰舰长的时候，曾经在风浪中把军舰搁浅；担任扬威舰舰长的时候，有一次煤带得不足，造成军舰在海上漂流了许久；还有一次因为不熟悉水情，造成军舰螺旋桨叶片刮底受损。这些记录从今天看来，其实反映的是那一代中国人为了让自己更快地适

邓世昌与英籍总教习琅威理和其他北洋水师官兵合影

应海洋付出的沉重代价。邓世昌的战友、清末最后一代海军提督萨镇冰回忆，自己也曾经两次因为实验新战术造成事故，因此影响了升迁。在今天的军队中，也是训练要求越高的部队事故越多。

从治军角度，邓世昌以严格著称。在北洋水师的将领之中，邓世昌被认为是北洋诸将之中最为严厉的管带，这种严厉并不是指的他性格暴躁，而是指他对于海军军纪的严格要求。在1882年北洋水师超勇号和扬威号返回中国的过程中，在军舰上服务的参谋军官池仲祐注意到一个不良现象，就是军舰离开英国时间越久，海军官兵们的军容风纪越不加在意。

这或许是因为在欧洲和印度洋海区遇到的其他船只往往会遵照海上礼节，先与中国军舰联络，双方通过升旗、鸣炮等一系列海上礼仪体验近代化的国际交流。但是随着进入亚洲海区，遇到的船只往往没有这种习惯，而思乡心切的水兵们便也对军纪不再重视。感到这种情形不能继续下去的池仲祐并没有找舰队的最高负责人督操提督丁汝昌，而是找到了扬威舰管带邓世昌，大概就是因为邓世昌对于军纪有着严格的要求。果然，听到汇报的邓世昌勃然大怒，立即在新加坡街头开始带领亲兵整肃各舰官兵的军纪，使战舰出现了焕然一新的景象。表面上看这似乎只是个人性格的体现，而实际上这却反映了邓世昌与旧式军人的不同之处。

邓世昌对于军纪极端重视，体现的是他作为第一代中国近代化职业军人的独特身份。所谓近代化职业军人是相对于旧式封建军人而言，旧式封建军队在治军方面更加重视与部下的统带关系，以获得部下的爱戴与忠诚为治军要务，对于军纪等反而不甚重视。与岳飞那样“冻死不拆屋、饿死不掳掠”的少数典型相反，很多中国将领遵循着李广式的治军风格，即只要军士敢战勇猛，便不计较其在军纪方面的瑕疵。故此作战时他们更多依靠官兵个人的武勇。

而近代职业军人则极其重视军纪，这不仅仅体现在通过军纪约束士卒避免骚扰百姓，更体现在通过军纪使个体的军人能够组合成共同作战的集体，只有这样才能使近代化的军队发挥真正的作用，而不仅仅把他们建设成拿着近代化武器的中世纪军队。今天学生军训，站军姿被作为重要一课便是出于此因。

邓世昌这一代军人的出现代表着中国军队开始出现巨大变革。在清朝末年中国军人正经历着严酷的信仰危机，这是因为在封建社会传统的武道之中，军人仅仅忠诚于自己的上司，而不在意为何而战。这些军人在传统中国社会重文轻武的思想之下缺乏社会地位，要么自甘堕落，要么暴虐成性，因此有人讽刺在封建社会的军人中，只有拿着枪的屠夫，而没有真正的军人。

邓世昌与此前的这些封建式军人有着极大的区别，在他的身上有着爱国与军人荣誉的统一，我们很难要求在那个时代的中国军人如邓世昌具有今天的人民解放军的思想素质，这是不符合时代的苛刻要求。但是邓世昌们却有着独特的效忠体系，他们不再是忠于一个王朝，而是忠于一个国家，而更忠于自己的职业。他们为自己是一名海军军人而感到自豪，并甘愿以身殉职，这便是当时世界所谓近代化职业军人的特点。

在中国这样的老大帝国之中，邓世昌们的出现无疑是给中国的国防力量注入了一股新鲜血液。

05

长崎，危机在地平线上出现

随着中国海军的建设发展，北洋舰队开始走向外洋，1886 年从海参崴返回的北洋舰队到达日本长崎引起了日本官民的极大震恐。

这次访问，仿佛一次北洋水师在异国的阅兵式。

面对巨鲸一样的中国战舰，日本海军的将领束手无策，不知道自己有什么办法可以打赢这样强大的对手。而日本民间的恐惧也引发了中日双方的一次激烈冲突。

在这次访问过程之中，上街的中国水兵与日本民众发生了殴斗，双方都有多人死伤。应该说，就在这个时候，看起来如鲜花着锦的中国舰队让我们看到了另外一面。

在双方发生殴斗之后，担任总教习的英国军人琅威理向指挥官丁汝昌建议各舰立即卸下炮衣，准备炮击长崎。这一建议被崇尚温良恭俭让的中国将领们视作疯狂，于是双方的冲突转向谈判解决。这看似和平的一幕实际上隐含着巨大的危机。

这是因为日本早在长崎事件之前的十几年已经将中国视为自己的假想敌。在19世纪，海军的作用之一便是宣示国威，海军是将炮火推到敌方院子里的一个兵种，因此琅威理的建议具有相当的正确性，便是在日本还没有建立一支可以对抗的舰队之前，一举将其打垮。无论有没有长崎事件，都应该发动这样的攻击，有长崎事件不过是多了一个借口而已。显然中国当时虽然买了舰队，却还不知道海军究竟是干什么用的。

在这种豺狼窥视于周围的状况之下，还可以看到另外一个问题：长崎斗殴其起因竟然是北洋水师上岸嫖娼才引发了双方冲突。可以看到当时中国的海军建设方面依然存在着大量的问题。透过1886年的

1886年，访问长崎的北洋水师旗舰定远号

访问长崎的来远号巡洋舰

访问长崎的超勇号巡洋舰

长崎花街上的纪念标牌，当年北洋水师的官兵便是在这里和日本官民发生殴斗的

访问长崎的致远号巡洋舰

长崎事件，已经可以听到中日之间即将决战的滚滚雷声。

不过海军的问题对于中国而言只能是小问题，而此时中国这个国家却面临着另外一个大问题。

随着光绪皇帝逐渐成年，慈禧与光绪帝的父亲、当时执掌海军事务衙门的醇亲王奕譞达成了共识，为慈禧太后修建一座颐和园，与此同时慈禧太后退出权力的中心，光绪帝亲政。这个共识带来的便是颐和园的修建。

在今天的中国，修建一座颐和园一类的园林，花费或许只是九牛一毛而已，但是在当时修建颐和园却给清王朝的财政带来巨大的压力，修建颐和园先后投入了两千万两以上的白银。

值得一提的是颐和园是在乾隆年代所修的清漪园的遗址上改造而成的。颐和园石舫的船体是乾隆时期的，上头重修建筑想用石头，但用不起，只好用木料画上大理石纹路充数；修颐和园木料不足，要靠拆昙花阁等建筑来补充；从保留下来的老照片看，文昌阁、景福阁等建筑与被毁前清漪园时代相比都如同山寨版一般，很难说慈禧奢侈到什么程度。

这份寒碜，体现了清廷在转型期国家财政的困难，更多体现的是帝国暮气沉沉，做一点事都要付出太大代价的特点。从乾隆到光绪银价基本没有出现大的波动，但乾隆修清漪园仅用了四百多万两白银，还要堆山造湖，而慈禧在原有基础上改造颐和园竟然花了两千万两，钱去了哪儿可想而知。可见帝国已经垂暮，它的转动所需要的润滑未免太多了一些。

由于颐和园的修建，使当时的清王朝于 1888 年停止为北洋水师购入新的军舰，1891 年停止为北洋购进武器和弹药。这一切都使正处在军备竞赛的中日双方实力天平上产生了重大的变化，不过这仍然不是“大问题”——真正的大问题是慈禧太后为什么要修园子。

慈禧时代的颐和园石舫。这条石头船实际是乾隆时代建造的，清末仅仅重修了上层建筑，加装了两个象征蒸汽机时代的明轮

这实际上反映了当时中国自强运动正走到一个瓶颈期。这个瓶颈期的含义是当变革取得了一定成果之时，大清王朝的领导人却迷失了方向。这一场自强究竟是为了什么？是为了把中国建设成一个真正的近代化国家吗？还是仅仅要修一座更高的围墙以便把国外的东西挡在墙外边，使太后与皇上仍然可以在墙里面好好地修园子过主子奴才的日子？

显然对于慈禧太后来说，它的答案是后一条，北洋水师就是她的那道墙。事实证明，主子奴才的日子过下去，老百姓不会有自己的国家意识，对于“皇上太后的战争”只会漠然置之，甲午战争我们真正输，是输在这个关节上。

尽管如此，参照洋务运动前期的历史可以看到，如果中国社会出现了足够多的变革因素，最终上层建筑仍然要跟着经济基础走。中国无论慈禧怎样想，最终还是会走到一个近代化国家的轨道上来。

可惜历史没有给中国渡过这个瓶颈期的时间。

当中国走在自强的十字路口之时，在中国东方的海面上，一组群岛的政治家们却在酝酿着一场真正的亚洲风暴，由高杉晋作与伊藤博文、胜海舟等共同导演的“明治维新”使日本迅速发展起来，他们最初的口号是“尊王攘夷”，也就是建立中央集权式的国家，而后又走向了“脱亚入欧”的道路。所谓“脱亚”就是离开以中国为中心的中华体系，“入欧”则是建立一个类似于欧洲列强的殖民国家，而其殖民的对象直指海岸对面的中国。

战火已经出现在了东方的天际，而中国依然惘然不觉，直到甲午那一年，这把大火烧裂了致远号战舰的装甲。

如果我们把 19 世纪后期这次中国的自强运动称作另一个“中国梦”，那么梦碎的地点便是刚刚发现甲午战争沉没战舰的大东沟。

日本明治维新名臣胜海舟，其独特的装束正反映了日本从封闭走向开放的时代特点，他也是丁汝昌的好友

第三章

葬礼大东沟

01

大东沟——海洋红

第一次到达大东沟便是为了寻访北洋水师的沉没战舰。

丹东港集团的宋先生一路讲解着远远可望的大鹿岛以及薄雾中依稀可见的朝鲜海岸线，也只有这道淡青色的山峦让我们感受到正处在国家的边境线上。这里，虽然已经经过了 120 年，仍然能够让人感到硝烟的气息。

在我的猜测中，大东沟应该是中朝界河鸭绿江入海口的所在地，因为 120 年前甲午海战之中的大东沟海战在这里爆发，其原因便是清军北洋水师护送陆军试图支援在朝鲜正苦战中的淮军官兵，在鸭绿江口遭到日军攻击，西方干脆把这次海战称为 Battle of Yalu——鸭绿之战。

但是当我们真正到达这里的时候，却发现我的推

丹东新港规划

测并不正确。大东沟并非鸭绿江入海的主要海口，大东沟的两岸都是中国领土，它是一条中国的内河，位于边界线的西侧。

我看到的大东沟是一个微微弯向海岸的喇叭口形海湾。但在甲午战争时期，它并非如此的一个死胡同，而是连通鸭绿江与黄海的海道，也就是说奔流而下的鸭绿江到了丹东市突然分成了两支，一支就是今天的鸭绿江主航道，另外一支穿越辽东半岛肥沃的大地，紧贴着大孤山的东侧，通过大东沟水道，注入波涛汹涌的黄海。

今天的大东沟已经与鸭绿江不再连通，而港湾里面忙碌的人群显示这里正在建造一座新的港区。宋先生告诉我这里就是丹东新港海洋红港区的所在地，因为丹东港的吞吐量已经达到了大连的三分之一，原有的港区不堪负荷，建设新港势在必行。

这里尽管地势平坦，但在战争中却是势在必争的军事要地。它遏鸭绿江口，控制了中朝两国的分界线，与沟口对面遥遥相对的大鹿岛共同构成了中国在黄海上的第一道防线。

大东沟海战（1896 年，日军大尉若林钦绘）

02

狭路相逢

大东沟所在的丹东在清代名为安东，是中国在辽东半岛北部的最重要军事基地之一。甲午战争打响之后，这里便成为入朝作战清军的后方。而日军开始进攻平壤之后，丹东的形势也一日紧似一日。

1894 年 9 月 17 日，秋高气爽，在丹东大东沟的海岸线上，一批批携带着枪支和行李的中国官兵正匆忙地登上海岸。就在此前一天，日军开始进攻清军在朝鲜半岛最重要的防御要点——平壤。在平壤的中国军队指挥官叶志超连电告急，这批前来增援的清军便是即将开往平壤的。

此时，在一片平静的海面上停泊着一支黑色涂漆的庞大舰队，这支舰队的战舰上，所有

清朝陆军部队

在丰岛海战中被日军击沉的高升号运兵船，造成清军惨重的人员损失

大东沟海战中的北洋水师旗舰定远舰

木质结构的构件都已经被拆除，一些装饰性的设备也被卸去。在军舰的两舷堆积着一只一只装满煤炭的麻袋，这是当时海军用于防御弹片的一种手段。在桅杆的顶部，瞭望兵在紧张地眺望着天际，而水兵们则如往常一样进行着训练。这支庞大的舰队就是曾经号称东亚第一的北洋舰队主力。

看到朝鲜战局紧张，李鸿章命令增援的淮军刘盛休部避开崎岖难行的陆路，乘坐中国轮船招商局的图南号等运输船从海路直奔鸭绿江。但他不知道，由于平壤一艘清军交通艇在大同江被俘，日军已经获悉了这一消息，正兼程赶来试图发动一场袭击。

北洋水师并不了解敌军的动向。此前，7 月 24 日中国陆军运兵船高升号曾遭到日本联合舰队的截击，造成一千余名陆军弟兄的死难。

因此，北洋水师提督丁汝昌亲率麾下各舰为这次运兵担任护航，邓世昌的致远舰也在其中。

陆军部队从大沽口到鸭绿江的航行一路顺利，谨慎的丁汝昌仍然把登陆地点选择在了大东沟，而没有选择在鸭绿江江口。这显然是因为大东沟两岸均为中国方面所控制，而且水流平缓，在这里让官兵登陆其可控性要比走主航道强得多。但是，在登陆的过程之中，午饭时分北洋水师瞭望兵突然发出警报，在东方海面有一支白色的舰队正凶猛地直扑而来。这支舰队便是由日本联合舰队总司令伊东祐亨中将带领的日本舰队。面对敌舰队，丁汝昌下令陆军运输船躲进大东沟避险，各舰冲出海口迎敌，一场海战即将爆发。

在北洋水师战舰上的美国籍军官马吉芬回忆当时的情景："一条条肤色浅黑的大汉把辫子盘在头顶，杀气腾腾地只待战斗。"

马吉芬等外国军官都注意到一个奇特的现象，就是北洋水师的下层官兵普遍对战斗颇为积极，并且自信能够打赢这场战斗，但是高级军官们几乎各个脸上露出忧虑的神色。这究竟是怎么回事呢?

03

烈火黄海

在大东沟海战之前，中国和日本海军的实力已经发生了逆转性的变化。在1891年，日本海军超过中国海军，成为东亚的第一大海上力量。而此时中日在东亚的两雄并立局势，因为日本明治维新的成功，也逐渐变得不那么平衡。从今天的统计数字来看，当时清王朝的GDP仍然高于日本，但是不得不承认，这个看起来很美的GDP大部分来自于农业，而农业GDP很难转化为直接参战的国力。日本的GDP却已经很大一部分来自于工商业，这就表明日本已经初步完成了工业化，其战争动员能力当时并不比幅员辽阔的中国差。尽管在1882年和1884年的两次挑衅都被中国所压制，但日本为“脱亚入欧”成为列强的梦想所主导，不可能放手朝鲜这一块至关重要的战略要地。这是日本能够登上大陆进而制约中国的重要登陆点。

1893年，朝鲜爆发东学党农民起义。日本认为此时其兵力、国力已经超过清王朝，故此决心对华开战。1894年7月24日，日本联合舰队第一游击队在朝鲜丰岛海面拦截北洋舰队的济远分舰队，击沉中国军舰广乙号，重伤济远号，揭开了中日甲午战争的序幕。

丰岛海战中激战后重伤搁浅的广乙号

日本海军旗舰松岛号

从日本军舰西京丸号上拍摄的大东沟海战战场

在这场战争的过程中，由于日本蓄谋已久，而且完成了军队的近代化改造，使清军左支右绌。在朝鲜的陆路战场清军接连失利，放弃了成欢、牙山、开城等地，全军退守平壤。而日军则追尾而至，两国陆军在平壤城下展开了决战。

此时的淮军承平日久，大多锐气已失，不复当年之勇。对于了解中日两国实力的中方高级指挥官而言，大都不看好平壤之战，因此才出现了派遣北洋水师护送部队前往增援的安排。对北洋水师丁汝昌而言，这次护航的任务并不轻松，因为日本联合舰队从开战以来一直在寻求和北洋水师进行决战的机会，而北洋水师此时船舰老旧，特别是 1891 年开始停购军械使中国海军无论在火炮技术还是在弹药储备方面都处于对日方的劣势，所以对于是否能打赢这场海战，海军的高级军官们难免忧心忡忡。

从海战开始前的实力对比来看，应该说中国方面并非没有取胜的可能，这是因为到大东沟参战的两国海军对比起来，中国舰只大多小于对方，但有两艘巨无霸大舰定远、镇远，日军火炮口径偏小但射速更快；中国方面包括了北洋水师的几乎所有主力舰只，而日本联合舰队只出动了其本队和第一游击队，颇具实力的第二游击队和第三游击队并没有出现在战场上。中国是以主力对战日军之一翼，因此如果能够集中兵力将日本舰队击败也并非天方夜谭。

但是实战的结果最终北洋水师还是吃了败仗。如果说在陆地战场上甲午战争中的清军直接败于腐朽的体制，那么在海战战场上应该说装备层面、技术层面的问题则是失败的直接原因。

在日本福冈县太宰府有一座叫作定远馆的建筑，这座看起来不起眼的日式别墅是用北洋水师旗舰定远舰的残骸制成的，其两扇大门便是当年定远舰的装甲板，上面弹痕累累，仿佛依然诉说着当年激烈的战况。在其中一块装甲板上可以看到一个近乎正圆的弹痕，弹痕的边缘均已烧蚀，显然是爆炸的炮弹导致钢铁熔融。

这个不起眼的弹痕验证了当时双方的技术差距。

在海战中北洋水师的 2900 吨的装甲舰来远号曾与另外两艘中国军舰围攻不足 1000 吨的日本战舰赤城号。来远舰管带邱宝仁是一员猛将，在甲午战争中曾经击毙了日本第 11 旅团长大寺安纯中将。在围攻赤城舰的过程中，他指挥来远舰以强凌弱逼近到仅 400 米的距离，炮弹不断命中。赤城舰舰长坂元八郎太被炮弹击中头部当即毙命。但中弹的赤城号却如风雨中的树叶尽管摇摇欲坠却始终没有沉没。反而当来远逼得过近时，赤城号尾炮回击一弹，便将来远舰打成重伤！

这枚炮弹击中来远舰后部之后引发了冲天大火，烈火在钢铁上燃烧。仅仅这一枚炮弹的爆炸就使气势汹汹的来远舰身负重伤，如果不是在舰上的谢葆璋（作家冰心的父亲）当机立断下令关闭机舱的通风口，避免大火烧毁战舰的心脏，这艘德国制造的装甲巡洋舰便可能因为这一枚炮弹而灰飞烟灭。

被日军拼凑还原的北洋水师黑火药炮弹

被赤城号击中后焚毁的来远舰后部甲板

什么原因使双方的打击效果如此不同？定远馆钢板上的弹洞便提供了历史的证词。原来，日本海军在甲午海战之前使用了一种特殊装药的炮弹，便是装填苦味酸炸药的新式榴弹。这种苦味酸炸药不但威力极大，而且熔点很高，确实能够熔化钢铁并在钢板上燃烧。而中国北洋水师使用的依然是填充黑火药的老式炮弹，刻薄地说类似一个大炮仗。

来远舰大副谢葆璋（现代作家冰心的父亲）

来远舰曾经击中日本战舰高千穗号一枚210毫米大口径炮弹，但是炮弹爆炸之后日军居然将炸裂的碎片拼凑成一个完整的炮弹。这不由让我们想起抗

日本福冈太宰府定远馆大门——定远舰装甲板上的弹洞

北洋水师来远舰追击赤城号（1896 年，日军大尉若林钦绘）

日战争时期八路军一炸两半的土造手榴弹。

除炮弹装药不同以外，日军所使用的火炮也远比中国舰队先进。日军使用的火炮是带有液压系统的炮管后座式速射炮，而中国海军当时使用的主要是炮身一体的架退炮。中日双方速射弹的比例是127:5，而一门速射炮在实战中的发射速度是普通火炮的6倍。因此在实战之中北洋水师每向敌军发射一枚炮弹便会遭到六枚炮弹的回击。尽管大多数官兵不畏牺牲，但装备上的不足加上体制问题引发的后勤缺陷，使北洋水师在经过五个小时的鏖战之后终于战败。四艘战舰致远、经远、超勇、扬威相继沉没，另一艘广甲号在返航中触礁而毁。与之相对，日军所有舰只均得以返航，尽管多艘战舰遭到重创，但是依仗强大的修理能力先后迅速修复。

邓世昌便是牺牲在这场海战之中。

日本海军旗舰松岛号上的主炮，甲午海战中被英勇作战的北洋水师摧毁

壮节之死

邓世昌的战死发生在大约下午三点半左右，此时双方的鏖战正在分出胜负的关头。

由于日本舰队率先完成了对中国舰队的包围，在左右夹攻之下北洋水师旗舰中弹起火，各舰损失惨重，队形开始散乱，露出败相。就在此时，位于舰队左翼的致远舰在邓世昌的率领之下依然突于旗舰之前，对正在起火的定远舰展开掩护。

致远号是英国制造的一艘高速巡洋舰，它的优点是航速快、动作灵活，缺点是装甲比较薄弱，难以承受长时间大口径炮弹的轰击。在日军雨点般的炮弹之下，邓世昌的致远舰受伤向右侧倾斜达到30度，此时甲板上人已经很难站稳，但邓世昌毫无惧色，下令在旗杆上升起一面新的龙旗，指挥致远舰冲向日军战斗力最强的吉野号。这便是电影《甲午风云》中令人热血偾张的一幕。

在冲锋的过程之中，由于中弹太多，致远舰发生大爆炸，终于沉没，邓世昌与舰同难。

关于邓世昌的死，在很长时间里人们一方面敬仰他的勇敢无畏，另一方面又认为有过于鲁莽之嫌。直到邓世昌阵亡一百年之后才有专家学者重新解析了邓世昌最后冲击的意义。

在甲午战争之前，中日两国均聘请了英国海军的军官担任顾问，中国海军的顾问琅威理将当时世界上最先进的横阵队形教给北洋水师。横阵队形每艘战舰均以舰首对敌，将敌人舰队截成数段之后，以重弹和舰首下的重角解决战斗。甲午战争之前奥地利海军便是用这个阵形在利萨海战之中打垮了意大利舰队，并撞沉了意大利舰队的旗舰。

在大东沟海战之中，北洋水师使用的便是这种世界上最先进的阵形，而日本海军采用的却是从未见过的阵形——一字长蛇阵，这种阵形为后一艘军舰追随前一艘军舰的舰尾，将敌人舰队环绕之后发挥摇头摆尾的特点，对敌进行两面夹击，从而赢得战斗的胜利。这也是英国教官的作品。

日本的英国总教习名叫英格尔斯，他首先给日本带去了和琅威理一样的阵形，再提醒日本方面这必然是下一场战争中对手，也就是中国人会使用的阵形，而他便要和日本学员共同摸索一种破解横队阵形的新队形。

机动灵活，以“摇头摆尾”包围对手为作战手段的一字长蛇阵便是他的解决之道。

在英国纽卡斯尔等待下水的致远舰

在实战之中，中国海军试图将日本舰队切断的作战方案没有能够有效完成。因为航速太慢，北洋水师右侧的舰队率先遭到日本舰队的冲击，在击沉超勇重伤扬威之后，日本联合舰队完成了“摇头摆尾”的动作，将北洋水师各舰置于日舰的两面环攻之下。邓世昌冲向日本舰队的举动便是在这个时候做出的。

根据现在的分析来看，邓世昌做出这一举动并非仅仅是展示宁死不屈的决心，而且还有深刻的战术含义。作为北洋水师最为年长的舰长，邓世昌升起龙旗号召所有舰只按照战前的计划再次对日本舰队发起冲击，从而把战斗导入中国海军预想的节奏中去。可惜出师未捷身先死，使这一努力最终化为泡影。

但根据日方记载，当时中国方面的确至少有三艘军舰跟随邓世昌的致远舰发起过反击。尽管历史不能假设，但如果邓世昌能够完成切断对方的战术动作，无疑这场海战的结局会有很大的变数。

甲午海战中致远舰撞击的目标吉野号

致远舰的冲角，邓世昌试图撞击吉野号的终极武器

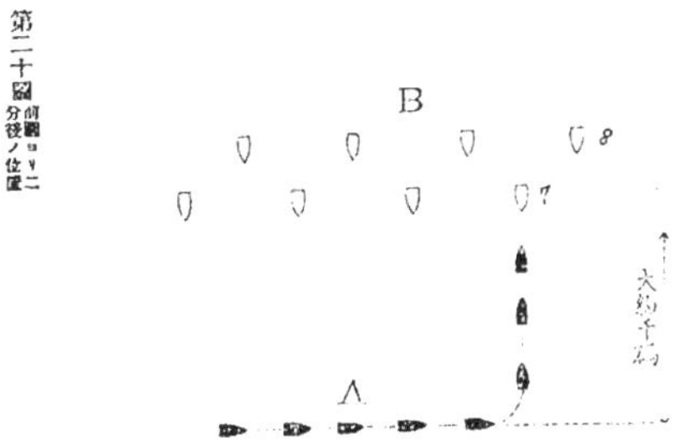

总教习英格尔斯与日本军人在 1892 年绘制的未来海战阵形图——采用一字长蛇阵的思路已经很清晰

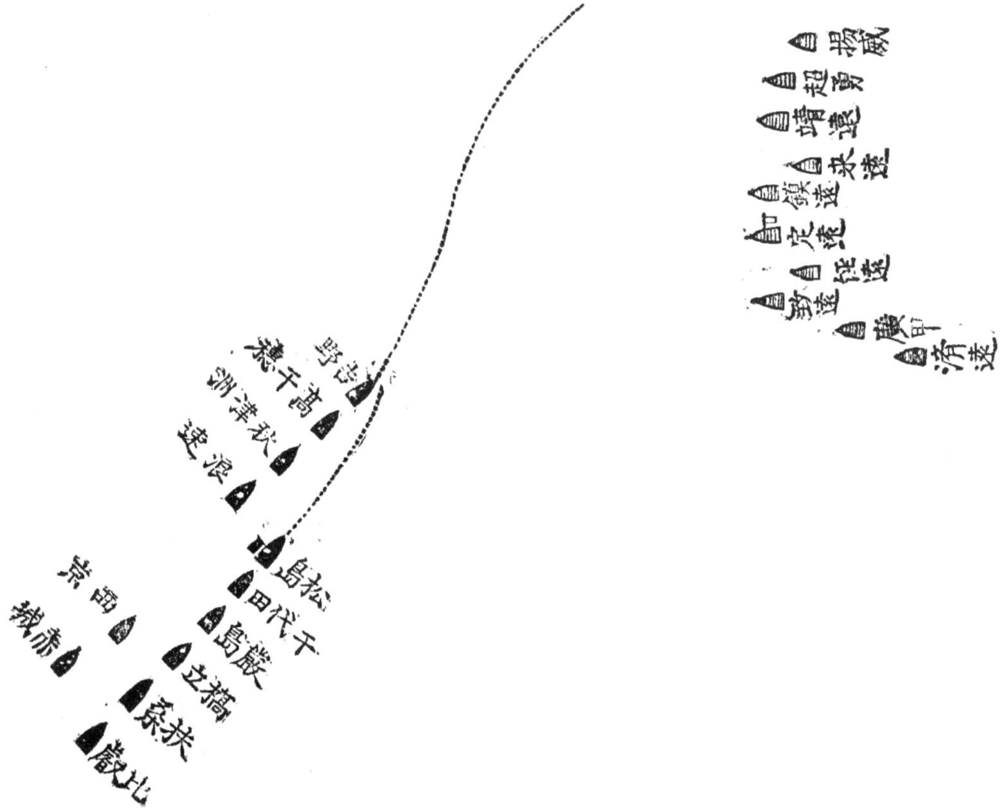

大东沟海战中日双方阵形图

05

几度涅槃我海军

邓世昌之死代表着大东沟海战北洋水师失去了最后获胜的希望，在经过五个小时的鏖战之后，这支伤痕累累的舰队退回旅顺基地，不久再撤威海卫。这场海战使中国军队丧失了对东海和黄海的制海权，此后战争愈显被动。1895年2月，被围困在刘公岛基地两周之久的北洋水师弹尽力竭，全军覆没。与此同时，尚未完成近代化变革的陆军也在日军面前屡战屡败。至1895年4月，中国被迫与日本签订《马关条约》，割让台湾并赔偿日军军费2亿3000万两白银，甲午战争中国宣布战败。

在近代史上，中国曾经输掉多场战争，但甲午战争无疑是其中极为重要的一环。在甲午战争之前，中国正在进行的自强努力已经取得了一定成果，但战争的失败使这条自强的链条被彻底打断。如果说那个年代曾经有一个中国富强之梦，那么甲午战争就是打掉了支撑这个“中国梦”的一个V字形的支架，这个V字形的支架向下的一笔是此时虽然逐渐没落但依然有着悠久传统的中国旧式军人，例如北洋水师提督丁汝昌在北洋水师战败之后自戕殉国，代表了中国最后一代武士对于忠诚的理解。丁汝昌等人的死代表了中国最后一代武士

春帆楼内《马关条约》签订地点

邓兆祥在抗战胜利后接收日本海军长江上的旗舰宇治号

靖远舰管带叶祖珪一家在军舰上参观后留影

为这个国家的尽忠，而V字向上的一笔则代表着邓世昌等中国第一代职业军人，包括邓世昌和他的大批战友在内的中国第一批职业军人在甲午战争中损失惨重，他们本来应该成为改变这个国家的重要力量，却因为珍惜荣誉战死沙场。

无论从社会发展的进程上还是从经济的独立自主上，日本发动的甲午战争都使中国陷入了深重的灾难，从此中国开始了长达五十年的救国时代。大东沟海战可以说是甲午战争的重要转折点，而甲午战争又是中国近代史上的一个重要转折点，因此邓世昌之死在此中的象征意义无论怎样描述都不算过分。

在邓世昌的时代和此后五十年之中，中国海军可说是承受苦难最深重的群体之一，就是因为这段时间里中国不断遭受列强的侵略和掠夺，而海军天生是捍卫国防的重要力量，因此在这个板荡的时代，中国海军曾经几次遭到灭顶之灾。但每一次全军覆没之后顽强的中国海军人都会重新站起来继续努力为中国建设一道坚强的海防，前仆后继，有死而已。正因为这样残酷的战争考验，使得以善终的中国海军战舰变得凤毛麟角，而几乎每一艘中国海军的战舰都充满了传奇和故事。

然而，20世纪90年代之后，中国重新进入谋求海洋权益的时代。当我们重新面对海权时代的时候，开始珍惜邓世昌们留给我们的记忆时，突然发现在漫长的时间里我们不知道邓世昌葬在何处，也不知道致远舰魂归哪里。

北洋水师折戟沉沙，邓世昌战死沙场，但是他的传奇已经成为中国人不灭的记忆，因此每一条关于邓世昌或致远舰的消息都会引来大量中国人的关心。从大东沟海战结束的那一天开始，一个寻找邓世昌的工程便自然而然地出现在了每一个中国人的心中。中国海军将邓世昌视作自己的军魂，而“撞沉吉野”则化作了此后中国海军每一代人难以磨灭的梦想。

与邓世昌出自同宗的广东海军将领，中国海军重庆号巡洋舰舰长邓兆祥曾经这样回忆在海军学校读书时的情景。他说，在图书馆里永远挂着一块“雪甲午耻”的木牌，每个海军军人都会把它深深地记在心中。

而当笔者当年看过《甲午风云》之后，也忍不住浮想联翩，不知邓世昌和他的致远舰在海战之后究竟落于神州何地，这一切，丹东似乎依稀给出了答案。

第四章

埋骨碧海

寻找邓世昌

北洋水师名舰追踪纪实

01

大鹿岛上有座邓世昌墓

大东沟海战在日本又被叫作“海洋岛大海战”，因此我一度以为海洋岛一定就在战场的附近，甚至推测它就是丹东地图上所标的大鹿岛。

当我们到丹东去探访北洋水师沉船的时候，才发现这个推测错得离谱。海洋岛位于大连庄河水域南方，距离大东沟海战的战场如乘坐小船尚有一日的航程。实际上日本海军当时是先到达海洋岛之后，向右侧转舵才直扑中国海军在大鹿岛的锚地，而中国海军守卫在大东沟沟口的海军战舰，为了保证正在登陆的陆军弟兄不受敌军的攻击，故此从锚地排成横队，南下迎战北上而来的日本舰队。

因为这个原因，我一度觉得日本人把海战这样命名完全不靠谱，海洋岛在庄河，在大鹿岛打响的仗怎么能打到庄河去？那也打得太远了吧。

等到沉船定位出来，笔者的确有点儿傻眼，还真有人把仗一直打了过来，这个人便是北洋水师经远舰管带林永升。

不过主要的作战地域还是在大鹿岛周围。从当时的战场情况来看，中国海军的动作相当凶猛，一开战就全队扑向日军，完全不是猜测之中被动挨打的阵

大鹿岛上所谓邓世昌墓

势，他们与日本海军发生决战的战场在大东沟以南的大海之中。

今天从丹东向这个方向走，不久就会看到一座小岛，这座岛屿如同突起在海面上的两座驼峰，便是大鹿岛。找到大鹿岛便找到了大东沟海战的战场，这是一个毫无疑问的地标。

而当我们登上大鹿岛的时候，在这里赫然看到了一座邓世昌的墓葬。

此处距黄海大海战的战场只有五公里，位于两座山峦中间的平地，可以看到一座用水泥抹顶、红砖砌成，高出地面六十厘米左右的半圆形中国传统式坟墓，直径约有两米左右。在它的前方树立着一块白色的石碑，上面既无题款，亦无碑记，只有四个楷体大字——“邓世昌墓”。

在它的旁边还树有一块水泥碑，上面写着几个鲜红大字——“东港市小学生德育教育基地”，周围则是连绵的苍松翠柏。当我们走到这座墓前的时候，可以看到其墓顶稍有破裂，但整个陵园依然有着一种独特的肃穆之气。

然而，邓世昌的墓怎么会在大鹿岛上？是谁捞起了他的遗骸？

120年后打捞上来的北洋舰队战舰钢板，依然可以看到日军炮弹肆虐后的痕迹

带着这样的疑问我们访问了当地的村民，而正是这场访问使我们的疑惑变得更加深切。

根据当地村民所说，这座邓世昌墓是由一名姓王的潜水员所建。这名潜水员曾经受日军雇佣打捞致远舰残骸中的遗物，因为深入该舰舰体，潜水员在船内发现舱中有一具立而不卧的尸骸。这名潜水员讲到，在自己从事这一工程的时候曾经多次遭到邓世昌大人托梦谴责，因此他认为这具尸骸便是邓世昌的遗骨。于是这名潜水员再次下水将尸骸打捞上来，上岸安葬，便有了今天的邓世昌墓。

因为梦而确定邓世昌的遗骨？这个逻辑未免有些奇特。

在甲午海战之后，无论是中方还是当时参战的其他国家海军人员，都记载了邓世昌最后的死难情形。按照当时邓世昌的战友所记，在致远号沉没之时，该舰曾发生大爆炸，在舰桥上指挥战斗的邓世昌也被抛入大海。

被抛入大海的邓世昌本有生还的机会，随从刘忠将自己的救生圈投给邓世昌，邓世昌推而不用，而附近的鱼雷艇赶来救援，而邓世昌仍然拒绝营救。邓世昌这样做并非不珍惜自己的生命，而是这位标准的19世纪海军军官遵循着英国格林威治海军的标准做法——舰长与军舰同在。

在大东沟海战中沉没的每一艘中国军舰，舰长都做了同样的选择。

眼看人力无法挽救他的生命，邓世昌畜养多年的大狗“太阳犬”本来已经被打捞到鱼雷艇上，这时却重新跳入海中用口衔着邓世昌的发辫，试图使他浮在水面上。决心一死的邓世昌几次沉入水中，又几次被太阳犬拉回水面，最后人们看到了一幕难以忘怀的情景，邓世昌“扼犬浩叹”，一人一犬同时沉于海中。北洋水师水兵陈学海回忆道：“邓船主（邓世昌）是自己投海的，他养的一条狗叫太阳犬，想救主人，跳进水里咬住了邓船主的发辫，邓船主看船都沉了，就按住太阳犬一起沉到水里了。”

这一记载也被当时在镇远号上的美国军官马吉芬所证明，这一切都说明邓世昌最后殉国之时已经不在致远舰的残骸之内，所以从舱中找到邓世昌遗骨大约是子虚乌有之事。

而且在当地村民的叙述之中又有着种种难以吻合之处，比如有人讲这座墓是1938年由潜水员王旭年打捞起一具北洋水师军官遗骨建立的。也有人说此墓在改革开放之后一次试图打捞致远舰的行动之中建立，是因为发现一具北洋水师军官遗骨后将其安葬于此的。还有人说这具遗骨被发现时身上当时还穿着清朝海军军官的制服，坐在“龙椅”上，所以认定这是邓世昌的遗骸。这显然是不合逻辑的。且不说邓世昌敢不敢弄一把龙椅来坐，试问：如果人的身体都已经腐朽，为何服装还能保存完好呢?

这座被称作“邓世昌墓”的陵墓只能是一种精神的寄托，邓世昌的遗骨应该仍然长眠在黄海的碧波之中。对此，东港文物部门的有关负责人也同意我们的看法，他们表示，在邓世昌阵亡之时曾表明“阖船俱没，义不独生”，而且邓世昌是与他的爱犬太阳犬同时殉难，如果真的打捞上来，邓世昌身边应该

日舰西京丸号拍摄的大东沟海战战场

大东沟海战古战场，远处岛屿便是大鹿岛，系笔者于历史上西京丸号拍照点接近机位拍摄

邓世昌衣冠冢

有太阳犬的遗骨才对，因此打捞上来邓世昌遗骨的说法并不科学。而且有知情人士认为，如果邓世昌墓被前来瞻仰的后人知道里面安葬的并非是邓世昌的忠骸，会令人感到尴尬和遗憾。

不过我想事情无需看得如此严重，这应该只是当地人将一种对于邓世昌的怀念化作有形的纪念而已，只要墓中确是北洋水师战士的遗骨，倒也不宜深究。

他们每一个都是我们心中的邓世昌。

那么，被邓世昌后人所认可的邓世昌墓是否存在呢？

这的确是有的。在广州中山大道天河公园里面也有一座坐北朝南的邓世昌墓。这座墓建于1994年，但其原墓却是1894年邓世昌殉国之时便已存在的。该墓本位于沙河石鼓岭，由于在政治运动中遭到破坏，并受当地修路影响而搬迁于此，但形制如旧。在这座墓葬的顶端中央有祥云拥月的石刻，中间有一汉白玉石碑。墓前有一个广场，中间立有邓世昌全身戎装塑像，下方基座上前面刻有“民族英雄邓世昌”，后面刻有邓的生平事迹。

在这座墓葬的附近还有邓世昌的兄嫂之墓，据现在居于河北的邓世昌后人邓权民所云，此墓乃是邓世昌及其家族的墓地，但是这座规格宏伟的墓葬之中也并没有邓世昌的遗骨，这座墓是一座衣冠冢。邓世昌殉国后遗体无法找回，因此其家属才在当年的冬天于这座墓地为他建了衣冠冢。在这座衣冠冢的墓前还刻有清朝光绪皇帝所撰写的墓志铭和祭文。邓世昌英勇殉国后，光绪皇帝闻知深为哀痛，谥封邓世昌为“壮节”，并题写对联以作哀荣——“此日漫挥天下泪，有公足壮海军威”。这也是邓世昌被尊为中国海军军魂的缘起。

随后，光绪帝下谕翰林院为邓世昌撰写御赐祭文，便是如今立于邓世昌衣冠冢的碑文，内容如下：

> 朕惟：卫社稷以执干戈，马革慰沙场之志；听鼓鼙而思将帅，龙纶宣黼扆之恩。雕俎既陈，螭文式焕。尔提督衔记名总兵邓世昌，素娴韬略，洊握戎符，统战舰而著勤，实海军之肇造。重瀛涉险，叶丈人地水之师；绝檄策勋，媲壮士天山之箭。膺懋赏而荣彯孔翠，锡勇名则队肃虎貔。属敌骑之披猖，值句骊之告警。取兵辽海，瞻星斗而识哥舒；纵火长江，摧艨艟而推公瑾。奋击则寡能敌众，冲锋则义不顾身。军可撼山，期斩蚩尤而献馘；心原盟水，甘从海若而捐躯。迨遇救而获生，终自沉而效死。虫沙何处，沧波招烈士之魂；鲸筑未伸，赍志宜贞珉之勒。谥之壮节，表厥名称。於戏！誓扫旄头，经百战而风云变色；身骑箕尾，炳千秋而竹帛流光。特峙穹碑，渥承宠命。
>
> 光绪二十年

在这次寻访之中，还有岛民给我们指出，当年致远舰就沉在离岛很近的地方，以至于在十几年前还能够看到军舰的桅杆露出海面，并指点了大致的方位。

听到这样的描述我们也只好一笑置之，因为按照当地官方记载，1937—1938 年之间，致远舰的残骸曾经遭到日方的打捞和破坏，因此怎么可能在十几年前还留有露出水面的桅杆呢？根据我们现在掌握的材料，邓世昌的致远舰也不可能存在于大鹿岛俯首可见的近海之中。

那么今天邓世昌和他的致远舰到底给这个世界还留下了什么呢？

02

邓世昌，给这个世界留下的痕迹

由于邓世昌和他的致远舰在海战之后阖船沉入了黄海的海底，因此这艘军舰留在世界上的遗物屈指可数。

在国内最可靠的致远舰遗物现存于旅顺，在大连市白玉山东路有一座巨大的圆顶公墓，上面刻写着三个大字“万忠墓”。1894 年 11 月 21 日，日军攻陷北洋水师重要基地旅顺，由于曾在土城子等地遭到清军的顽强阻击，恼羞成怒的日军在旅顺城区进行了四天三夜的疯狂屠杀，两万名居民幸存者只有 36 人。

1896 年 11 月，直隶后部道员顾元勋接收旅顺的时候，将遇难同胞安葬于此并亲书万忠墓匾额。今天的万忠墓已经是一座带有两千平方米展室的纪念馆，在这座公墓之中，可以看到从速射炮到风筒的大量北洋水师遗物，都是历年收集和打捞所得。其中有两个木棉制的救生圈特别引人注目，这两个救生圈上都带有清代的黄龙标志，其中一个救生圈有着“经远快船”的标记，而另一个上则标为“致远快船”。这个标有“致远快船”标记的救生圈便是目前在我国保存的最可靠的致远舰遗物。

在万忠墓的说明标牌上没有讲明这一救生圈的来历，但是北洋水师致远舰

旅顺保存的致远救生圈

保存在横须贺的致远舰格林炮（侧面）

保存在横须贺的致远舰格林炮（正面）

沉没之后，曾有幸存的水兵回忆当时落水后本已昏迷，只是因为发辫缠绕在救生圈之上才侥幸得以生还。因此推测这一救生圈可能是致远舰沉没之后幸存的水兵所携带归来的。

而在世界范围之内还有一处存有致远舰遗物的地方，便是日本的横须贺三笠公园。

2009 年，笔者到横须贺参观的时候，曾专程到三笠公园寻访致远舰的遗物。在一万余吨的三笠号战舰船舷侧面陈列着各种各样的战争纪念品，从炮弹到被击穿的装甲不一而足。就在这些战争纪念品中间，有一门高约 1.5 米，带有 10 个射孔的老式机关炮，这便是当年致远号上曾经使用过的“格林手动机关炮”。据说这门炮来自于致远舰的桅盘之中。

1894 年 9 月 17 日，致远舰在激战中不幸沉没，但是由于沉没的水域并不很深，所以当低潮的时候其桅盘仍能暴露在水面之上，推测是前来打扫战场的日本海军官兵从致远舰的桅盘之中取走了这具保存完

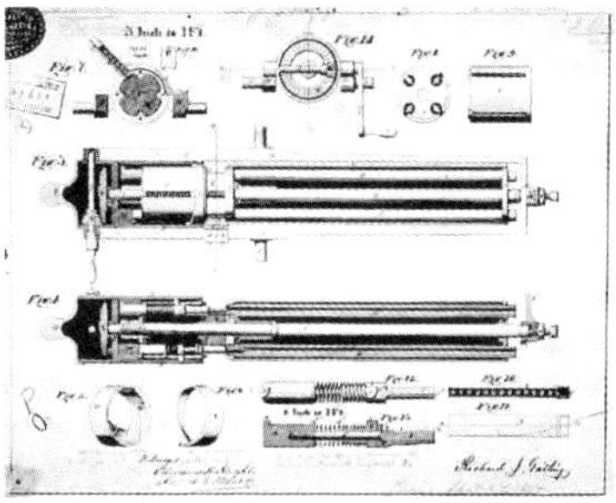

格林炮结构

整的武器。

“格林炮”并不是真的火炮，格林炮又被称作加特林机关枪，口径 11.43 毫米，以今天 20 毫米以上的武器算作是炮，20 毫米以下的武器算作是枪而言，它只能被称之为“格林枪”。但这种武器在当时确实属于杀敌利器，它是用摇把摇动 10 个枪管围绕中间的轴心转动实现轮番射击，日方保存的这门格林炮还带有缺口的准星式瞄准装置。

根据现在掌握的图纸，在致远舰的后部桅盘中装有两门这样型号的小口径速射武器，而这门火炮在致远舰冲向日本舰队的最后航程之中，又是一抹被历史所记载的亮色。

在致远舰发起这次冲锋的时候，战场上还有一支观战的舰队，这就是英国的皇家远东舰队，他们通过观察中日两军的海战对今后海军的发展做出了新的判断。远东舰队司令斐利曼认为尽管中国海军拥有两艘巨大的战舰，但由于航速不及日本舰队，所以难以发挥足够的作用；而以速度和火力见长的日本舰队则取得了战场的主动权。

下层官兵对战略层面的内容关心不多，倒是更真切地记录下了两军交锋的情景。一名英军的下级军官记载他看到的致远舰最后航程，他表示致远舰在冲向日本舰队的时候舰身已经倾斜，从它的舰身两侧排水口中不断排出白色的泡沫，使舰体两边仿佛挂上了白色的幔帐。这艘战舰舰身倾斜，却以最高的时速勇往直前，它的火炮已经停止射击，只有桅盘中的机关炮——也很可能就是我们在横须贺看到的这门机关炮仍然在猛烈地朝敌人开火。致远舰是在距离日本舰队约一公里处走完了自己的航程。据那位英国海军军官的记载，随着与日本舰队的距离逐渐缩短，致远舰中弹也越来越多，舰体倾斜益甚，最终一声巨大的爆炸声使得战场沉寂下来。致远号的体内发生剧烈爆炸，军舰的船头先行下沉，舰尾高高竖立到空中，但螺旋桨仍然在不停地旋转。不到十分钟，这艘英国阿姆斯特朗船厂建造的巡洋舰就彻底消失在了大海之中。

英军的这段描述包含了丰富的历史信息，它使我们知道在这场决定命运的大海战之中邓世昌不是一个孤独的英雄，他和他的战友们都无愧于中国第一代职业海军军人的称号。

所谓白色的泡沫在军舰两侧排水口中喷出，说明军舰里的损管队员正在使用抽水机拼命排水，以使自己的战机得到撞击敌舰的机会。

战舰上的火炮已经停止了射击，电影《甲午风云》的描述应该是炮弹已经打光，而我们今天推断致远号和它的姊妹舰靖远号拥有的炮弹数量相差不多，靖远号直到下午五点半战斗结束时仍在开炮作战，说明致远号在下午三点半时不应该处于弹药全部打光的状态。据推测这可能是由于军舰已经倾斜达到30度，使各舰火炮失去了调整射击角度的可能，这才使致远舰的各炮不得不沉寂下来。而桅顶上对日军仍然猛烈射击的机关炮应该是与邓世昌同样见证了致远舰的最后时刻。假如在横须贺看到的这门机关炮，便是当时对日方进行最后战斗的武器，那么冥冥之中把它保留在这个世界上或许颇有深意，它正象征着致远舰和邓世昌至死不屈的精神。

当我看到这门机关炮的时候，耳边仿佛响声起了邓世昌最后的声音，那是当致远舰冲向日本军阵的时候，按照英国海军传统身着上蓝下白的军官制服的邓世昌登上飞桥，冒着炮火，手持军刀向官兵们大声呼喊：“吾辈从军为国，早置生死于度外，今日之势有死而已，然虽死，而海军之声威弗替，是即所以报国也。”

当然在寻访这门机关炮的时候，无论是笔者还是当时一同前往的北洋水师

保存在横须贺的致远格林炮全景

研究学者们，没有人能够想到正是这样的一门格林机关炮在今后北洋水师战舰的探摸过程中会起到怎样的作用。仅仅存世一门机关炮和一个救生圈，与北洋水师其他战舰相比，致远舰留存下来的遗物似乎过于稀少，然而尽管文物部门做了很大的努力，但致远舰的遗物始终没有增加。唯一的收获是在那名参战的美国海军军官马吉芬家中保存了一些寄自致远舰的信件，而邓家的后人也表示在 1966 年之前曾在家中见到两具邓世昌使用过的单筒望远镜。

所存物品愈少，其实背后潜藏的希望就越大，因为这似乎表明致远舰上的大多数物品并没有落入日本方面手中，也不曾出现在国内市场，它很有可能仍沉睡在黄海的海底中。

而对于我这个参与者而言，邓世昌给这个世界遗留下来最珍贵的或许并非他的战舰遗物或者望远镜，而是他的优秀子孙们。邓世昌本人有三儿五女，其长子邓浩洪任职于广东水师，1947 年去世；三子邓浩乾是遗腹子，不曾见过

致远舰在大东沟海战中（丹东复制效果图）

邓世昌本人，他成年后在民国海军部供职；其次女邓秀蝉嫁给了邓世昌的同窗好友南洋海军超武舰管带叶富之子。他的后代里面有担任工程师的，也有担任剧作家的，特别是他在广州的孙辈之中竟然有五人毕业于黄埔军校，其中的四侄孙邓权民出自中央陆军步兵学校教导总队，与他的两个弟弟、一个妹妹都参加了抗日战争。邓权民说，他最开心的时刻便是在广东博罗县接受当地日军的投降。

在邓世昌的生前，曾有人认为他不近人情，因为他在从军之后二十年的时间之中只回过家乡三次，尤其是1884年他父亲去世之际邓世昌依然没有回家。尽管为国公而忘私令人敬仰，但自己父亲弥留之际都不回家看看，难免让人产生异样的感觉。

在搜索邓世昌的相关资料时，笔者找到了致远舰官兵的一段回忆。他们描

述1884年邓世昌从上海奉调率舰北上前往朝鲜平定日军参与的甲申事变。水兵看到他们的舰长每天把自己锁在房间之中一遍一遍地在书桌上书写着什么，但每当写完便将其撕碎。好奇的水兵有一次将邓世昌写过的文字拼接起来，却赫然发现所有的纸上都写着仅仅两个字——“不孝”。

原来，此时正是邓世昌的父亲病重时刻，但肩负国家重任，邓世昌无法回家探望。也许这就是那个时代中国男儿忠孝不能两全的真实反映。

而邓世昌与他的亲人们那种水乳交融的感情在采访其后代时还能够感觉到一二。这件事倒是与一件对邓世昌不利的传闻有关。在网络时代关于邓世昌率舰冲击敌舰不幸战死的经过被详细地披露于公众面前，于是有人便直接指出，邓世昌居然在军舰上养狗，这明明是军纪涣散的表现，怎么会被称为民族英雄呢？

说这话的人显然是不懂海军传统。海军历来不禁宠物上船，军舰上豢养宠物是19世纪各国海军的传统——风帆时代船上养猫防止老鼠咬坏船材，铁甲时代舰上宠物更是五花八门，德国军舰上甚至养过狗熊和小猪，这也是为了舒缓远洋航行中的寂寞和焦躁，据说颇有作用。《北洋水师章程》中当然也找不到相关禁令条文。今天刘公岛上最多的动物就是猫，此即历年海军船猫所遗后裔，不乏当年北洋水师的作品。邓世昌带犬上船，实在是再正常不过，指责何来？

不过，如今就算为邓大人辩驳，又有谁会去听呢？始作俑者亦无须负责，反正邓大人不能来与他理论。浮躁的时代，责人唯恐不深，很多人更愿意听到“秘闻”，这恐怕就不仅仅是邓世昌的悲哀了。

欧洲某战舰上饲养的宠物袋鼠

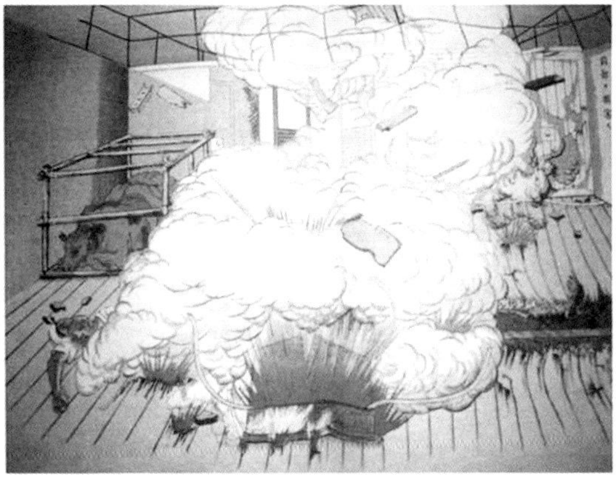

松岛舰上的黄牛，海战中被平远舰炮毙（日本绘画）

一次，遇到中国海军史研究会会长陈悦先生，他说："邓大人船上养狗自不稀奇，还有养更奇特动物的，你可知道？——甲午海战中日本海军旗舰松岛号上养的，你猜是什么？"

"是什么动物？难道养上一头驴？不然何称奇特呢？"

"他们啊，养了一头大黄牛，而且在黄海海战中被北洋水师给击毙了。"

啊？真是令人瞠目结舌，日军居然在军舰上养牛，这可真是需要一点想象力的。

笑是笑了，过后想想，这不会是忽悠大家吧？

结果，真的在日本的资料中找到了记载——海战到下午两点三十分，中国自制的巡洋舰平远号逼近松岛，用 260 毫米主炮直接命中其左舷，击中医疗室和主炮之间，当场击毙战位上井手少尉等四名日军——甲板上关在笼子里的大黄牛也被当场炮毙！

根据日军说明才知道，日军饲养大黄牛不仅仅是当吉祥物，还出于一旦断粮可以吃牛肉的考虑……

看来，海军在军舰上养宠物还真是言之有据。

笑过之后，想到了另外一段邓世昌与太阳犬的记忆。邓的女儿认为父亲邓世昌只是严肃而并非没有感情。他平时住在舰上，不在当地置房，但给妻女还有赁屋，并没有到“有家不回”“无家可归”的地步。她常常倚门而望，期待看到父亲归来，而如果远远在威海卫的雾气中看到一人一狗相携而来，那便是父亲回来了——邓世昌每次回家总是带着他的大狗，一人一犬，感情甚笃。

忽然觉得，邓的女儿那段倚门而望的回忆竟然颇带温馨。

这却是以前看关于邓世昌的文字少有的感觉。

无情未必真豪杰，怜子如何不丈夫。

03

大舰队的最后踪迹

自行炸毁后的定远舰

从甲午战争结束到今天已经整整120年了，寻访致远舰和邓世昌的努力一直在进行，而这种寻访并不仅仅限于邓世昌的致远舰。

有很多有心人在默默地寻访，试图搞清北洋水师这支中国曾经的大舰队到底有多少遗物还留在这个世界上。

寻找的结果令人惊讶。北洋水师的遗物，有的在国内，有的在国外，简直可以说星罗棋布。几乎每一艘舰都有遗物残存在这个世间，而每一件遗物，似乎都在向我们诉说着它们曾经的故事。

威远舰舰名牌

在德国刚刚完工的定远舰

一、定远号装甲舰

定远号，是1881年清廷从德国伏尔铿船厂订造的7000吨级装甲舰，1885年编入北洋水师，长期担任北洋水师旗舰，管带刘步蟾。战前定远舰两次访问日本，曾因水兵与当地居民矛盾做出炮击长崎的准备。大东沟海战中，定远舰在开战不久中弹，信旗系统被毁，失去旗舰功能，但该舰官兵在战斗中表现英勇顽强，于敌军围攻中与姊妹舰镇远遥相呼应，在日舰队环攻之下艰苦应战，迫得日舰队不得不率先撤离。此后，在威海卫保卫战中也曾多次击伤日舰，并与日军岸防炮兵发生激战。

结局：1895年2月5日凌晨，定远舰在威海卫遭日军鱼雷艇偷袭重伤搁浅。11日，舰长刘步蟾自尽并部署水兵炸毁定远舰以免资敌。

参数：正常排水量7144吨，满载排水量7670吨，动力6200马力，航速14.5节，装备有德国克虏伯305毫米后膛炮4门，克虏伯150毫米后膛副炮2门，75毫米克虏伯炮4门，37毫米五管哈乞开斯机关炮8门，57毫米、47

保存在日本佐世保东山海军墓地的两枚定远舰使用的 305 毫米开花弹

毫米哈乞开斯速射炮各 2 门，14 英寸鱼雷发射管 3 具，并有 2 艘舰载鱼雷艇。

遗物情况：

中国山东龙口海神庙，存尾锚一座。

中国山东威海甲午战争纪念馆，存定远舰管带刘步蟾遗物若干。

中国海军史研究会，存定远舰舰材所制圆凳一件。

日本太宰府定远馆，存该舰装甲板、划艇长桨、柚木甲板、水密门、船底板、装饰木雕、横桁、系缆桩等。

日本太宰府光明禅寺，存定远舰舰长办公桌一台。

日本长崎格拉巴住宅，存定远人工舵轮改造的咖啡桌一具。

日本佐世保海军墓地，存定远舰 305 毫米长径开花弹两枚，实心弹两枚。

日本和歌山须佐神社，存短径开花弹一枚。

日本东京皇居振天府，存定远舰防雷网一部（未见实物）。

日本海上自卫队史料馆，存带有龙纹的船钟一具。

定远舰在北洋水师各舰中所存遗物数量、种类仅次于济远舰。值得一提的是，其中定远馆竟然是日本著名的“鬼屋”。日本舰船模型学会理事秋山红叶在 1961 年发表的《定远馆始末记》一文称，定远馆落成后，有人到那里住宿，半夜里却隐约看到走动的人影，都穿着中国水兵制服；有盗贼进到里面的时候，听到有声音威严地责问——“税”，恰是中国胶东话里“谁”的发音。传说当地的神官夜里去定远馆中取东西，也曾经与穿中国水兵制服的人相撞，当场吓得发疯。秋山写道：“北洋海军的幽灵一直在这里游荡。”

二、镇远号装甲舰

镇远号装甲舰同样是德国伏尔铿船厂出品，是定远号的准姊妹舰，各项参数基本一致。该舰第一任管带林泰曾被日本海军称为“北洋水师的长刀”，后因战舰不慎触礁而引咎自尽。继任管带为杨用霖，曾在黄海海战中指挥炮手以 305 毫米巨弹重创日军多艘战舰。

结局：威海卫陷落时，已遭重创的镇远舰被日军俘获，编入日本联合舰队，参加过日俄战争。1915 年退役被拆解。

参数：与定远舰基本相同，唯建造时因为国际钢铁价格波动，船身采用了铁质装甲而不是钢制。

遗物情况：

中国人民军事博物馆，存二号大锚一座。

日本冈山福田海神社，存一号大锚一座。

日本横须贺三笠舰纪念公园，存 305 毫米实心弹两枚。

日本奈良冰室神社，存 305 毫米实心弹一枚（亦有称其为定远舰炮弹）。

在旅顺船坞中维修的镇远舰

黄海海战中浴血奋战的镇远舰（日本画家在战后所绘）

日本神户某收藏家，存镇远舰厨房设备一件(未见实物)。

日本小田原高等学校，存船钟一枚。

日本四国小豆岛商船学校，存船钟一枚。

美国匿名收藏家，存舰上海图及青铜制火炮状桌面饰物一件。

美国原镇远舰帮带马吉芬家族，存北洋水师军刀、军服等（已于2011年于旧金山拍卖）。

在小田原市高等学校的草坪上放置有镇远舰船钟，曾被用作上课钟使用。按照前方说明牌上的记载，当中日讨论建交的时候，周恩来总理曾和日方代表河野谦三（小田原高等学校毕业生）谈起过这口钟，并希望它成为和平之钟。返回日本之后，河野为这口钟捐赠了一座遮雨亭，以便更好地保存，并在亭前立碑，记述与周恩来总理就此钟进行的谈话。

日本小田原高等学校所存镇远船钟

北洋水师编队中的济远舰，其背后为一艘超勇级巡洋舰

济远舰在丰岛海战中遭日舰速射炮攒击后留下的弹痕

三、济远号穹甲巡洋舰

济远号与定远号、镇远号装甲舰同样是德国伏尔铿船厂出品，本来是作为定远号的姊妹舰订购的，后因资金不足，于中途改为装甲（穹甲）巡洋舰。这也是德国设计制造的第一艘装甲巡洋舰，1885 年加入北洋水师。该舰第一任管带方伯谦为格林威治海军学院毕业生，因在丰岛海战中率舰遁走而被日本海军史学家平田晋策称为“善于逃跑的名家”。实际上济远舰在丰岛海战中表现不错，曾击中敌舰吉野机舱，大副沈寿昌、二副柯建章等英勇战死。方伯谦后因在大东沟海战中再次先走，被清廷问斩，继任管带为林国祥。

结局：威海卫陷落时，济远舰被日军俘获，编入日本联合舰队，在日俄战争中与旅顺羊头洼触雷沉没。20 世纪 80 年代，部分遗物被打捞出水。

参数：标准排水 2355 吨， 动力 2800 马力，航速 15 节，装备有德国克虏伯 210 毫米炮 2 门，150 毫米炮 1 门，47 毫米多管速射炮 2 门，37 毫米单管速射炮 9 门，381 毫米鱼雷发射管 4 门，据说还曾搭载 2 艘鱼雷艇。

济远舰舰首主炮。这种架退式火炮的射速较慢，因此无法在甲午海战中抗衡日军的速射炮

遗物情况：

中国旅顺日俄监狱旧址博物馆，存该舰风筒、格林机关炮炮身、罗盘、大锚、舷窗等遗物。

中国山东威海甲午战争纪念馆，存该舰舰首 210 毫米双联主炮一门，机关炮一门，装甲板、舱盖、罗经、桅杆、吊艇杆、大锚、炮弹等遗物。

中国旅顺万忠墓，存该舰舰尾 150 毫米主炮一门，机关炮一门。

中国旅顺私人收藏家，存该舰机舱铭牌一枚。

1982 年 4 月，海军某部在旅顺羊头洼西北大约两海里处发现了一艘沉船，经专家论证为清济远舰。此后，对济远舰又进行了两次打捞，获得了大量文物，使该舰遗物存世总量达到北洋水师诸舰之冠。

四、经远号装甲巡洋舰

经远号为清廷于 1886 年向德国订造的两艘装甲巡洋舰之一，1887 年完工。该舰的特点是两舷安装有装甲带，因此其防护能力比当时流行的穹甲巡洋舰要高。但是，因为其吨位只有不到三千吨，造成其防护范围有限，且为减轻重量尾部没有安装主炮，这也是其最大弱点。1894 年 9 月 17 日的大东沟海战中，经远舰曾给日舰重大杀伤，并试图派遣陆战队跳帮夺取日舰扶桑。经远舰从建造完工后只有一任管带，即毕业于格林威治海军学院的林永升。林永升在大东沟海战中因头部中弹壮烈殉国。

结局：大东沟海战中，经远舰遭到日军第一游击队四艘战舰的围攻，该舰顽强抵抗达一小时之久，终因寡不敌众爆炸沉没。

参数：标准排水量 2900 吨，动力 4400 马力，航速 15.5 节，装备有德国克虏伯 210 毫米炮 2 门，150 毫米炮 2

在庄河海区打捞获得的经远舰残件

经远舰在大东沟海战中爆炸起火的瞬间（西方美术作品）

门，47 毫米多管速射炮 2 门，37 毫米单管速射炮 5 门，457 毫米鱼雷发射管 2 门。

遗物情况：

中国旅顺日俄监狱旧址博物馆，存该舰救生圈一个。

旅顺万忠墓展览馆，存经远士兵军服一件。

中国辽宁省庄河海区已发现经远舰水下残骸，并打捞包括紫铜套管、钢板、炮台护圈、工具、炮弹等残件。

中国民间收藏家，存经远舰发出给上海叶观庭先生的信件一封。

大东沟海战后来远舰后甲板。海战中来远舰尾部焚毁，露出舰体肋骨，状如废墟，依然坚持到战斗结束，见到的人都感到惊讶

用来远舰舵轮材料制作的墨盒，镌刻有“威海湾沉没军舰来远号舵柄之选材，己亥之秋，石山人并记”字迹（中国海军史研究会提供图片）

五、来远号装甲巡洋舰

来远号为经远号的姊妹舰，参加过大东沟海战和威海卫海战，皆以骁勇能战著称。在大东沟海战中，来远舰曾疾追日舰赤城，击毙其舰长坂元八郎太。该舰在战斗中身负重伤，但依然坚持作战，成功返航。在威海卫海战中，来远舰的炮弹击毙了日军第十一旅团长大

来远号装甲巡洋舰

寺安纯。来远舰管带为格林威治海军学院毕业生邱宝仁。

结局：1895 年 2 月 6 日凌晨 4 时，来远舰在威海卫铁码头被日军第一鱼雷艇队偷袭，中雷两枚后翻转沉没。

参数：与经远舰相同，略。

遗物情况：

中国海军史研究会，存截取来远舰舵轮制作的墨盒一枚。

哈佛大学燕京图书馆，存《北洋海军来远兵船管驾日记》部分。

来远舰沉没后，其残骸最终命运一直无人知道。这件墨盒的发现，证明占领威海卫后的日军曾对来远舰进行过破坏性打捞，其舵轮应当就是此时被拆取的。这与日方记载将威海卫港内北洋水师沉船打捞权拍卖的记录是吻合的。事实上，经过水下勘探证明，威海卫港内沉没的北洋水师沉船船体，今天都已经不复存在了。

六、致远号穹甲巡洋舰

1886 年，中国向英国阿姆斯特朗船厂订造了两艘造型优美的穹甲巡洋舰，即后来的北洋水师致远舰和靖远舰。致远号巡洋舰在 1887 年加入北洋水师，管带邓世昌。1894 年 9 月 17 日的大东沟海战中，致远舰在战斗中沉没。从此，致远舰和邓世昌在某种意义上成为中国海军英勇奋战的图腾。

参数：标准排水量 2300 吨，动力为 6892 马力，采用强压通风时可以达到 7500 马力，航速 18.5 节，装备克虏伯 210 毫米主炮 3 门，阿姆斯特朗 152 毫米副炮 2 门，57 毫米哈乞开斯速射炮 8 门，47 毫米哈乞开斯速射炮 2 门，37 毫米哈乞开斯机关炮 6 门、11 毫米 10 管格林机关炮 4 门，457 毫米鱼雷发射管 4 具。

遗存物品情况前已介绍，不再赘述。

致远舰模拟图

七、靖远号穹甲巡洋舰

靖远号是致远号的同型姊妹舰，1887 年加入北洋水师。靖远舰参加了大东沟海战，中弹一百余发，仍坚持战斗，并在海战最后阶段升旗代理旗舰定远指挥各舰，编队撤回旅顺。威海卫海战中，在定远舰沉没后，丁汝昌以靖远舰为旗舰继续与日军作战。由于靖远舰上挂着提督旗（团龙五色旗），遭到日舰攒击重伤。靖远舰管带叶祖珪为英国格林威治海军学院毕业生，甲午战败后主持重建中国海军的工作，1905 年于南北洋海军总统(即总司令)任上因病殉职。

日本福冈元寇博物馆中所存靖远舰妈祖神龛和官印印盒

结局：1895 年 2 月 9 日，靖远舰被日军占领的鹿角嘴炮台发射的两枚巨弹击中后搁浅，为免资敌，由广丙舰发射鱼雷击中自沉。

靖远舰下水仪式

参数：与致远舰相同，略。

遗物情况：

中国人民军事博物馆，存靖远舰用大餐盘一只，银壶一只，餐匙一枚。

在威海卫之战中沉没的靖远舰

靖远号巡洋舰在阿姆斯特朗船厂的下水仪式

中国私人收藏家，存靖远舰用大餐盘一只。

日本福冈元寇博物馆，存靖远舰妈祖神龛一具，官印印盒一具。

靖远舰所存的妈祖神龛，反映了当时中国海军官兵独特的海洋信仰。北洋水师提督丁汝昌曾亲率部属到威海卫的妈祖庙参拜，并将北洋水师各舰的模型供置于此。当地渔民纷纷效仿，也将自己船只的船模供奉在妈祖庙。有趣的是这些美轮美奂的船模吸引了外国来客，群起订购，无意中为威海当地增加了制造船模这一独特的文化产业。

在威海卫之战中与敌激烈炮战的平远舰和济远舰

平远号装甲巡洋舰，其首尾和侧舷的龙纹依稀可见

八、平远号装甲巡洋舰

平远号装甲巡洋舰是北洋水师“八大远”中唯一的一艘国产战舰。1888 年，福州船政局成功建造平远号装甲巡洋舰，并经过一番波折之后划拨北洋水师。在大东沟海战中平远号本来和广丙号担任保护运输船的任务，在战局不利时毅然加入战场。平远舰两次击中日本舰队旗舰松岛号，并曾追随邓世昌的致远舰对日舰发起撞击冲锋，因负伤过重被迫撤退。此后，该舰又参加了威海卫之战。平远舰最初的管带是林承谟，甲午战争时期的管带为李和，与邓世昌是“八大远”上唯二的两名非留学出身的舰长，甲午战争之后继续在海军中服役，曾担任民国海军副总司令。

结局：北洋水师覆灭之时，已经负伤的平远舰被日军俘获。1904 年在日俄战争中触水雷沉没于旅顺鸠湾附近。

参数：标准排水量 2067 吨，动力 2400 马力，航速 10.5 节，装备 260 毫米前主炮 1 门，克虏伯 150 毫米副炮 2 门，57 毫米速射炮 2 门，47 毫米速射炮 2 门，37 毫米 5 管机关炮 4 门，鱼雷发射管 4 具。

遗物情况：

日本冈山福田海神社，存该舰击中日舰西京丸号后未爆炸260毫米炮弹1枚。

大东沟海战中最先遭到日军打击的超勇舰

九、超勇号和扬威号

超勇号和扬威号是北洋水师最早的两艘巡洋舰，是 1880 年李鸿章从英国阿姆斯特朗船厂订造的，1881 年由中国水兵驾驶返回祖国，在“八大远”加入北洋水师前长期担任北洋水师主力。超勇第一任管带为林泰曾，第二任管带为黄建勋。扬威第一任管带为邓世昌，第二任管带为林履中。

超勇级舰属于一种没有装甲的撞击巡洋舰，它的舰形低矮，但设计在当时堪称世界最先进的形制。该舰在舰首和舰尾各装有一门可以旋回的 254 毫米重型火炮，在水下则装有立斧状的重角。有趣的是这艘军舰无论主炮、副炮都可缩回到舰体之中，因此舰体十分简洁、浑厚，造型有点像今天的隐身战舰。而这种布局在当时巡洋舰之中也堪称开辟先河，在世界建船史上超勇舰和扬威舰被称为世界所有巡洋舰的鼻祖，也是它们的概念舰。

超勇舰和扬威舰这两艘战舰曾经在朝鲜半岛的危机之中扮演重要角色，也曾经前往俄罗斯和日本执行任务。到 1894 年大东沟海战之前，两舰已经落伍于时代，而且由于缺乏维护，其轮机系统与火炮系统故障频出。在海战之中，超勇扬威两舰首先遭到日本联合舰队第一游击队四艘最先进战舰的围攻，又遭到其本队逼近攻击，尽管英勇还击，击伤多艘日舰，但是寡不敌众，成为大东沟海战中最早被击沉的中国舰艇，两舰管带与舰同沉。

结局：超勇舰，1894 年 9 月 17 日的大东沟海战中，在遭到日舰围攻之后，因舰体连接前后炮塔的走廊起火，失去动力，在连续遭到重大打击之后因进水过多而翻沉。扬威舰，1894 年 9 月 17 日，在黄海海战中遭到日舰集中攻击负重伤，在转入浅水区灭火途中被逃走的济远号巡洋舰撞上搁浅，18 日被日军千代田号巡洋舰放鱼雷炸毁。

参数：正常排水量 1258 吨，满载排水量 1568 吨，航速 12.5 节，装备有阿姆斯特朗 254 毫米后膛炮 2 门，120 毫米副炮 4 门，1 磅速射炮多门，47 毫米哈乞开斯速射炮 2 门，14 英寸鱼雷发射管 4 具，并载有 1 艘舰载水雷挺。1884 年在执行对法威慑行动中，为增强战斗力，加装 10 管格林机关炮 2 门。

遗物情况：

英国海事博物馆，存超勇舰和扬威舰船旗一面。

英国纽卡斯尔市圣约翰公墓，存超勇、扬威两舰官兵墓葬两座。

中国台湾台北国史馆门外，存疑似两舰使用 120 毫米炮一门。

超勇号和扬威号是北洋水师最老旧的两艘巡洋舰，而且其船体内部为木质背板，不易保存，因此遗物较少，至今尚未发现两舰在海战之后确切残存遗物的踪影。

十、北洋水师近岸防御舰艇

北洋水师近岸防御舰艇包括镇字号炮舰、鱼雷艇队等，这些舰只较为驳杂，吨位较小，因此所存遗物不多，主要为存在于威海卫刘公岛用于鱼雷艇上岸维修和加装鱼雷使用的雷轨，以及镇字号炮舰留下的航海日志（现存于日本自卫队史料馆）等。

除了以上各舰之外，其他北洋水师战舰如广东来援三舰，威远、康济等也

广乙号战舰

广乙舰在丰岛海战后残留在十八岛海滩上的残骸

都有遗物或疑似遗物存世，向我们展示着这支舰队当年的风貌。

广东来援三舰中，广乙号是晚清福州船政局船厂建造的钢制鱼雷炮舰，长期服务于广东水师。严格地说该舰在甲午战争开始前并不隶属于北洋水师，直到战争即将开始，担任两广总督的李翰章因为是李鸿章的胞兄，故此将麾下广甲、广乙、广丙三艘军舰派往北方支援北洋水师。广乙舰在甲午战争开战之时与济

存放在靖国神社的广乙舰尾炮

康济（复济）号训练舰

远号组成编队，在朝鲜牙山海域与日本舰只进行了甲午战争之中的第一场海战，并有出色表现，但自己也因为身负重伤而不幸焚毁。该舰舰长为林国祥。

结局：1894 年 7 月 25 日，在丰岛海战中广乙号连续袭击三艘日舰之后被击成重伤，轮机损坏，舰长林国祥巧妙地驾驶重伤的军舰从潜水区开入十八岛水域搁浅，而日舰由于吃水较深不敢深入。由于舰上人员已伤亡三分之一以上，战舰破坏严重，林国祥被迫

服役期间的永和号

江南制造局自制的操江号运输舰，丰岛海战中被俘，竟然一直被日本使用到 1970 年前后

将广乙舰焚毁之后，带领船员返回中国继续参战。

参数：排水量 1000 吨，航速 15.6 节，装备有德国克虏伯 150 毫米后膛炮 1 门，克虏伯 120 毫米速射炮 2 门，14 英寸鱼雷发射管 3 具。

遗物情况：现存遗物为 120 毫米后膛炮一门，存于日本靖国神社。

值得一提的是，北洋水师有少数舰艇在甲午战争之后继续得到使用，留在中国的舰艇中以康济号训练舰最大。

1895 年 2 月 14 日，北洋水师在威海卫战败，向日军投降，水师提督丁汝昌等自杀殉国。为了表达对这位曾经的老友的敬意，日本舰队司令将康济号归还中国，用于将北洋水师自杀、阵亡的各位将领遗体运出刘公岛送返故乡。这艘军舰后来成为中国海军的训练船，并改名为复济号，被此后的海军将领尊称为“济伯”。

被日军俘虏后使用于日本联合舰队的中国舰艇中，留存最久的是操江号运输船。这艘 1894 年 7 月 24 日被俘的老式运输舰竟然在日本一直服役到 1970 年前后才最终被除名，可见其坚固。

自此，北洋水师的舰艇已经没有任何一艘留在这个世界上了。

04

北洋水师的影子

——颐和园中的“慈禧御舰”永和号

曾为慈禧拉过摆渡的永和号

北洋水师的所有战舰都已经消失在了历史的长河之中，但历史偏偏给我们留下了一丝缝隙，让我们可以一窥其存在时的风采，这条缝隙，便隐藏在颐和园的耕织图庭院之中。

颐和园，是北京著名的皇家御苑。在这座优雅的东方园林中，百年前灭亡的那个王朝的影子依然时时闪现。古殿，佛塔，铜牛，长廊，苏杭的石，扬州的桥，把中国古典文明一处处断面，如同剪影般传递给来去匆匆的游人。

就在这座东方的精美园林中，细心的人却可以看到一件迥异于那个时代的东西，那就是停放在耕织图昆明湖水师学堂的“永和号”轮船。

永和号，长约 25 米，宽约 3.8 米，单烟囱，钢质船壳带有防锈涂层。其船体中央为机器房，安装一台卧式蒸汽机，依靠两舷的一对明轮推进器行进。这一对明轮推进器的外壳上带有华贵的木雕装饰，颇显皇家风范。据中国海军史研究会会长陈悦先生考证，这艘建于清朝末年的蒸汽铁壳火轮船，是我国现存唯一清代汽船实物，如今已经成了研究那个时代舰船构造的活化石。而在当时，在这座点缀着肩舆和太监的东方宫廷，永和号显然是开化的象征。它被用来拖行慈禧的画舫，第一次便由于操作不熟练搁浅岸边（也有说是锅炉爆炸）。慈禧并未动怒，仅仅轻描淡写地要责任者查出事故原因来。

慈禧对新事物的接受和宽容不是偶然的。此前三十年，福州船政局欲图自行设计制造一艘钢甲巡洋舰，满朝文武皆不以为然，认为这是不自量力。官司打到慈禧案前，这位垂帘太后却力排众议，给予了支持，批示道："筹办海防二十余年迄无成效，即福建所造各船亦不合用，所谓自强何在？此次请造钢甲兵船三号，着其拨款兴办，惟工繁费巨，该大臣等务当实力督促，毋得草率偷减，乃至有名无实。"该舰因而建成，便是北洋水师"八大远"字号主力舰中唯一的国产战舰——平远号装甲巡洋舰，代表了那个时代中国造船业最高的水准。

显然，历史上的慈禧，比脸谱化的没落顽固派要复杂得多。

这艘永和号火轮船不是中国人造的，而是来自日本的礼物。

1908 年，张之洞在日本川崎厂订购若干舰只用于长江防御（后来这批舰艇大多一直使用到抗日战争中，并殉难于斯役），在他的授意下，日本厂商建造了这艘永和号，并将其赠与清王朝的最高执政者慈禧太后，于是这艘造型优雅的小轮船就成为从未见过大海的老佛爷一生唯一的"御舰"。在四个拟定的名字中，慈禧太后自行选定了"永和"的名字，似乎昭示着两个邻国永远和平的融融之情。

大约，当时在场的双方都刻意忘掉了中国海军学校图书馆门前那块刻着"雪甲午耻"的木牌。

在"永和号"到达中国的时刻，北洋水师的舰队早已荡然无存。

似乎，对于这艘打着当年敌国烙印的小轮船，我们不应该有太多的感情。而它存身的颐和园，也承载着一个沉重的传说——因为慈禧太后修颐和园，挪用了海军军费，使北洋水师无力增造新舰，因此全军覆没。在某个特殊历史时期，关于这艘小轮的命运，文物部门也曾因此批示"不建议保留"，以至其上层建筑的木制部分在 1958 年被拆除作为炼钢燃料。

然而，当我们走近这条老船，仍然会有一种恍惚，冥冥中它和北洋水师似乎有某种因缘。

民国期间被抛弃搁浅的颐和园永和号

永和号明轮上带有皇室风范的优美雕饰和残缺的舰名牌

如果到历史文献中寻找永和号的设计源头，会发现这种感觉是有道理的。永和号的原型，是日本用于内河航行的利根川丸系列明轮船，这一系列明轮船始建于 1895 年。而利根川丸的设计则参考了英国 1875 年为巴西制造的系列内河航船。可以说，永和号是英制 1875 年型出口内河浅水轮船的近亲。

也正是这一年 5 月 30 日，清政府谕令李鸿章创设北洋水师，李鸿章通过总税务司赫德在英国订造四艘伦道尔式浅水重炮舰，是为北洋水师的肇端。北洋水师第一批战舰的身上，有着同永和号相似的形制，一样的英伦血统。

落日残阳之中，我们依然可以从永和号这个同一时代的标本身上，体会一下这支舰队的神采。

登上永和号，时代的沧桑感扑面而来。那不是属于历史的腐朽之气，而是一种特殊的工业美感。尽管已过百年，这条船的躯体依然保持着优美的弧线，一行行铆钉如嵌入船体的星辰。从现存照片上看，北洋水师的舰只和永和号有着同样的对精美的追求，并且不惜成本。用某个美国海军史作家的话来说，那是个把每艘船都当作竖琴来造的时代。事实上，当时北洋水师的死敌——日本联合舰队的战舰也是一样。它们的造型，都带着那个时代欧洲船舶设计风格的浓郁影响。

在永和号英挺的线条背后，北洋水师一艘艘战舰的影子仿佛在淡淡闪现，勾勒着一百年前的中国人，为了跟上时代脚步进行的努力，以及东亚两个民族那场用铁与血进行的生存竞争。

对于永和号的纠结，或许正是以北洋水师为首的那一批清末中国人心理的写照。他们学习和追求的，是当时比东方封建社会更先进的近代工业文明，这种工业文明有着先天的吸引力。但这种先进文明，又正是曾经欺压过我们、伤害过我们的载体。当我们追求进步的时候，进步的阶梯却在敌人一方，使我们对它又欣赏又仇恨。

05

被拖出去打靶的“致远舰”

致远舰的最后踪迹至今仍是一个谜团，但是另一艘大家熟悉的“致远舰”却在甲午战争结束一百多年后爆出一个不大不小的新闻。

2013 年 1 月 10 日，《中国商报》以“一台充满传奇的锅炉”为标题，报道了山西省汾雁酒业有限公司一座奇特锅炉的故事。据该报道称，这台蒸汽锅炉为英国豪顿公司生产，现存锅炉档案（65）轻锅字 D0531 号，是中国人民解放军海军延安舰上曾经使用过的动力锅炉。1979 年，这家酒厂获得了这座锅炉，一直服役到 2013 年。由于酒厂进行设备改造，故此决定将这座锅炉无偿捐献给任何愿意保存的博物馆。

这段新闻尽管涉及了海军，但却是中国人民解放军的海军，和北洋舰队乃至甲午战争似乎毫无关系，更谈不上与邓世昌和致远舰的关系了。然而，如果我们仔细追究下去，就会发现这台锅炉和致远舰还真有一点关系。

注意到这只“延安号”是因为前几年《舰船知识》上刊登了一篇关于中国海军导弹靶场的文章，提到中国海军第一次导弹发射试验的时候，用“慈禧太后的御舰”当了靶舰，内容非常精彩。

所谓的“慈禧御舰”正待被打靶，其实这条船就是退役的延安号

下面就是这段相关的文字：

酒厂中等待主人的神秘锅炉

据史料记载，慈禧太后曾有一艘名为“宜川”号的巡洋舰，它是清朝政府花200万两白银在英国订购的军舰，准备建立北洋水师时，由英国政府送给慈禧的“友好”礼物。但这艘“宜川”号巡洋舰在甲午战争中一点也没有派上用场，仅仅只是作为“老

佛爷”海上兜风用的“御舰”而已。

由于“宜川”号巡洋舰的特殊身份，所以它不仅从不参加对敌作战，相反，它无论驶到哪里，都要其他舰去护航保“驾”。虽然中国海军经历过无数次的战火洗礼，慈禧太后也早已寿终正寝，清政府也被推翻，但“宜川”号一直得以苟且偷安到20世纪50年代末。

1958年，新中国创建海防导弹试验靶场时，早已破烂不堪的“宜川”号被中国海军从抚顺港的废船堆里拖了出来。当时有许多人觉得这是历史的见证，应作为历史文物保存下来，并作为反面的典型材料教育后代。但是，有许多海军将领看到“宜川”号的破烂模样就不顺眼，一致认为它是腐朽的旧事物，应当与慈禧太后、清政府一样同葬坟墓。1959年，这个老古董被内定为我军海防导弹试验的第一靶。由于我国当时尚处在海防导弹研制的初期，导弹技术还不够成熟，因而使得“宜川”号巡洋舰幸运地躲过了两次劫难。

1959年6月12日这天，“宜川”号首次被五花大绑地固定在渤海某海区的海面上，并由前苏联派人亲自操弹“执法”，但结果却让前苏联人感到尴尬。12时30分，小飞机似的导弹狂啸着飞向“宜川”号靶舰，但只是在距“宜川”号280米处落水爆炸，“宜川”号安然无恙。在场的前苏联总顾问因没有看到靶舰被炸成碎片的辉煌场面，觉得大失脸面。

“宜川”号第二次被作为靶舰时，前苏联专家因中苏关系恶化已全部撤走，必须由中国人亲自操弹“执法”。1964年7月11日这天，导弹起飞52秒的时候，竟无视靶舰目标的存在，摇摇晃晃地撞在沿海某村落旁的礁石上。

虽然前后两次的打靶都没有命中靶舰，但不管怎样，慈禧的“御舰”必须打沉，这是一项严肃的政治任务。15天后，第三枚导弹又呼啸着飞向海空，在导弹发射现场的首长、工作人员及广大官兵都在焦急地等待着消息，他们就是不信“宜川”号的命真的那么硬。不一会儿，只听见一声巨响，传来了导弹直接命中并击沉了“宜川”号的喜讯。

苏联制造的活火山 C-2 反舰导弹，曾交付中国部分，延安号退役后便是进行这种导弹的测试

消息传来，发射现场的人们禁不住内心的喜悦，流出了激动的眼泪。

而所有的这些连同沉入海底的“宜川”号一起，都被写进了历史。

文章精彩，而且还配了一张“宜川”号靶舰的图片。

照片中舷号为3993的军舰，甲板上遍插打靶用的标杆，各类武备也都拆除，但还是能较好地看出其外观特征。这艘军舰首柱笔直，拥有很长的首楼，甲板上双桅双烟囱的布局十分抢眼，其前桅位于飞桥指挥台建筑后，后桅位于首楼之后延伸向舰尾的甲板室后方顶部。桅杆的形制显然经过了现代化改造，绝非19世纪末、20世纪初军舰的样式，而烟囱似乎未作大的变动，特征是直径较细。军舰空阔的首楼顶部甲板以及舰尾甲板，显然以前就是前后主炮的安装位置。

文章精彩是精彩，却在读者中引发了轩然大波。

原因很简单，中国海军从来就没有过一艘叫作宜川号的巡洋舰啊！

如果那几天去国民党海军粉丝们的网页看看，最热的话题就是：“到底是谁让八路给打了靶？”

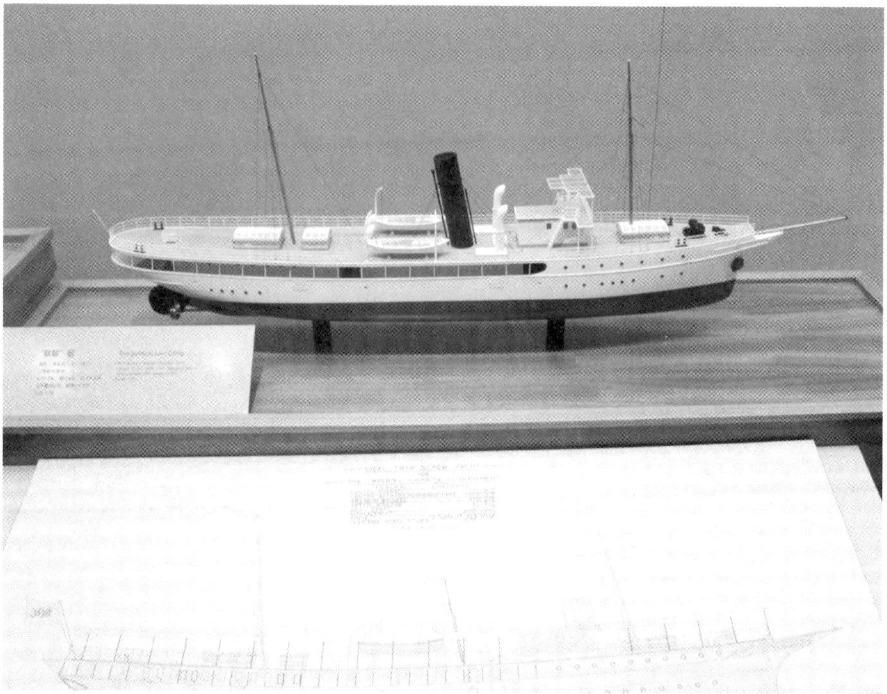

中国海军的所谓御舰联鲸号模型，存于福州船政博物馆

难怪他们关心，大清朝1911年灭亡，它的舰艇全部被民国政府继承，这艘幸存到20世纪50年代末的军舰如果真的是大清朝留下来的，那么，它肯定曾经在国民党海军中服役过！

这艘军舰究竟是哪个呢？

首先可以肯定，这篇报道并不是完全属实的，作者应该是军工战线的高手，却并不十分熟悉历史。

对于慈禧太后，除了那艘颐和园的永和号，在海军中是没有所谓“御舰”一说的，原因是老太太一生也没有到海军作过视察，大清朝的“御舰”直到慈禧归天以后才开始有人提出，并在1911年下水，这艘军舰的名字叫作“联鲸”，是一艘排水量600吨，造型优美的中型炮舰，并有豪华的内装修和服务设施。可惜，这一年发生了辛亥革命，清朝的皇帝是没机会坐它了，真正把它作为座舰使用的历史人物是孙中山和黎元洪。

那么，被打了靶的是不是这艘联鲸舰呢？

不是，联鲸舰的结局要光荣得多。

这艘联鲸舰曾经参加过护法运动，在 20 世纪 30 年代早期被国民党海军改造为测量舰，重新命名为“皦日”舰。1937 年抗战军兴，国民党海军在江阴布设阻塞线抗击日军沿江进犯，这时中国大型舰艇都在封锁线上，而测量队的三艘测量舰青天、甘露、皦日则奉陈绍宽部长令强行下驶，破坏下游灯标。8 月 23 日，皦日舰在南通江面破坏航标时和日舰八重山号等三艘遭遇，双方展开炮战。因为皦日舰吨位小，火力弱，抵挡不住，舰长谢为良乃取曲折航线带伤撤退，吃水深的日舰不知是计，跟踪追击，结果被引上浅滩搁浅。但日舰随即呼叫飞机助战，终将皦日击中焚毁。该舰是国民党海军江阴抗战牺牲的第一艘军舰。

所以，被打靶的是“御舰”的说法，应该是一种讹传。

然而，那艘靶舰确实具有清代舰艇比较典型的特征，比如笔直没有外张的舰首。这时，有日本的舰船“专家”看过照片后，根据其舰型认为，这应该是日本为清朝建造的两艘海防炮舰之一。

这两艘海防炮舰，一艘叫作永丰，一艘叫作永翔，是清朝末代海军司令官萨镇冰 1910 年向日本三菱厂订购的。但是 1912 年它们完工的时候，清王朝已经灭亡了，而当时中国海军因为大型舰只奇缺，这两艘排水量不足 1000 吨的炮舰正式被称作“巡洋舰”！

不过，细细究起，日本人毕竟对中国海军的历史不了解，这两艘舰，哪一艘都不可能是被打靶的“宜川”。

原因呢？因为这两艘军舰的归宿都很明确。

永丰舰，这个名字也许不太响亮，但它另一个名字就如雷贯耳了——“中山舰”。1922 年，陈炯明炮击总统府，孙中山正是在这艘军舰上指挥平叛和突围的。此后，该舰成为广东海军陈策部下的主力战舰。孙中山逝世后，为了纪念中山先生，陈策将永丰舰改名为中山舰，并入中央海军序列。在该舰上，

中山舰在还使用永丰舰舰名的时代

在淞沪战役中被日军击沉的永健号炮舰

还发生过著名的“中山舰事件”。抗战中，中山舰作为部长陈绍宽的座舰巡防长江，1938年10月14日，在长江金口实施布雷作战时被日军飞机炸沉。1997年，因为该舰特殊的历史意义，中山舰被打捞出水，并得到了修复，作为纪念舰保存。

鲜为人知的是，中山舰还曾为国家担任过炮舰外交的任务，1920年，澳门的葡萄牙总督围海造地，与广东省地方当局发生冲突，中山舰奉命驶往澳门，生火亮械，炫耀武力，葡方当时没有可以抗衡的海军舰艇，只得让步了事。

还有一艘永翔呢？

它的境遇更是坎坷。该舰参加过护法战争，但是温树德叛变的时候带走该舰前往北方投靠了直系，以后永翔舰成为东北海军的一员。抗战爆发后，韩复榘不战放弃济南，致使日军切断胶济铁路，中国被迫撤守青岛。因港外日军舰艇云集，无力突围，永翔舰被迫自沉于青岛大港，但它的105毫米主炮被沈鸿烈的陆战队拆卸带走，成为伏击日军铁甲列车之战中的功勋炮。日军占领青岛后，将其打捞后送给了汪精卫伪政府，改名海祥舰，作为汪伪海军的练习舰使用。1945年日本投降，国民党海军重新接收该舰，恢复永翔旧名，不过，该舰寿命很长，大陆易手之际逃到了台湾，在台湾海峡多次出没，直到1959年的时候还在使用。

永翔舰也有光彩的时候。1917年，段祺瑞政府参加第一次世界大战，对在华的德国舰艇实施缴械，永翔舰就是执行的军舰之一，它迫住了德国海军的

永绩舰，加入解放军后改称延安舰

解放军时代的延安舰，1960 年退役

浅水炮舰青岛号，德军料抵挡不住，炸船自沉。

所以，这艘被打靶的不可能是永丰舰，也不可能是永翔舰。

但是，这个意见却有一定道理，那就是这艘舰的形态，很像永丰或者永翔。

这就给破解这个谜团提供了线索，因为国民党海军中，确实还有和永丰舰很相似的两艘军舰。

在永丰舰建造中，中国方面已经意识到该舰的设计相当出色，很适于中国海军当时近海长江一带活动的需要，因此决定自己也仿照它的设计，再建造两艘，这就是 1911 年在江南造船厂开工的永健号和永绩号炮舰。因为辛亥革命的影响，两舰拖到 1918 年才竣工。

它们的造型和永丰舰如出一辙，吨位、武器也基本一致，所以，如果被打靶的那条“宜川”舰形态和永丰相似，会不会是这两艘之一呢？

然而，这其中的永健号，也不可能是“宜川”。

永健号炮舰，是抗战爆发时国民党海军在上海留下的唯一战舰，当时中国海军普安号运输舰沉于董家渡水道，为防止日军大型舰艇接近江南造船厂，而以永健号泊于江南造船厂前，阻击日军轻型舰艇的渗透。1937 年 8 月 25 日，日军轰炸机击中永健号，将其炸沉。

中国军队从上海撤退后，日军打捞永健号（捞上来后据说又被中国工人弄沉了一次），最终改造为飞鸟号通报舰使用。1945 年盟军空袭上海，将该舰再次炸沉在黄浦江。

抗日战争中负伤搁浅的永绩舰

那么，唯一可能被“八路”拉出去打了靶的，只能是永绩舰了。

如果真是永绩舰，那这条船可真是命运多舛。

永绩舰，早期默默无闻，抗战军兴，该舰在长江上屡次执行任务，抗击日军，是江阴失陷后幸存的少数大中型舰艇之一，但 1938 年 10 月 21 日，在为军委会执行运输任务时，终于被日机炸中舰首，搁浅湖北新堤。武汉撤退的时候，因该舰受伤太重无法行动，国民党海军被迫将其焚毁，但日本鬼子的确很“顽强”，又炸又烧的依然将其修复，并在两年后转交给汪伪海军使用，命名为海兴舰，算是汪精卫的旗舰（汪逆本人兼任海军部长）。

抗战结束后，该舰编入国民党海军，恢复永绩之名，隶属海防第二舰队。1949 年 4 月，林遵率海防第二舰队起义，永绩舰本来准备参加，却因为被下驶的永嘉舰上司令旗误导，跟随向下行驶突围，结果被解放军炮兵击中，重伤搁浅。

这样一条老舰，又是几经风霜，这回应该死定了吧？

没有，新建的人民海军急需战舰，将这艘老舰捞了起来，重新武装，改为巡逻炮舰使用，命名为延安舰。宜川和延安，不都是在陕北么？莫非那篇打靶文章的作者，有意在暗示什么？

哈，终于说到延安号了——读者会问，延安号和致远号有关系吗？当然有，您慢慢看。

根据记录，延安舰最后的活动，是 1954 年和兴国舰一起，在大陈列岛与国民党海军太和号、永字号炮舰进行炮战，此后，该舰就销声匿迹了。直到 20 世纪 70 年代，人们才发现它已经不在人民海军的序列中。

那么，延安舰 / 永绩舰被拉出去打靶的概率就比较高了。

一个旁证是永字号的四兄弟中，永绩号有一个独特的地方，那就是它的尾部比其他三舰高一层，以便把备用舵轮保护起来，其他三舰的备用舵轮都是暴露在外的，而那艘被打靶的“宜川”，正好尾部高一层！另外，其他报道中提到第一次导弹试验的时候，该舰虽然没有中弹，但是导弹落下的点离军舰不远，使其水下部分变形受伤，这也符合永绩舰的特点，因为它有一英寸的装甲，被击伤的时候生命力比较顽强，如果换了没有装甲的军舰，只怕冲击波就给开罐头了。

有的朋友认为，按照人民海军的习惯，很多国民党海军的老舰都被用了很多年，永绩号如果是被打靶的，似乎退役稍早。实际上，永绩号用到 1959 年，已经四十高龄，不算夭寿。此外，该舰的材料比其他三艘舰稍差（因为造价原因），永健是钢壳舰，而永绩是铁壳舰，再经过两次沉没打捞的折腾，它的舰况应该是比较差的，这时退役，也不算奇怪。

如果真是这样，这条老舰的命运不免有些遗憾，用了四十年，挂过五色旗、青天白日旗、膏药旗、黄三角旗、八一军旗……如此奇特的经历，留下来做个展览馆，多好。

那么延安号，也就是永绩舰和致远舰又有何关系呢？

话说第一次打靶失败之后，延安舰被拖回来，默默停泊在大连港，等着再

《甲午风云》剧照，邓世昌身后露出大炮的致远舰，就是用延安号，也就是永绩号“扮演”的

次去为我国海军的导弹化事业献身。也就是这个时候，一个电影摄制组看中了它，很快，这条老舰便被打扮一新，一批穿着清末北洋海军军服的人登上了延安号，他们便是《甲午风云》摄制组，登上延安号的人群中，一名威武的北洋水师军官便是李默然扮演的邓世昌。按照剧组安排，延安号将在电影中“扮演”致远舰的角色——这艘开工于清末，寄托着重整海军希望的军舰，做梦也没有料到，几十年后会“扮演”其英勇的前辈，北洋海军的致远舰。就这样，延安（永绩）舰的身影便作为致远舰在《甲午风云》的胶片上被永远保存了。

延安号“扮演”致远舰的时候，轮机已经拆走了，只能被拖着走，它的锅炉，就是前面说到在寻找下家的那一台。

像永绩舰这样身世坎坷的战舰，身上负载着众多的故事和传说，本身就仿佛是那段历史的活证人。如果将其作为纪念舰保存下来无疑是非常有价值的。

在世界各国很多曾经在历史上发挥重要作用的战舰都被保留了下来，成为对历史和先人表达敬意的寄托。例如：在美国夏威夷保存的第二次世界大战结

保存在英国的胜利号纪念舰

束签字仪式纪念舰密苏里号战列舰；美国圣地亚哥保留的曾在第二次世界大战中屡立功勋的航空母舰勇猛号；英国朴次茅斯军港的第一艘装甲舰勇士号，同处保留的海军军神纳尔逊勋爵座舰胜利号风帆战列舰；日本横须贺保留的日俄战争中联合舰队旗舰三笠战列舰；乃至瑞典皇家海军只服役了一天的风帆战列舰瓦萨号，都成为人们回顾历史时不会错过的观景之地。假如真的走过它们的身边，你会感到这些纪念舰的身上所承载的不仅是历史的信息，还有一个民族对于海权的尊重，几乎所有海权意识发达的国家都保留有这样的纪念战舰或复制战舰，成为人们保卫本国海上权益的象征。

但是在我国，由于长期战乱导致海权意识缺失，使大量曾经为这个国家的海上权益贡献了一生的海军舰艇，最后只能承受回炉化作钢铁的命运，不能不说这是一件非常遗憾的事情。可以说，对北洋水师各舰的探摸寻找，对致远舰和邓世昌的搜寻代表着中国人海洋意识的觉醒，我们终于意识到中国在海洋上的历史是不容忽视的，而这一段记忆将留给我们的子孙，使他们可以对海洋有更深切的期待和认识。

第五章

中国铁底湾

01

变成废铁的名舰

与世界海军强国相比，中国的海军直到新中国建立一直是一支弱小的力量，没有像大和号或俾斯麦号这样的艨艟巨舰。但是中国海军作为一支国防兵种而言，却逢事必战，堪称尽职。

在清代和民国海军中不乏名舰，但由于中国海军力量薄弱，战舰真正“物尽其用”，这些战舰或战沉，或被俘，没有机会成为供人瞻仰的纪念舰。这支海军之中，大多数军舰都难以获得善终的结局。它们不是在与外敌的作战中战略殉国，就是在无可奈何之中被自己人自沉水底，得以幸存的几乎每艘战舰都有保家卫国的故事，可以说任何一艘这样的战舰拿出来都可以让观众见证一段难忘的历史。

但即便到了 20 世纪 60 年代，对于海军历史文物的价值，社会上仍然并无多少认识，清代订造的战舰退役后被拉出去打靶是很平常的事情。

1965 年，在台湾新竹船厂，一艘陈旧但依然外观完好的大型炮舰被送进了拆船厂，很快被拆解为一堆废铁。而几十年后，无数中国海军的爱好者谈到此事便忍不住扼腕长叹。这艘名叫逸仙号的大型战舰是中国江南造船厂自行制

逸仙号大型炮舰，堪称抗战前民国造船工业的经典之作

造的先进战舰，是抗战前民国海军最精锐的新式战舰，它的一生堪称经历丰富。

这艘排水量 1500 吨的大型炮舰建造于 20 世纪 30 年代，建成不久就加入了与日本海军作战的行列。全面抗战开始时的中国海军每年的军费大约是日本海军的 1%，而舰艇的总数连日本海军一艘航空母舰的吨位也达不到。因此当这场战争打响之时，仅有 1500 吨排水量的逸仙舰却成为日军重点标注的中国海军主力战舰之一。平心而论，当时中国海军大部分的舰艇是清末购买的，一艘 30 年代的大型炮舰确实是相当豪奢的存在。

1937 年 9 月 25 日，在拱卫南京的作战之中，在长江中巡逻的逸仙舰遭到日本舰队航空兵的猛烈攻击，此时，逸仙舰已经是中国海军部次长陈季良的旗舰。经过此前约一个月的奋战，这时逸仙舰高射炮的炮弹已经打光，但是舰长陈秉清突发奇想，用不能高射的舰首主炮瞄准从地平线飞来的日本机群连开两炮，在空中爆炸的炮弹给日本飞机带来了一团致命的流星雨，一架日本轰炸机因此被击落，掉在长江的福姜沙上。

可惜这样奇葩的战绩在绝对的实力面前只能是昙花一现。就在当天下午，

在长江中负伤沉没、尾部已经没入江水的逸仙舰

战后日军归还中国的逸仙舰

在日军的轮番轰炸之中，逸仙舰后部中弹，大轴损伤失去动力，被迫弃舰。几天以后逸仙舰终于向一侧倾斜，横躺在了大江之中。

同年年底，随着南京的失陷，沉没在江中的逸仙舰也被打捞，落入日军的手中。在南京建立伪政权的汪精卫等曾多次向日方提出将这艘以孙中山先生名字命名的战舰归还给伪政府以壮门面，但日方始终不屑一顾。这艘中国海军的炮舰被送往日本命名为阿多田号，成为日本海军潜艇学校的训练舰。

这是逸仙舰第一次变换旗帜。

1945年8月15日，日本战败投降，中国海军派出代表钟汉波少校前往日本，索还被日军虏去的逸仙舰，于是这艘战舰又得以归还中国，重新挂上了青天白日旗。

值得一提的是，由于这艘军舰在战争中受损严重，接收的中国海军方面勒令已经投降的日本海军将该舰重新做内装修。处于覆灭窘境的日本海军采用拆东墙补西墙的办法，将其战列舰八岛号上的豪华家具赔偿给了逸仙舰，当逸仙舰被拆毁时，这套珍贵豪奢的家具仍然让很多人感到吃惊。

这是逸仙舰第二次变换旗帜。

重新挂上了青天白日旗的逸仙舰不久便遇到窘境，这便是发生在 1949 年 4 月 23 日的国民党海防第二舰队起义。驻防在南京的第二舰队司令林遵少将顺应民心，决定率领该舰队包括逸仙舰在内的各舰起义投入解放军。但逸仙舰的指挥官十分顽固，在林遵将军召开会议的间隙，与其他数艘舰艇脱离控制，冲向下游，试图重回蒋军行列。结果该舰在江阴炮台附近遭到解放军炮火的拦截，负伤搁浅，被迫升起了象征起义的红旗。

这是逸仙舰第三次变换旗帜。

只是这面红旗升起仅有一天，由于解放军看管不够严格，再加上潮水猛涨，使逸仙舰脱离了搁浅状态，该舰舰长随即率舰迅速逃向下游，成为退守台湾的国民党海军舰艇中的一员。

这一次逸仙舰再次易帜，重新挂起青天白日旗，是其第四次变换旗帜。

这条身世坎坷的老舰仍颇有战斗力，在台湾海峡曾经多次与解放军的战舰交战。无论它的立场在哪一方，在抗日战争之前中国海军的主力舰艇中逸仙舰是唯一保存下来的硕果，如果留到今天多半是要进博物馆的。

但是台湾国民党海军在该舰退役之后却轻易地将其送进了拆船厂，这不得不说是中国博物馆界的一大遗憾。这种事情对于海军而言，在那个时代无论是海峡这边还是那边几乎都是正常的。

当 20 世纪 90 年代中国海权意识重新觉醒，人们试图寻找那些曾经有着丰富故事的战舰作为纪念的时候，才发现它们早已不知去向，只能说它们是与当时国家的命运共沉浮了。这些海军相关的文物不受重视是时代的一道伤痕，也是今天我们对于北洋水师沉船和邓世昌更加关心的原因之一，当然这其中也不乏例外。

02

大陆的第一艘纪念舰——长江舰

所说的例外，是在改革开放之前中国唯一的一艘纪念舰——长江舰。

今天，中国有多艘舰艇被作为纪念舰保存下来，比如解放军“四大金刚”中的鞍山号驱逐舰、八一四海战大战南沙赤瓜礁的英雄舰湘潭号护卫舰等等。在这些舰艇中，最早被当作纪念舰保留的是哪一艘呢？可能海军爱好者脑海中首先闪过的就是中山舰。

这艘历经孙中山蒙难、中山舰事件、金口江防抗战的名舰，已经在 1997 年被打捞出水，在 2008 年作为纪念舰保存。

然而这个答案是不正确的，因为还有比它更早的纪念舰。

在上海吴淞口东海舰队基地，20 世纪 60 年代建立了一个特殊的展馆——长江舰纪念馆，专门陈列中国海军的第一艘纪念舰——长江号浅水炮舰。这个时候，中山舰还在金口的江底安眠呢。

长江号得到这个荣誉，从海军的历史上说属于史无前例，在中国海军的众多战舰中脱颖而出，实在是很幸运的一件事情。

保存在博物馆中的中山舰

中山舰，于 1923 年 8 月 12 日举行广州蒙难周年纪念时拍摄，孙中山先生曾于该舰上指挥部下与陈炯明叛军作战

长江号浅水炮舰，标准排水量460吨，满载排水量540吨，长52米，宽9米，吃水 2.2 米，航速 17 节，适合在长江水域活动，最后的武备为 76 毫米单装火炮 2 门，40 毫米速射炮 4 门，25 毫米高平两用炮 4 门。说起来，其吨位只有中山舰的一半，邓世昌的致远舰的五分之一，相当不起眼。

那么，这样一条不起眼的战舰，怎么会成为中国海军第一艘纪念舰呢？

原因是它曾经是当时的国家主席毛泽东的座舰，毛泽东 1953 年巡行长江，就是乘坐这艘炮舰纵观扬子江的。此后，它也曾经多次担任过“御舰”的责任，上行三峡川江等地。

在这艘炮舰上，诞生了两个著名的产物：第一个，是毛泽东在长江舰上题词：“为了反对帝国主义的侵略，我们一定要建立强大的海军。”标志着以毛泽东为首的中国政府，下定决心建设一支强大的海军。第二个，就是毛泽东在长江舰上接见林一山等水利界人士，提出了建设三峡大水库的构想。

编号 227 的长江舰，这也是它在解放军中最初的编号

1953 年 2 月毛泽东乘长江舰视察与官兵合影

这两件事，对中国此后几十年的发展，都有着重要的意义，特别是第一件事，成为海军发展建设的“尚方宝剑”。

因此，海军东海舰队在长江舰于 60 年代即将退役的时候，一反普通军舰退役即拆毁或打靶的决定，将其保留在吴淞基地，建立了一个专门的纪念馆。长江舰，就这样成了中国海军第一艘纪念舰。

按照长江舰老兵袁水清先生的回忆，毛泽东第一次乘舰，是 1953 年 2 月

1953 年毛泽东主席视察长江舰

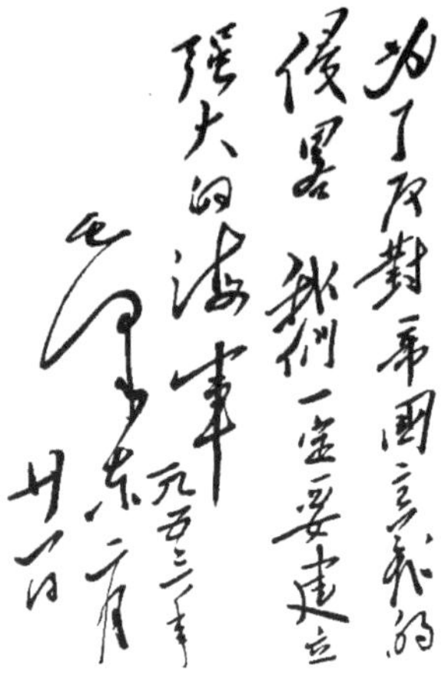

毛泽东主席在长江舰上的题词

19 日在武汉登上长江舰，当时的舰长为王立修。

行前，罗瑞卿和舰队司令员饶守坤曾亲自到舰视察，并布置洛阳舰担任护航。毛泽东在舰上显得十分好奇，对海军舰炮等武器很感兴趣，并曾经到伙房看海军伙食。当时海军的伙食标准很高，一日伙食费 2 元多，可称豪华，毛泽东看罢感慨自己的伙食标准只是 8 角而已。

2 月 22 日，长江舰到达南京后，毛泽东和官兵合影后下舰，袁当时的位置在第三排右数第二个，毛泽东身边，一边是轮机兵萧越，一边是长江舰退役时的舰长林平汉。林后来回忆毛泽东在长江舰上睡的是硬板铺。现在有说法毛泽东随时带着一张大床，当时即便带了，从尺寸上也是不可能上长江舰的，而看起来毛泽东休息得很好，可见传言未必真实。

这个时候的毛泽东从军事角度对陆军最为熟悉与关心，对海军并不十分了解。他这一次航行，本来的目的是视察中下游四省，准备第一个五年计划的方案报告。但长江舰的航行对他的影响很大，大大地激发了他对海军的兴趣。

不到南京，毛泽东身边的工作人员便通知海军方面调舰到南京校阅，华东

长江舰的前身民权号

海军抽调精锐广州、南昌、黄河三舰，101、104二鱼雷艇，充分展示了海军的威风。但其中最刺激毛泽东的恐怕是他发现自己乘坐的战舰吨位，四艘还顶不上一艘驱逐舰。

几天里，毛泽东先后五次题写“我们一定要建立强大的海军”题词。此后不久，中国海军从苏联大规模购买战舰的计划就得到了批准。购买回的战舰中，最有名的即是人民海军第一代驱逐舰——“四大金刚”。

由于长江舰的这一段特殊历史，和它对海军发展的意义，使它被定为中国海军第一艘纪念舰。

但长江舰并不仅仅有这样一段历史，它的经历之传奇，在中国海军的舰艇中都可谓颇为罕见，从某种程度上说，这是一艘象征了中国海军不屈精神的战舰。

假如把历史的镜头回放，就会发现吨位不大的长江舰，从一诞生，就有着不凡的意义。

1930年5月，一艘造型优美的浅水炮舰在江南造船厂顺利下水，设计师马德树等惊喜万分，周围鞭炮齐鸣，这艘国民政府海军排水量460吨的“民权”号炮舰，就是后来的长江舰。

为何一艘460吨的小型舰艇下水，会让海军界人士如此激动呢？因为中国海军经过二十年停滞后终于开始看到了复苏的希望。

清朝灭亡以后，欧美各国以中国内战为由对中国实行海军禁售政策，由于战争连绵，中国海军建设基本停顿。缺乏支持的船厂功能退化，设备残损，更给中国海军雪上加霜。1927年国民政府定都南京以后，百废待兴，海军部部长陈绍宽提出了建设包括航空母舰在内的106艘战舰的新海军计划，从而开始了中国海军的又一轮近代化建设。

已经基本中止建造战舰二十年，还能否赶上世界先进的造船水平呢？海军方面的担忧是非常明显的。

然而，中国的造船和设计人士，没有辜负这个短暂的“黄金时期”，1927年第一艘新式炮舰咸宁号下水，证明其性能完全赶上了世界同级舰艇的水平，这给了海军方面极大的信心。除巡洋舰方面因为水上飞机和鱼雷技术的发展，第一艘新造的宁海号不得不从日本获得技术支援以外，这一阶段海军依靠江南造船厂自行建造了一批相当优秀的海军战舰，成为中国海军后来的骨干。

这里面比较成规模的，包括了和宁海号同一级别的准姊妹舰平海号巡洋舰、逸仙号大型炮舰以及多艘适于长江作战的中型炮舰。长江舰的前身民权号炮舰，就是这样一艘凝聚了海军工程人员心血的新式战舰。

建成的民权号浅水炮舰为软钢电镀白铅船壳，装备2台蒸汽机，2600马力，装备120毫米主炮1门，88毫米高射炮1门，57毫米速射炮1门，20毫米机关炮2门。该舰虽然不大，但舰型漂亮，有“小巡洋舰”之称，后甲板有一个“司令厅”，可供要员居住和办公。它的假想敌是势多号等日军在长江的浅水炮舰，从战斗力上看，民权号的炮火、航速恰好压过日军这一级别的战舰一头。

可惜的是，当时中国的财力最终无法接受海军106艘战舰的造舰计划，尤其是一·二八事变中海军被批评畏敌如虎，不敢与十九路军联合抗战，和空军奋勇抵抗的形象大相径庭，舆论上影响了对海军建设的投入。计划的106

艘战舰，实际建成的除了更小的一些轻型炮舰炮艇外，只有以上列出的舰艇了。

1937年，中日战争全面爆发，海军终于有了洗雪耻辱的机会。但是，海军的装备和日军的相比则令人寒心，中国海军主力的9艘巡洋舰中，有7艘居然是清代的遗产！国力的对比在海军方面最为明显。面对吨位20倍于己，装备更加精良的对手，中国海军被迫退入长江内河阻击日军的进攻。

海军主力第一舰队、第二舰队坚守长江，建立了江阴封锁线。同时电雷学校排出鱼雷艇，在上海袭击了日本海军在中国战线的旗舰出云号，尽管付出了“史可法102”艇殉国的代价，但也给日军造成相当损失，引来中外一片喝彩。为了阻止日军沿长江向上游机动，中国海军测量队在指挥官叶裕和率领下，以青天、皦日、甘露三舰冒死破坏下游所有灯标信号，有力地阻止了日军沿长江向上游的迅速推进，保护了陆军的侧翼。

日军以轰炸机携带高爆炸弹，反复轰炸封锁线上的中国各舰。民权舰所在的第二舰队本在二线担任战略机动，但战斗开始不久，在一线的第一舰队各舰就纷纷战沉，9月底，第二舰队曾以鼎司令以楚有舰为旗舰，全队向前，顶到封锁线上迎战日军。

在日军水面部队和空中飞机的联合打击下，第二舰队各舰也纷纷覆灭。民权舰多次遭到日军空袭，只是由于全力死战，舰长刘焕乾指挥有力，才免于毒手，战至江阴封锁线撤守。能够撤退的，不过是民生、民权等寥寥数舰而已。

这时的民权舰，因为车叶故障被迫入洞庭湖修理，日军追击轰炸中国海军各舰。1938年4月11日，民权舰在洞庭湖湖口防空作战中击落日神威号水上飞机母舰起飞的轰炸机一架。

1938年7月，民权号再次撤退，在武汉危急的情况下被迫撤回四川江面。这一次，它更加孤单了，它的姊妹舰民生号被日军击伤，无法上驶，被迫自行凿沉。

此后的民权舰，退守重庆笆斗山锚地，它已无力与日军进行决战，但依然是中国海军犹存的象征。民权等存留下的舰艇担任军委会机动舰艇使用，而后江犀等舰又在空袭中被日机击沉。1945年抗日战争胜利时，中国海军的作战

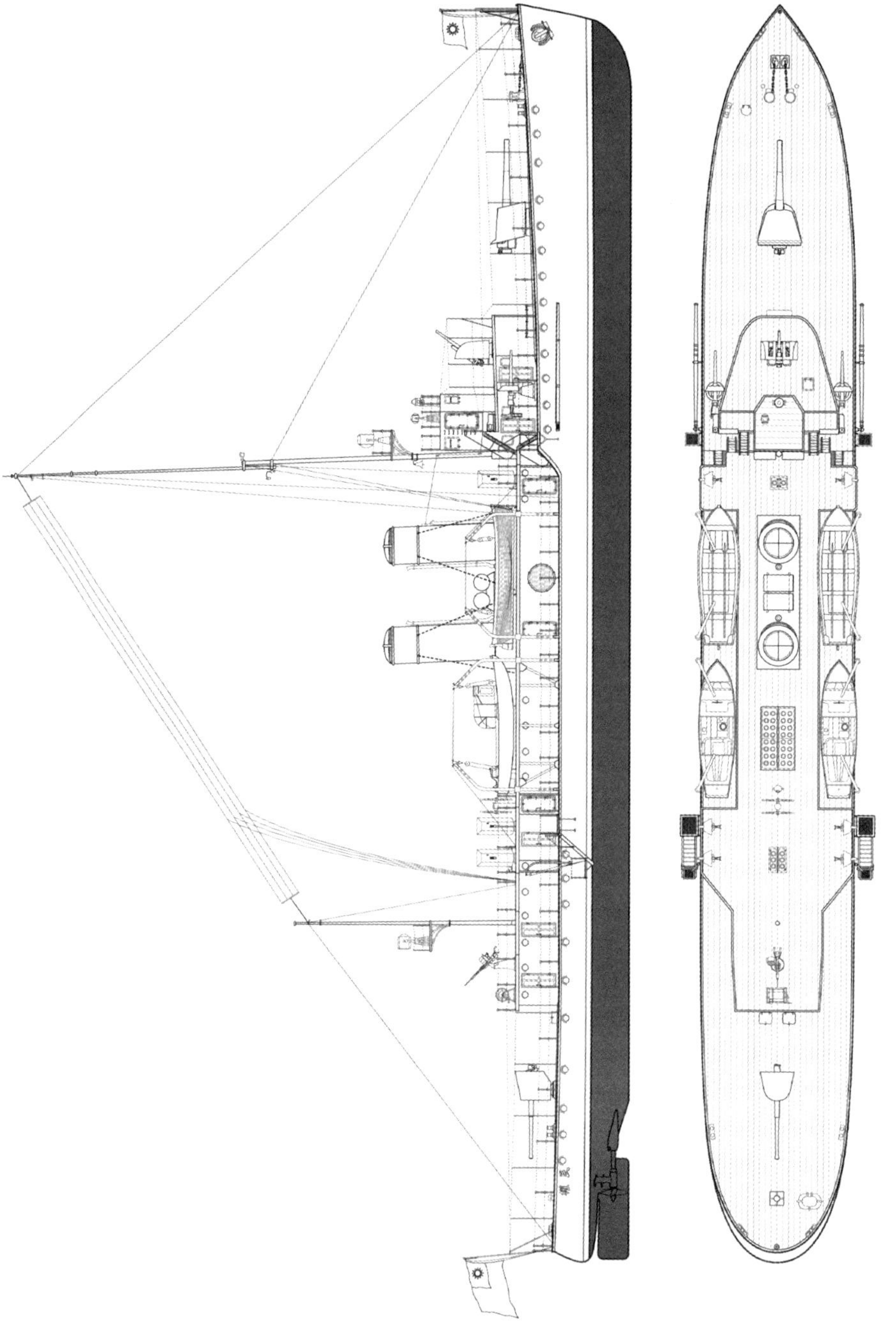

长江舰在民国国民权舰时期的线图

长江纪念舰官舱，内悬毛泽东主席像

舰艇仅存七艘，民权舰这样的小舰居然仅次于永绥舰，在作战舰艇中排名第二！

能够在抗战中生存下来的中国军舰，可谓九死一生。

就凭这一点，长江舰——也就是民权舰，的确应该作为一条纪念舰供人们瞻仰。

此后的经历呢？民权舰被编入江防舰队，担任江防和支援陆军的任务，但是，作为海军，在内战中可谓卷入不深。1949 年，江防舰队正在长江中游执行任务时，下游的林遵第二舰队全体起义，加入解放军。江防舰队与其相比，吨位小、火力弱，无力突围，只得向上游行驶退避。

退到重庆，永济、永安两舰向下游起义而去，军心动摇。11 月 29 日，解放军攻入重庆，30 日，当年率队和日军死拼，今天的江防舰队少将司令叶裕和将军不忍毁掉多年跟随的战舰，率领江防舰队残存的五艘军舰宣布起义，民权舰加入解放军，改名长江舰。

这就是长江舰的由来了。

值得一提的是长江舰纪念馆 1992 年扩建为上海海军博览馆，今天规模已不可同日而语。遗憾的是长江舰本身却已经荡然无存。经过我向馆方电话联系，

长江舰为纪念毛泽东视察时间，更改舷号为53-219，这是它作为纪念舰艇靠在上海吴淞海军博物馆的最后身影

得知这艘军舰的消失实在是一件非常遗憾的事情——20世纪80年代，长江舰纪念馆被认为带有强烈的个人崇拜意味而关闭。当时文物保护意识并不强烈，因此，该舰的舰体随即被报废回炉。当今天重新考虑到它的文物价值时，大错已不可挽回。

如果说反对个人崇拜应该得到99.9%的赞成，那唯一的0.1%的不赞成，恐怕就是长江舰的毁灭了。长江舰最终仍然没有能够逃脱被拆除的命运，也是正常的，因为它成为纪念舰并不是出于对海洋权益的重视，而只是当时政治风潮造就的一段扭曲神话。所以当政治风潮退潮的时候，它也就难逃被拆毁的命运了。

可怜中国海军这些具有纪念意义的军舰不是被当作废铜烂铁就是被视为神迹，邓世昌等英雄也是如此，就是很少被当作正经的“人”来看。

在中国的汉字中，“人”这个字，左一撇顶天，右一捺立地，可说是最难得的待遇了。

这样被拆掉的名舰不在少数。

不管怎么样，今天的中国开始真的把这些海军的文物看在眼里了，我们开始知道它们承载的历史对我们和我们的后代有着怎样的意义，如果真的让它们在我们的手中变成废铜烂铁，那无疑是对子孙的一种犯罪。

话题回到“军舰去哪儿了”——我们不知道自己的军舰到底都去了哪里，那么它们真的到哪里去了呢？中国水下打捞工作的能力相当之强，自新中国成立以来，曾打捞起大量具有历史价值的沉船舰只，但是它们大多都没有逃脱被回炉的命运，最多被加上水下文物的标签，从此沉睡在库房之中。

其实仔细追寻，我们就会发现几乎每一艘军舰都可以找到它们的下落。在对丹东北洋水师沉船进行探摸的过程之中，中国海军史研究会会长陈悦先生提出了一个特别的概念——中国铁底湾。

“铁底湾”本是西方对于大量舰艇沉没之地的一种描述，世界上最著名的铁底湾之一在所罗门群岛的瓜达尔卡纳尔岛。在这个处在世界边缘的岛屿周围，第二次世界大战之中美国和日本曾经展开了多达十次以上的激烈海战，包括大黄蜂号航空母舰、雾岛号战列舰、南安普顿号巡洋舰等上百艘双方的战舰战沉于此，据说至今仍没有哪个国家的潜艇敢于在没有海图的情况下闯入这片海域。因为只要进入到这里，声呐一开便是刺耳的回响，那简直是沉没战舰的幽灵在呼唤着自己的后辈，这种复杂的水下磁场和水声环境使具备今天最先进技术的潜水艇也不敢轻易涉足其间。

还有一个著名的铁底湾，是英国的斯卡帕弗洛军港。1919 年 6 月 21 日，被解除武装拘禁于此的德国海军舰队因为得知已经不能返回祖国，在这里发出了以“彩虹”为暗号的世界历史上最大的一次海军集体自沉行动。这次壮烈的自沉行动历时约 6 个小时，共有 52 艘大型战舰沉入海底。而第二次世界大战期间，在这一港湾中又发生德国潜艇偷袭并击沉英国皇家海军皇家橡树号战列舰的事件，使铁底湾中再次增加新的住户。

除了北洋水师的葬身之地，在中国的海疆之上还至少有三个巨大的“铁底湾”或者说海军坟场，在这里曾经长眠了大量的中外海军舰艇。

03

铁底湾之一——甲申马江

法国“宋襄公”孤拔上将，照片修版掩饰了这名老将略带狰狞的伤鼻

三大海军坟场之中，第一个便是福州罗星塔下的马尾海军基地，又被称作马江锚地。

马尾是福州船政学堂和福州船政船厂的所在地，北洋水师的几乎每一位管带都曾在这里接受海军的初级教育，包括邓世昌在内。近来发现的一张照片显示了中国海军栋梁们在青涩时代稚嫩的面容。当我们看到那个略带稚气却紧紧抿着嘴的邓世昌时，我们不禁感到了一种时光隧道的眩晕，难道这就是我们一直敬仰的刚毅的邓世昌吗？

对于邓世昌和刘步蟾等海军将领而言，罗星塔下是他们作为海军将领的起点和故乡，然而这里却是福建水师（又称福州船政水师）和广东水师的坟场。

1884 年法国远东舰队在司令官孤拔上将的率领下，以游历的名义深入马尾军港，在罗星塔下与福州船政水师的战舰同泊于这一海区。

荒唐的一幕发生了。由于不懂得怎样处理这样的对外事务，清廷委派的钦差大臣张佩纶下令“不得先行开炮，必待敌船开火再还击，违者虽胜亦斩”。这个荒唐的命令使本来就处于劣势的福州船政水师只能处于被动挨打的境地。

北洋水师海军军官们早年合影，其中第二排左起第五人为邓世昌

8 月 24 日，中法谈判破裂，奉命进攻福建水师的孤拔做出了一个类似宋襄公的举止，将第二天开战的通知交给清朝官府。在这份奇妙的战书之中，甚至说明了法国军舰将在下午 1 点 30 分开始向中国舰艇发起攻击。

可以想象，如果当时中国舰队先发制人，这位法国"宋襄公"恐怕很难向巴黎的政府交代。不幸的是法国"宋襄公"遇到的是一个中国"糊涂虫"。钦差大臣张佩纶得到法方的战书之后，居然向海军隐瞒即将开战的消息，而以时间仓促准备不及为由派人前往法方交涉，意图拖延开战时间。

在交涉之中，中方使者的交通艇被豺狼号炮舰上紧张的法国水兵误认为鱼雷艇，遭到猛烈射击。于是海战在预定时间之前 15 分钟打响了。猝不及防的中国船政舰队九艘战舰及来援的广东水师两艘战舰全被击沉击毁，官兵殉国达 760 人。这支在 1874 年曾经于台湾驱逐了日本入侵舰队的优秀东亚劲旅，就这样轻易地覆灭于法军的重炮之下，马尾也便成为了中国海军的第一个铁底湾。

说"铁底湾"其实有点名不副实，因为福州船政水师的大部分舰只都是木壳战舰，这些舰只是福州船政船厂在过去十余年间所建造的舰只精华，竟毁于

福州船政水师

1884年8月23日在福州的海战——画面最前方正在着火的便是中国旗舰扬武号（法国油画）

一旦，不免令人扼腕。

2012年，一名当时在附近观战的法国引水员后代携带着一批照片来到了福州船政学堂博物馆。这批照片很快吸引了众人的注意。在这些照片之上可以清晰地看到被击沉于福州船政学堂门前的永保号运输舰的身影，以及其他战沉军舰半浮在海上的残骸。

这些军舰中最大的一艘是轻巡洋舰扬武号，邓世昌等北洋水师军官们曾在这艘军舰上实习，并乘坐它进行了第一次出国访问。虽然吨位大约只能与法国舰队中最小的舰只相比，但扬武号是福州船政的旗舰，因此在一开战就遭到法军的集中攻击。该舰上从美国归来的留学生杨兆楠和薛有福差点创造了一个奇迹，他们在开战之前，已经用

险些扭转战局的杨兆楠，不幸战死在马江之役中

军舰的尾炮瞄准了法国旗舰伏尔塔号的指挥台。法军的总指挥官孤拔上将就站在那里。

面对危机，明知双方战斗力相差悬殊，杨兆楠和他的战友们试图采取擒贼先擒王的战术，在开战之后首先攻击法军的旗舰，这也是中国舰队唯一的获胜机会。

他们的炮弹确实击中了伏尔塔号的舰桥，可惜的是只击毙了法方的引水员，而孤拔却幸免于炮击。与此同时，法军派出的一艘鱼雷艇在突袭中击中了扬武号的尾部，使它起火并向一侧倾斜，最终在熊熊烈火中沉入大海。

在这场被称作马江海战的战斗之后，沉入大海的中国海

被击沉的永保号

远眺福建水师被击沉的各舰，大多搁浅岸边

被击沉后又打捞使用的琛航号

扬武号沉没时的遗影

军舰只，能利用者陆续被打捞。例如邓世昌曾经服役过的琛航号军舰，因为伤势不重便很快被捞起继续使用。

这艘曾被击沉过的木质军舰竟然在中国海权历史上还写下了自己的名字。1903年，日本商人西泽广吉带人侵占了中国的东沙岛。邓世昌的同学、好友，时任广东水师帮统的林国祥率领这艘老舰及另一艘同样在马尾海战中被击沉后又打捞起来的伏波号军舰开往东沙群岛，与日本军舰对峙，最终为中国争回了南海诸岛的这座枢纽岛屿。此后，林国祥等又率领这两艘老舰进行了中国近代史上第一次对于西沙群岛等南海诸岛的巡航。如果邓世昌知道自己使用过的军舰在中国海军最为艰难的时刻还能有如此成就，恐怕亦当含笑九泉。

由于被击沉的舰只大多被打捞，所以马尾这个铁底湾如今已经名不副实，航道畅通，水下已难觅当年沉船的踪影。据调查，唯一被保留于此的沉船便是扬武号巡洋舰。只是这艘战舰由于沧海桑田的变迁，此时已经被埋在福州一条马路的下面，不知道什么时候才能重见天日。

扬武号最后的战斗（法国油画）

第二个铁底湾——血火长江

中国海军的第二个“铁底湾”面积相当广阔，包括了长江从江阴到马当的江段，这是民国海军在抗日战争中的坟场。

自沉江阴的水上飞机母舰德胜号

在抗日战争全面爆发之时，由于中国海军的吨位只有日本海军的零头，已经不具备与日军进行决战的条件，因此海军部长陈绍宽下达了沉船锁江的命令，即将包括水上飞机母舰德胜号、威胜号，巡洋舰海容号、海筹号等大批老旧舰只在内的一百余艘舰船沉于长江下游最险要的江阴江段，组成了一条

自沉江阴的水上飞机母舰威胜号，在 1928 年南京中山陵落成奉安大典时曾负责承载孙中山灵柩过长江

自沉江阴的通济号练习舰

水下封锁线，以防日本舰队破门而入直抵南京城下。

从沉入江底的舰只，也可以看到海军当时的痛切和牺牲。

封锁线建成之后，海军部次长陈季良亲率第一舰队、第二舰队主力舰只，巡回于封锁线之后，以阻止日本轻型舰只的上驶。

这一战术有其成功之处，中国海军依靠微薄的力量和这条坚固的封锁线使强大的日本海军直到南京陷落也无法突破长江上的防线。但是在这一江段之中活动的中国海军舰艇也成为日本航空兵的猎物，在激烈的海空战之中，民国海军著名的四大舰即宁海、平海、应瑞、逸仙均被击沉于这一段长江之中。

陈季良在战斗中三易旗舰，身负重伤。海军主力在江阴封锁线失守之后退到湖口马当，再次部署阻塞线与日军继续作战。在这段长江江面的战斗之中，中国海军耗尽了精华，包括中山舰在内的主力舰只大部瞑目于此。

因此，在新中国成立之后的长江航图之上，这一段江面上到处都是沉船的标记，将其称为“铁底湾”名副其实。

日本方面通过岸上绞车打捞沉没江中的中国海军平海号巡洋舰

奋战在江阴封锁线上的中国舰队（日本油画）

自沉江阴的大型炮舰自强号

应该说这一段痛苦的铁底湾也是中国海军的骄傲，展示着这个弱小的兵种在国难当头之时以葬身鱼腹的决心与敌军英勇奋战的爱国精神。

这一段江面上的沉船今天也已经大多不见踪影，这主要是新中国成立前后两次大规模打捞的结果。

日军攻占南京、武汉后，日本海军方面在国内外雇佣潜水人员对江阴封锁线尚可使用的搁浅、沉没舰只进行大规模打捞，并通过水下爆破等方式将江阴封锁线上的沉船带炸出一条通道，打通长江上游和下游之间的航道。

在这个过程之中，宁海、平海两艘中国主力巡洋舰先后被打捞后编入日本海军，成为日本海军的轻巡洋舰五百岛号和八十岛号，其中五百岛号即宁海号，被美国潜水艇击沉于日本御前崎海域，而八十岛号即平海号，在菲律宾海战之中被盟军飞机炸沉，再也没有回到故国。

江阴封锁线上的其余舰只在新中国成立之后，从 20 世纪 50 年代到 60 年代陆续被打捞出水。这次打捞的主要目的是清理航道，同时为当时资源匮乏的共和国增加更多的可用钢铁与相关材料，因此被打捞上来的各舰大多被就地拆

打捞后保存下来的通济舰舵轮

解。例如在沉没舰只中最大的四千余吨的海圻号巡洋舰，在打捞时被发现已经被日方用炸药炸去很大的一段船身，潜水员将这艘老舰用水下切割的方式断成两截，再用水上牵引的方式将其拖上浅滩彻底拆解。

读者家中如有在20世纪60年代或者70年代购买的铁勺、铁床等商品，其中或许就含有这些军舰曾经使用过的钢铁。

值得一提的是，在这次打捞中有一艘特殊的军舰受到了重点关照，就是在民国历史上曾经于第一次世界大战之后开赴海参崴，在那里执行维持和平任务的海容号巡洋舰。它受到重点关注并不是因为这段光荣历史，而是因为当时海军方面看中了它的发动机，认为这艘德国造战舰的发动机或许还可使用，并试图将其装入原国民党海军重庆号巡洋舰之中，以使其能够

重庆号巡洋舰于 1949 年 3 月 18 日被国民党空军第八大队派出八架 B-24 重轰炸机连续两天轰击， 自沉于葫芦岛的防波堤外

重庆号巡洋舰，民国历史上最大的巡洋舰，1949 年起义后遭国民党空军轰炸负伤自沉

开动。

重庆号巡洋舰是民国海军最大的战斗舰艇，原为英国第二次世界大战中马耳他舰队的旗舰曙光女神号，排水量 7400 吨，1949 年起义后遭国民党空军轰炸，被迫在葫芦岛自沉。1954 年，重庆号起浮成功后，因舰上大量先进装备被参加打捞的苏联专家拆去冲抵打捞费用，因此无法开动。海军方面迫切需要为其寻找合用的发动机。

可惜的是，由于尺寸不符，海容号上的轮机最终没能发挥预期的作用，但是海容上的锅炉确实保存相当完好，并一直在工厂之中被使用。

有一位海军史专家曾专门追寻这批锅炉的下落，找到的最后消息是海容号的锅炉被用于一家棉纺织厂，而这家棉纺织厂在 2008 年被解散，它原来的厂区已经化作一片开满油菜花的菜田，海容号的锅炉消失在了这片美丽的花田之中。

作为一艘在 1898 年制造的军舰，其发动机竟然能使用达 110 年之久，其中还有约 20 年的时间浸泡在江水之中，这堪称是世界造船史上的一个奇迹了。

由于这两次大规模的打捞，民国海军的铁底湾如今已经今非昔比，这里主要的舰只都已经被打捞出水，硕果仅存的中山舰被成功地作为纪念舰打捞起来，今天在武汉中山舰博物馆展出。

05

第三个铁底湾——变味的旅顺口

中国第三个可称为“铁底湾”的地方在大连的旅顺。旅顺是中国北方最北的不冻港，具有极为重要的战略价值，也是北洋水师在甲午海战前最大的海军基地和修船基地。

在甲午战争之中，旅顺曾经发生过激烈的陆上战斗，但由于考虑到困守港内可能遭到日本海陆军的夹击和封锁，在旅顺战斗爆发之前，北洋水师提督丁汝昌已率领舰队主力离开这座军港，前往威海卫，故此在旅顺口并没有爆发大规模的海战。从今天掌握的史料来看，在这里仅有几艘来不及撤走的辅助舰艇，包括超海号差船、导海号挖泥船等舰只，均在军港沦陷时被俘。

另外，日军还记载曾有一艘旅顺口内的中国海军鱼雷艇在另一艘金龙号运输船的掩护下出港，与封锁

北洋水师曾经的母港和最大修船基地——旅顺

日本海军派出阻塞旅顺口的自沉船只残骸

线上的日军舰艇发生战斗，并奋勇突出重围。这条鱼雷艇被认为在燃料耗尽之后自沉于老铁山海区。

然而大连旅顺被称为铁底湾与这些中国舰艇的战斗并没有太大的关系，而是因为在1904至1905年之间这里发生了另一场比甲午海战规模更大的海上战斗，这就是日俄战争之中的旅顺口海战。

旅顺口海战实际上包括了一系列的战事。

1904年日本海军以鱼雷艇突袭旅顺口内俄罗斯帝国太平洋舰队，重伤战列舰波贝达号和胜利号，引发了日俄战争。此后俄国太平洋舰队曾多次出海与日军交战，但因为战术和后勤等各方面原因，战斗不利，被迫退回旅顺口等待俄国波罗的海舰队前来支援。

在俄国舰队退守旅顺口之后，为了避免遭到两面夹击，日本联合舰队对旅顺口进行了长期的封锁和攻击。在一系列惨烈的战斗中，日本海军富士号、敷岛号战列舰等大型舰只先后沉没在旅顺口外。特别是日本海军专门组织了一支由老旧船只组成的堵塞舰队，由日本海军所谓的军神广濑武夫率领，冒着炮火

日俄战争后旅顺港内俄罗斯舰队沉船狼藉

冲向旅顺口的航道，在那里自沉以防止俄国舰队出港作战，在旅顺内外造成了累累沉船。

1905 年，来援的波罗的海舰队在对马海峡被东乡平八郎率领的日本联合舰队全歼。旅顺口中的俄国太平洋舰队形势绝望，除少数舰只突围而去以外，大部分在旅顺口被攻陷的时候遭到击沉或自行焚毁的命运。这样一来，在旅顺口内便出现了更多的沉船。

从日俄双方保留的照片中可以看到战后旅顺口内遍布沉舸的惨景。在日俄战争结束之后，日本海军曾经对港内沉没的俄国舰艇进行了大量打捞工作，将其中的波尔塔瓦号、鹰号、巴赞号等战舰先后打捞出水，编入日本联合舰队继续使用。但是仍有大量负伤太重的舰只不具备打捞条件，因而长眠海底。加上在战争后期因为不愿意落入日军手中，而被迫自沉的俄国远东商船队，在大连旅顺的水下至今有着星罗棋布的舰船残骸，将这里称为中国的“国际铁底湾”不为过也。

2014 年 10 月，一则新闻登上了新浪网、搜狐网等的首页，新闻中提到俄

俄国战列舰列托维欣号被日军打捞后编入联合舰队，改名肥前号

斯捷潘·马卡洛夫海军上将（死后追晋），被视为俄罗斯海军军魂的象征，战死于日俄战争之中

罗斯的水下探险家提出申请，要求到中国水域寻找一艘失踪的俄国战舰。最初人们对俄罗斯人员试图进入中国水域搜寻战舰残骸感到惊讶，随后后续的新闻报道证明，在这一海域中俄双方曾达成协议进行过一次水下文化考古工作。俄罗斯海军太平洋舰队信息与公共联络处处长罗曼·马尔托夫海军上校 2014 年 9 月 28 日向俄新社记者表示，俄罗斯太平洋舰队司令部曾向中方请求，允许科学历史考察队在辽东半岛海域领海进行考察。五年前中国政府对太平洋舰队司令部请求予以理解并批准考察队乘坐“火花”号快速帆艇搜寻沉没的舰艇。当时在辽东半岛附近海域发现了若干沉在海底的舰艇。这一次，俄罗斯方面希望能够再次得到中方的批准。俄方的主要目的显然是试图继续在旅顺口外探摸其海军历史上著名的彼得罗巴甫洛夫斯克号战列舰的残骸，该舰便是在 1904 至 1905 年之间的日俄战争中沉没的。

这艘战舰为何如此引人重视呢？原来随这艘战舰沉没的有一位俄罗斯海军

史上的重要人物，就是克里米亚战争中的俄罗斯海军英雄马卡洛夫海军上将，他是俄罗斯海军军魂的象征，是一位俄罗斯的“邓世昌”。

俄罗斯人的努力令人动容，但这片铁底湾对中国人来说多少有点变味，因为它反映的是两个与中国不相干的国家在中国领土上发生的战争。所以关于这里沉船的情况新闻中所述甚少。

然而就在这片日俄两军战舰的坟场之中，却有着几艘令中国人不能忘记的战舰，一艘便是甲午海战中日军最为猖獗的吉野号。邓世昌在甲午海战中发出了“撞沉吉野”的口令，这艘吉野号最终没有逃脱被撞沉的命运。它在一次夜间炮击旅顺口的战斗中，由于担心触碰水雷而紧急转向的时候，与紧随其后的春日号战舰相撞，受伤太重，最终沉没在旅顺口外水域。一艘日本海军的标志性战舰居然葬身于中国水域，这多少带有一点历史的讽刺。另一艘战舰是曾经服役于北洋水师的济远号装甲巡洋舰。济远号是中国向德国购买的一艘装甲巡

已经编入日本联合舰队的济远舰

洋舰，其舰长是毕业于英国格林威治海军学院的方伯谦，也是北洋水师的主力战舰之一。但是对中国人而言，这艘军舰给人们留下的感触颇为复杂。

电影《甲午风云》之中，北洋水师畏战逃跑的指挥官“方管带”便是以方伯谦为原型的。在真实的历史之中，济远号巡洋舰也的确曾经出现过逃离战场的屈辱时刻。在1895年北洋水师全军覆没之际，这艘带有耻辱印记的中国军舰被日军俘虏并编入联合舰队，1905年在进攻旅顺的作战中，这艘由日本军人驾驶的济远号战舰触雷沉没，地点在大连的羊头洼水域。同时葬身于这一水域的还有也曾经属于北洋水师的平远号巡洋舰。济远号尽管在北洋水师中名声不佳，但却是对北洋水师各舰进行考古的工作中第一艘被定位和打捞的战舰。

北洋水师的沉船，可能是中国历代海军水下文物中最受关注的了。不过，在谈论北洋水师沉船之前，让我们先看看其他一些海底沉船的情况。

06

军舰去哪儿了

除了以上所提到的三大铁底湾之外，在中国水域还有一些其他有价值的海底文物性沉没军舰，也被有关部门列为考古目标。

例如，浙江石浦的清代沉船。石浦港位于浙江东部沿海，附近的象山港是今天人民海军的重要基地，但在清代它并不是一个军事港口。但是 1884 年至 1885 年的中法战争之中，这里的确沉没了两艘中国海军的战舰，这便是南洋水师的驭远号巡洋舰和澄庆号巡洋舰。它们是马江海战后与另外三艘南洋水师的战舰一起在前往福建增援的路上，遭到法舰截击而避入此港的。

在 1885 年春节前后，法军利用鱼雷艇对石浦港内的两艘中国舰队进行了攻击，两舰相继沉没。

1962 年，为了清理航道，救捞部门动用上海打捞局的打捞船曾经对这两艘沉船进行考察和打捞，并获得了火炮、炮弹等有价值的文物，两舰舰体由于妨碍通行则以爆破的方式被清除。

石浦沉船之外，在浙江省嵊泗海域北鼎星礁和乌纱帽礁附近，还有一艘特殊的沉船吸引着水下爱好者，这便是清朝末年使用的海天号巡洋舰的残骸。

在石浦沉没的南洋水师驭远号巡洋舰，日本资料中误标为扬威，其实两舰相差很大

1904 年 4 月 26 日在鼎星礁失事的海天号巡洋舰

石浦海战，法国鱼雷艇攻击驭远舰

海天号巡洋舰是在北洋水师覆没之后由清朝向英国订造的4000吨级新式巡洋舰，排水量4300吨，长129米，宽14米，吃水6米，功率1.7万马力，航速24节。装备有203毫米炮2门，119毫米炮10门，47毫米炮12门，37毫米炮4门，鱼雷发射管5具，舰上官兵445人。它也是清末中国海军使用过的最大舰只。

海天舰回国之际，发生了意大利强租中国三门湾事件，北洋水师统领叶祖珪力主依托海天等舰的战斗力据理力争，结果虚张声势的意大利，看到中国方面态度强硬不惜一战，知道恫吓无效，只好作罢。

抗日战争期间自沉于青岛的同安号驱逐舰

1904 年该舰从北方海区运送军械前往上海，由于大雾和操作失误，在鼎星礁触礁遇难（一说为避与民船相撞触礁），虽经丹麦公司进行努力施救，最终由于搁浅过于严重，军舰龙骨损伤而未能救援成功，该舰被部分拆除之后遗弃在鼎星礁上。今天仍可在水下找到其甲板之下的部分。

除此之外，在沿海与威海交界的海区，还有几艘吨位很小、不起眼，但却具有重大历史价值的沉船，它们便是在中华民国海军中服役过的同安号驱逐舰，以及另外三艘军民两用辅助船只。

1909 年 10 月，清政府为重建海军，派遣海军大臣载洵与海军提督萨镇冰出访欧洲，考察海军。在德国硕效船厂，他们订购了新式驱逐舰“豫章”、“同安”、“建康”三舰，1913 年交舰，此时中国已经步入民国。同安号舰长 63 米，宽 6.6 米，排水量 390 吨，功率 6500 马力，航速 32 节。武器系统包括 2 门 76

毫米主炮，4门37毫米炮，两具鱼雷发射管。该舰在1937年抗日战争全面爆发的时候隶属于民国海军第三舰队，由于遭到日本海军的围攻，而被迫自沉在青岛海湾。日军占领青岛之后，将其打捞出水，命名为“同春”号，交给汪伪海军使用。

同安号等之所以具有重大历史价值，是因为1944年威海卫刘公岛上发生了一起重大事件。在这里受训的部分汪伪海军官兵发动起义，击毙日军司令，消灭驻岛敌军，夺取同春号等四艘舰船，开往大陆投入抗日军队。这支部队后来被编为八路军山东军区海军支队。八路军山东军区海军支队是红色军队中第一个获得海军番号的部队，从这个角度来说，同安（同春号）等几艘沉船便应该算是红色海军中最早的成员了。

从上面的描述可以看得出来，在我国尽管水下沉船数量众多，但因为缺乏钢铁等原因，加上国外对于中国沉船进行掠夺性的打捞，大多数沉船都已被拆解或破坏，进入蒸汽时代后有价值的水下考古目标并不是非常丰富，因此在我国水域保留的北洋水师沉船便成为人们注目的目标。

第六章

碧波下的舰队

寻找邓世昌

北洋水师名舰追踪纪实

01

打捞济远舰

在我国水下考古工作中，第一艘被发现和打捞的，正是此前提到的在旅顺沉没的济远舰。

1980 年，驻大连的海军部队在羊头洼水域发现了一艘被大量渔网缠绕锈蚀严重的沉船。经过考察，这便是济远号巡洋舰的残骸。海军方面打捞起了济远舰的尾炮，之所以打捞这一标志性的物件，是因为在《甲午风云》这部电影之中曾经出现了济远号官兵以尾炮袭击日军吉野号战舰的故事，大约人民解放军的海军也对这门炮颇感兴趣。在历史上所谓尾炮退敌属于子虚乌有，但济远号确实曾经在丰岛海战中击伤过日本军舰，应该说这门炮也的确是一门功勋炮。

几乎同时，在威海卫的刘公岛上，一位叫作戚俊杰的历史学家开始带着一批有心人共同建起了甲午战争纪念馆。建馆初期，其艰辛一言难尽，据说连饮水都是戚先生带着同事一起到井中挑来的。所谓“志当存高远”，尽管最初的规模极小，但戚先生对甲午馆的期待极深。在他和其他历史学者的推动之下，1986 年烟台救捞局派出了烟捞 1 号和烟捞5号等打捞船对济远号残骸开始了打捞工作。

应该说也正是这次打捞，开始让人们认识到水下考古对于历史的还原有着怎样重要的作用。通过对济远号残骸的考察，人们注意到该舰仅仅因为触碰了一枚水雷，便引发爆炸而沉没，这一点与济远号在购买时中方的意见是相吻合的。

1883年，清政府向德国订造济远号巡洋舰之时，因为德国从来没有制造过类似的战舰，因此其设计上多少存在一定程度的不合理之处。当时驻德国公使李凤苞曾电告李鸿章，声称济远号机舱过大，一旦进水便很容易造成全舰沉没的惨剧，而其装甲竟然安放在水线以下4英尺处，这固然可以保护机舱，但对于防

1982年打捞的济远舰尾炮，现存旅顺万忠墓

民间最早实施打捞济远舰的烟捞5号工程船

在北洋水师服务的穹甲巡洋舰济远号。这是牙山海战前的照片，显示它仍有三根桅杆。海战后，军舰多余的索具都被撤去以避免被击中后引起二次伤害

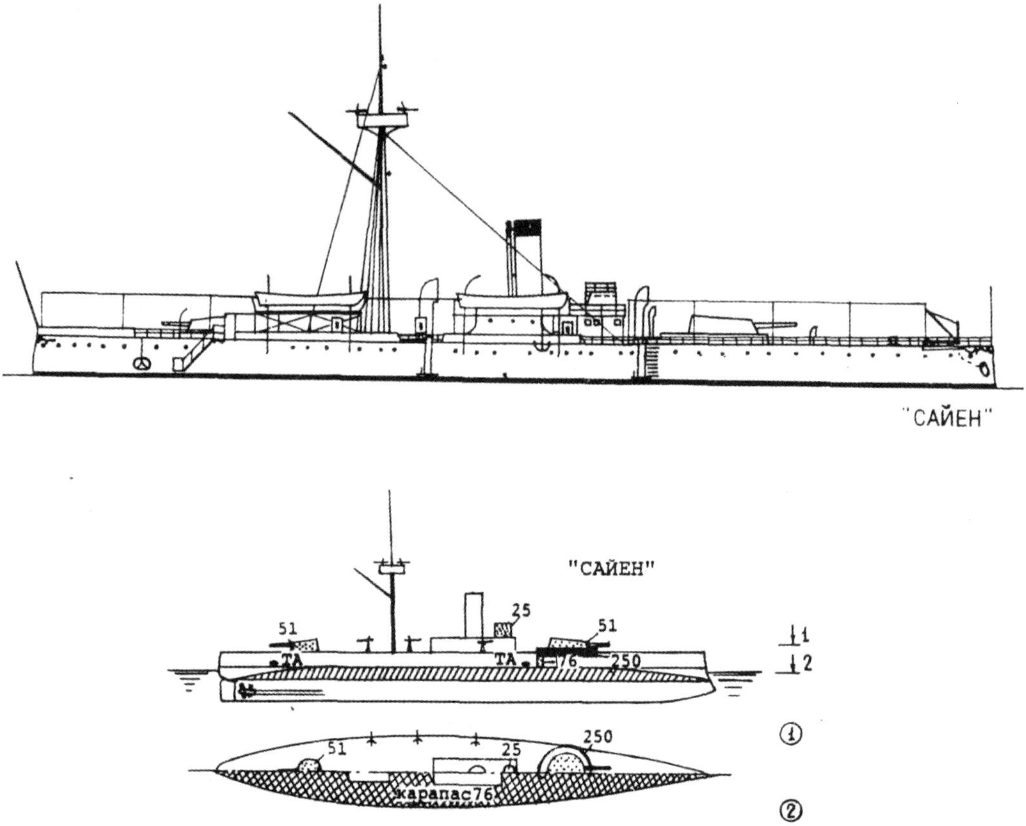

济远号线图，可见其装甲的位置与厚度

止进水则起不到良好的作用。济远号的沉没恰好证明这一意见是正确的。同时水下的济远号仍然保存着基本完整的形态，证明其舰上材料与装甲设计有着相当高的质量。

在这次发掘之中还找到了两样对于甲午历史研究有着重要价值的物品。第一件是济远号舰首的2门210毫米的火炮，经打捞出水之后，发现该火炮的尾部侧面有被机械损毁的痕迹。大东沟海战之后，清朝政府对于抛弃友军先行逃回的济远号管带方伯谦进行审问。方为自己辩护称之所以会先行撤回，原因是军舰发炮太多，以至于火炮的机械熔化不能射击，所以只能先行撤回。为此军法部门派洋员哈富门等人前往济远号进行勘察。在勘察中发现，济远舰的主炮的确已经损毁，但其损坏的部位证明这并不是因为发炮过多引起的损伤，而是被人为用巨锤砸坏，于是方伯谦在逃跑的罪名之上又增加了故意损毁武器的罪名，因此于 1894 年 10 月被处斩于旅顺黄金山下。这次打捞出水的济远号主炮上的确可见人为破坏的痕迹，证明当时审查部门的看法是有依据的。

这次打捞中还获得了济远号军舰指挥塔的部分结构。这座指挥塔类似于圆形的钟罩，外形圆滑，结构坚固，但是其顶部却有一圈用立柱支撑的窗户，应该是为了指挥官观察方便，从指挥塔里面能够轻易判别战场情况。但是在实战之中，恰好是这一排狭小的窗户造成了安全隐患，一枚日军炮弹从此处钻入指挥塔之中，击中了正在与方伯谦谈话的济远舰大副、美国挪威大学毕业生沈寿昌的头部，沈寿昌当即阵亡，其脑浆和鲜血喷溅了方伯谦一身。方伯谦在此后的战斗中进退失据、丧失斗志恐怕都与这一枚炮弹有关，因为在此前他对于海战的指挥仍可说可圈可点，中规中矩，此后却浑浑噩噩，乃至挂出白旗。看来当时德国巡洋舰在指挥塔的设计方面的确存在一些问题。

在 1986 年的打捞之中尽管捞起了济远号主锚、炮弹、桅杆等大量文物，但由于烟捞 1 号和烟捞 5 号的吨位太小，军舰沉没位置水深流急，所以打捞工作只能半途中止。能不能将济远舰整体打捞出水呢?

1888 年由江苏海洋工程公司继续实施对于济远号的打捞，当时还用几乎一天一万元的价格租借了国内最先进的大型打捞工程船沪救捞 3 号。在 1988 年 5 月 21 日至 7 月 20 日之间，对济远号进行了长时间的打捞作业。在探摸过程之中，潜水员们发现济远号舰体已经深深地埋入了水下的淤泥中，舱内淤积物硬化，难以排除。特别是在打捞起的一块钢板上，发现其四分之三的铆钉都已经脱落，这使得打捞方对于将济远号整体打捞的计划产生了动摇，于是改整体打捞为部分打捞，只将该舰的舷窗、罗盘、吊艇架、舵机等相应设备打捞出水，并进行展出。

这次打捞应该是对于北洋水师沉船进行考古工作的一个阶段性成果，它既显示了北洋水师沉船可能呈现的水下情况，也为潜水员在北方海区进行水下探摸工作积累了经验，对于 2014 年的大规模探摸有着积极的影响。

在这次打捞之中有一些鲜为人知的故事。例如，在对济远号舱内设备进行打捞的时候，潜水员们发现济远号舰上竟然有一些舱室里面没有进水，也就是说这些舱室的水密门在大约一百年前被关闭之后海水竟然一直没能进入其中，显示了这艘德国造战舰优良的制作水平。

笔者曾采访参加水下打捞工作的潜水员，对于可能在水下出现没有进水的舱室深表怀疑。对于笔者这样外行的问题，潜水员表示可以理解，但却告诉笔者这样的事情在打捞史上经常出现，比如打捞重庆号巡洋舰时，其冷藏库内不但没有进水，里面的肉食竟然也没有腐烂。而在国外的一次打捞行动之中还曾经发生过因为沉船上有未进水舱室而导致的笑话。当时，是一批美国潜水员在打捞第二次世界大战中沉没的一艘自由轮。在潜水员出水后，人们惊讶地发现他居然神志模糊，两腮酡红，显然是喝醉了！下水的时候潜水员还是意识清醒的，怎么会喝醉呢？潜水员不可能在潜水服里暗藏酒瓶，何况戴着密封的头盔和呼吸器，他在水下怎么喝酒呢？

事情究竟是怎样的？直到另一名潜水员钻入沉船才最终揭开谜底。原来这艘自由轮在沉没的时候，尾部的舱室并没有进水，于是舱内的空气都被挤压在这里，在船体内形成了一个大气泡。这个大气泡居然占据了几间舱室那样大，由于船尾并无裂缝，所以空气始终保存在那里。这条船上运送的货物是为前线安抚士人提供的威士忌和白兰地，而这位潜水员又是个嗜酒如命的家伙，当他潜入水中发现船上居然有这样一大批自己喜好的杯中之物时，便忍不住挑选了几瓶特别好的，并钻进他预先知道的大气泡中，解下头盔开始痛饮。直到一瓶酒下肚，潜水员才重新戴上头盔，接上空气阀从沉船中钻出升上水面，若无其事地出现在众人面前，但是脸色出卖了他，这才出现了潜水员喝醉这样奇怪的事情。

说到这名潜水员的奇遇，他的中国同行笑着说，如果沉船由于某种原因发生了晃动，大气泡的位置就会变更。而这位当时正痛饮威士忌的潜水员只怕喝的就不再是酒，而是咸咸的海水了。

济远舰上打捞起的探照灯罩

作为第一艘被打捞起的北洋水师沉船，济远号给我们提供了大量直观的历史资料，但是由于它在沉没之前十年便已落入日本海军之手，因此其军舰上的形态、装备与北洋水师时期相比已经改观。无论从考古的角度还是从象征的角度，显然都存在一定遗憾，可以说济远号的打捞为北洋水师的考古工作添了一把火，使人们不由得开始想象——既然济远号可以被打捞上来，那么致远号为什么不可以呢？或者北洋水师其他曾经奋战到最后一刻的战舰，比如定远号、经远号等等的打捞也未尝不可啊！

不过这些战舰沉没的地方都不在大连旅顺，定远舰等北洋水师战舰沉没的地点集中在威海和丹东两处。

在刘公岛铁码头尽头处被日军鱼雷击中沉没后的威远舰

02

伤心刘公岛

1895年1月30日，日军在山东荣成登陆，从陆地包抄了北洋水师的最后军港威海卫。威海卫是一座设防严密的要塞，其十几座炮台对海面入侵之敌构成了立体的防御体系。但不幸的是，这些炮台都是面对大海的，因此威海卫的设防仿佛一头面向大海的猛虎，但日军却是从这头猛虎的背后而来，登陆荣成之后从陆路经过白马河酒馆等地，击败兵力不足而且素质低下的清朝陆军，从背后攻陷了威海卫的卫城和南北两帮炮台。

面对围攻，北洋水师提督丁汝昌宁死不降，率领各舰退守孤悬海上的刘公岛，在这里与日军展开了长达两周的鏖战。在激烈的战斗中，北洋水师的主力战舰大多覆没于刘公岛的铁码头周围，其鱼雷艇队突围北走也不幸遭日军拦截而大部分覆灭。在2月5日旗舰定远舰被偷袭的日军鱼雷艇重创搁浅之后，北洋水师官兵人心浮动，纷纷来到提督署向提督丁汝昌请求办法。实际上这在一定程度上代表了一部分官兵的动摇和投降倾向。此时丁汝昌利用其极高的威望稳定军心，并亲临前线，指挥部队继续抗击。面对军心涣散的部属，他要求众官兵与他共同坚守到2月11日，因为这是清朝告知他的援军到达日期。可

威海卫刘公岛上的炮台遗址

惜的是，尽管北洋水师官兵在丁汝昌的人格魅力影响之下继续进行抵抗，但当时指挥山东援军的巡抚李秉衡属于清流派官员，与李鸿章的北洋派存在着深刻的矛盾，因此在战斗打响之后，救援威海卫很不积极，甚至把原定增援威海的淮军孙金彪部扣留在烟台，导致威海卫始终得不到预期的援军。

2 月 11 日，日军继续进攻北洋水师锚地，两军在海路之间鏖战。此时刚刚被从沉没的代理旗舰靖远号上救起的丁汝昌在整个下午都没有留在指挥所，而是始终坐在面向大海的地方，远望威海卫的西海口。

那里应该是援军到达的方向。

直到天色已暗，援军却毫无踪影，据说此时的丁汝昌眼睛瞪得像铜铃那样大。今天在刘公岛上可以找到一座丁汝昌的塑像，也正是面朝大海，仿佛再现当日的情景。

援军不至，丁汝昌最终选择自戕殉国，他在当天夜里服下鸦片，于第二天凌晨五点死去，殉了这支大舰队。丁汝昌死后，2月14日，北洋水师全军覆没。幸存舰只包括济远号巡洋舰被日军掠回日本编入联合舰队，而丁汝昌的旗舰定远号以及来远号、靖远号、威远号、宝筏号等舰只皆沉没于威海卫刘公岛港内，曾经的北洋水师母港成为了它们最后的归宿之地。

今天刘公岛的铁码头在整修之后保存着可以使用的状态，人民海军的补给舰就停靠在这条百年老码头之上。

在漫长的历史过程之中也曾有过多次对此处北洋水师沉船进行打捞的努力，特别是2000年，由威海市政府牵头，威海港务局做出了巨大的努力，由带有先进勘测仪器的船只对刘公岛周围进行了详细的考察，但却没有发

丁公府前眺望大海的丁汝昌像

丁汝昌自尽寓所的窗棂，战后被掠到日本，安装在福冈太宰府定远馆中

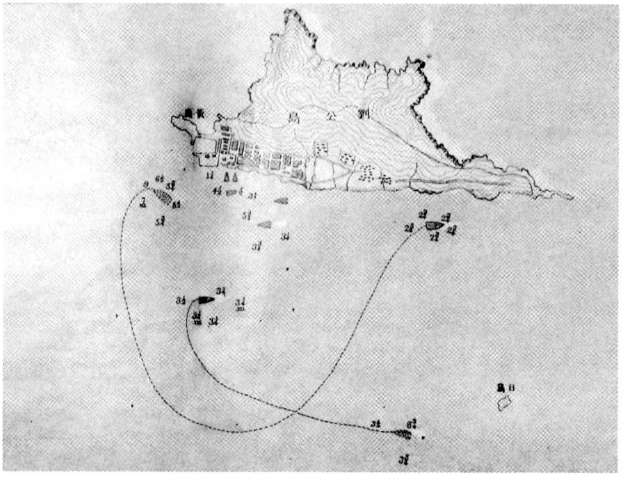

环绕刘公岛铁码头沉没的北洋水师军舰情况（日本海军战报资料）

现包括定远舰在内的各艘战舰的遗骸。当时香港的《凤凰周刊》曾经对此做出报道，提出了一个令人啼笑皆非的题目——《定远舰不见了》。

作为七千多吨的装甲舰能够不翼而飞吗？应该说当时的中国考古人员尽管具有极高的热情，但是却缺乏基本的信息材料。甲午战争之后，日方曾经对刘公岛周围的沉船进行过彻底的打捞处理，这是在日本公文书馆之中保存的日方档案所证明的。根据目前所得到的档案判别，日本方面在占领威海卫期间曾对沉没在威海湾的定远、来远、靖远、威远等舰实施了大规模破坏性的拆卸，参与打捞工作的不仅仅有日本军方，也有日本的民间团体。根据日方的记载，对于这些沉没的军舰首先由日方西海舰队司令部派出人员进行鉴定，最初还曾经有将其打捞后继续使用的计划。但由于这几艘中国战舰都曾在与日军的战斗中承受了巨大的损伤，有的战舰在最后沉没之时还由中国水兵进行过破坏，所以整体打捞几乎不可能。

在这种情况下，日本海军派出军方人员对于各舰之上的可作为纪念品的所谓战利品进行了打捞，并派出船只将其送往日本。这批所谓的战利品后被日方

今日铁码头

经文部省颁发到各地的神社与学校等地，作为鼓吹战功与呼唤军国主义的宣传材料，今天在日本发现的大量北洋水师遗物便是它们中间的一部分。

在日本军方进行了第一轮掠夺之后，日方民间的打捞公司又向军方提出了打捞申请，他们的目的主要是从沉没的中国军舰上拆卸钢板等可利用物资用来盈利。不过由于这些船只舰体巨大，特别是经过一段时间的海水侵蚀之后，在风浪中又产生了进一步的破坏，故此打捞工作进行并不顺利。从今天我们掌握的日方档案中可以看到，由于日本公司打捞沉船遇到较大困难，包括俄罗斯和美国在内的一些欧美公司也在日方允许之下参加了拆捞工作。

2009 年，中国收藏家在拍卖之中获得了一件意外的纪念品——来远号巡洋舰上舵柄改造的墨盒。由于在海战中来远号是遭到日军鱼雷袭击之后翻沉的，在水面仅露出红色的船底，因此这一舵轮应该位于其水下最深的部分，连这样的材料都已经被打捞，说明日方对于威海卫北洋水师沉船的打捞是相当彻底的。所以今天再继续进行打捞，其价值已经可想而知。

在各舰之中比较特别的是定远舰的残骸。1896 年 3 月，日本香川县县知

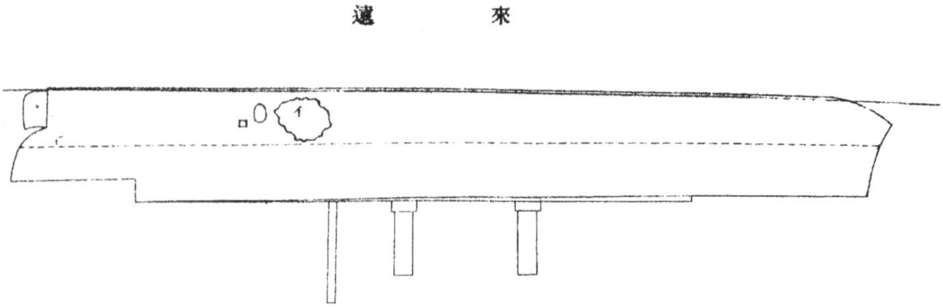

日军资料中记录的来远舰翻沉后情况，是为打捞参照

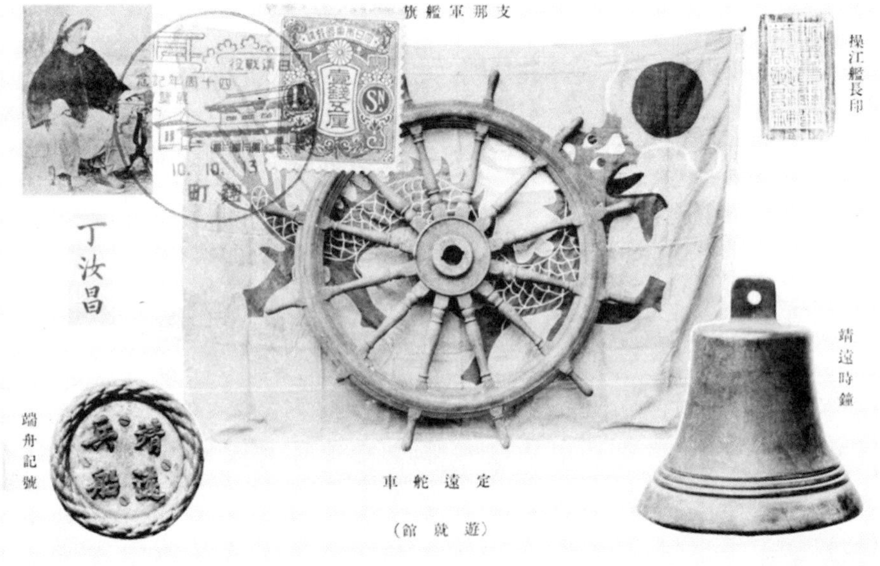

日本海军根据战后打捞获得的北洋水师遗物定远舰舵轮、靖远舰船钟、铭牌等制作的明信片

出资打捞定远舰残骸的小野隆助和定远馆的大门——用定远舰装甲板制作的大门，上面大东沟海战时的弹痕清晰可辨

士小野隆助得到了日本大本营的许可，雇佣大量潜水员用一年时间对定远舰进行了彻底的打捞。他获得这一许可时交付了两万日元的许可证费用，但仅仅是将定远舰上的钢板重新熔铸成定远舰模型作为纪念品一项，便使他收回了成本。发了战争财的小野将定远舰上的部分材料如装甲板、训练用的长桨、被大火烧伤的舰材等等运到自己的故乡福冈县，在那里建造了一座别墅，命名为定远馆。直到今天，这座用定远号军舰残骸制作的房子依然存留在福冈县太宰府境内。

2014 年，日方对定远馆进行所谓整修，由于其中大量本属于定远舰的器材在这次整修中被破坏性拆除，因此这座建筑已经面目全非，令人扼腕。

不过在 2014 年，威海卫周围的工作人员对铁码头附近进行了探测，并派遣水下考古队员进行探摸，发现其附近仍然还有船体残骸存在，这些船只是否属于北洋水师，是否是日军打捞后留下的残余，仍有待进一步的考古判定。

03

北洋水师命运的象征——丁汝昌

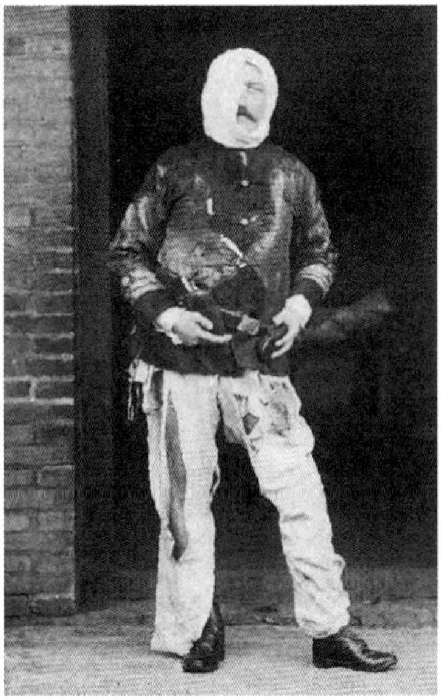
美籍北洋水师军官马吉芬在大东沟海战中负伤后的纪念照片。这次负伤的后遗症在两年后造成了他的自杀

谈到北洋水师，人们最熟悉的形象无疑是邓世昌。其实，在国际视角中，他的上级、北洋水师提督丁汝昌被关注得更多一些，被视为中国海军在甲午一役中的悲剧英雄。

因为北洋水师的覆灭，中方史料中不乏对丁汝昌的诟病之词。然而，追寻当时记录，会发现这是一位忠于职守而颇有人格魅力的海军将领。

1897 年 2 月 11 日，曾在大东沟战场与中国军人并肩作战的美籍海军军官马吉芬在纽约的医院自杀，原因是那次战斗中所负创伤的恶化使他不堪忍受。在他的墓志铭上如此写道：以此纪念一

1882 年率军赴英国接舰时的丁汝昌，正是年富力强、踌躇满志的时刻

威海复制的定远舰

位深爱着自己祖国却把生命奉献给另一面国旗的勇士（This tablet is erected in memory of a Brave Man who loved his own but gave his life for an alien flag）。

人们注意到，这一天正是马吉芬敬重的老上级、北洋水师提督丁汝昌两年前自杀的日子。1895 年，甲午战争结束后，马吉芬回到美国曾努力为北洋海军的作战辩解。在给《世纪》的一篇记叙大东沟海战的文章中，他写道："海军提督丁汝昌是那些为国捐躯的人们的代表，他是一位勇敢的战士和真正的绅士。他被自己的同胞背叛，和优势的敌人奋战，在大势已去时，尽自己最后的职责来保全部下的生命。……在那个午夜，当他服下毒药结束自己生命的时候，他的心中想必是充满了苦涩吧。"

丁汝昌与日本近代海军创始人胜海舟是刎颈之交，日文中"提督"即海军总司令一词，便是因丁汝昌访日时的头衔而作为外来语引进的。

丁汝昌的旗舰，是定远号铁甲舰，这艘战舰早已不复存在，但威海却有一艘复制的定远舰。

在这艘复制舰上，当年定远舰的风采依然可见一斑，连里面华丽的舱室内部装饰都没有走样。

然而，若是熟悉海军传统的人走在这艘军舰上，不免会问这样一个问题：丁汝昌作为舰队司令，到定远号上会住在哪里？

复制定远舰上的豪华舱室，它属于丁汝昌还是刘步蟾呢?

定远舰最豪华的舱室在尾部。根据近代海军传统，一艘军舰上永远舰长最大，因此舰长有权利享受最好的舱室，哪怕是舰队司令来了，也只能住客房。而按照中国官场的习惯，丁汝昌是司令官，级别较低的定远舰舰长刘步蟾理当腾房，让长官住在这最豪华的房间里，否则就是跋扈，不懂规矩。

谜题就在这里，刘步蟾和丁汝昌，到底谁住这最好的房间呢?

这不是一个文化问题，背后带有一点博弈的意味。北洋水师以刘步蟾为首的基本军官来自福建，大多曾在国外专业学习过海军技术，他们的影响使中国海军直到抗战结束都被称作“闽系海军”。而丁汝昌则是代表李鸿章“空降”而来的淮军宿将，陆军行伍出身的海军将领。地域出身的不同，让“谁住定远舰最好的房间”成为一个带有权力斗争意味的符号。

刘步蟾是一名优秀的海军军官，曾在 1874 年迎击日军登陆台湾的行动中立下殊勋。因航海经验丰富，英文出色，以英国格林威治海军学校免试的资格直接上舰实习，回国后成为北洋水师右翼总兵，是这支舰队最重要的将领之一。值得一提的是，后来北洋水师的主要将领，包括林泰曾、邓世昌、林国祥、方伯谦等，几乎都在这次抗日保台之役中驾舰出击，参加了中国近代海军第一次成功卫护国家海权的军事行动。

不过，刘步蟾也是一名很有性格的将领，甚至敢于当面顶撞李鸿章。他与有竞争关系的“洋员”关系极差，以至于死后都要承受这些同事的若干恶意诽谤。日本联合舰队司令伊东佑亨将其称为北洋水师中的“张飞”。

设身处地，丁汝昌当时的处境十分微妙——如果自己逼迫刘步蟾让出最好的舱室，无疑是不必要地激化和留洋闽系军官的矛盾；如果自己去住客房，那又很容易让观望者们认为他镇不住自己的部下，影响威望。

到底丁汝昌住在哪个房间里呢?

丁汝昌是个很会解决问题的人。历史文献中的答案令人意想不到——丁汝昌到达北洋水师后，自称喜欢简朴随意的生活，所以长期没有到定远舰上居住，而是住在一艘木制的小军舰操江号上，甚至在操江号上装设了一张罗汉床。

不动声色间化解危机，可见丁汝昌在处理人际关系时的睿智。

丁汝昌在刘公岛上居住的地方“丁公府”，是他自己出钱建造的，一派安徽农家风范。或许正是因为建造了这样一所房子，丁汝昌被风闻奏事的言官称为造屋出租牟利。实际上，丁汝昌住在这里，未必不是又一个为将的妙招。他正常情况下应该住在海军公所左侧的配套院落中的提督署，那是国家出钱为其建造的公馆，属于提督衔军官的“政治待遇”。但是丁汝昌自己搬到丁公府住，把提督署的房子借给了那些没有这等待遇的管带、大副等海军军官居住。这一举动无疑会让以前没有共过事的部下对这位宅心仁厚的老提督大为归心。

外国人看到丁汝昌和普通士兵下棋曾不以为然，我国兵法则称之为善待卒伍。

在大东沟海战开始时，丁汝昌负伤后没有躲进装甲指挥塔，而是留在露天的飞桥上人人可以看得到的地方，我国兵法称为身先士卒。

丁汝昌可谓把古人的为将之道做到了极致。

有这样的指挥官，怎么会打败?

甲午战争的失败是整个国家和社会制度的失败，注定这位忠诚的老将必然面对悲剧的结局，令我们今天看到这艘大舰时仍忍不住为老提督唏嘘。

定远号复制舰，是我国还原复制历史名舰的第一次努力，而且取得了经典性的成功。今天，无论从地标的意义还是从经济收入而言，定远号都足以令人满意。由于这艘战舰是由陈悦先生监造的，故此，2014 年丹东方面意图复制致远舰时，陈悦先生便再次被聘请。

04

烟台打捞上来的部分遗物

烟台沉船之谜

值得一提的是在威海卫附近还有一些北洋水师的沉船，主要属于试图突围的北洋水师鱼雷艇队船只。最近在烟台爆出水下发现北洋水师突围舰艇的消息。在网上有这样一条新闻，题为《百年沉船遗址留住甲午海战记忆》，讲述在烟台养马岛附近海区，发现了一条属于甲午战争中北洋舰队的沉没军舰，而且国家水下考古中心也派出工作人员参与调查。那里的船只真的属于北洋水师吗？

根据相关新闻，可以综合得到如下信息：这艘沉船被当地文物部门命名为"蛤堆后一号沉船"，位于烟台牟平区大窑镇蛤堆后村西北的浅海中，涨潮时离海岸线约 250 米，距海面约 2 米，落潮时船上的桅杆、火炮都能露出海面。

"小时候就听大人们说，村西边的海里面有条沉船，生产队出海打鱼时经常能看到，我们这些小孩在海边玩的时候，偶尔还能捡到铁皮、铜环，估计都是船上的东西被海水冲上来的。"今年 57 岁的曲立军，出生在烟台牟平区大窑镇蛤堆后村，虽然已经离开村子多年，但他对村西边海里的沉船记忆犹新。

"大概 20 世纪 60 年代中期吧，沉船上露出海面的桅杆、火炮经常挂住渔网，村里人都没法打鱼。生产队就组织人炸去了沉船的上半部分，当时还捞出了一些铜、铝物件。”老曲说。

牟平区博物馆的工作人员在采访中称，蛤堆后沉船是甲午海战时期清朝水师的战船，战争爆发后，为了躲避敌人的袭击，仓促行驶，看错了海图，导致抢滩搁浅，船上官兵弃船登岸，奔向登州府水师。工作人员介绍说，在此次普查之前，曾派人对沉船进行了勘测，证实确属甲午海战北洋水师的战舰。目前，蛤堆后一号沉船已经入选全省文物“百大新发现”。

如果能证明这艘沉没的军舰属于北洋水师，无疑将是一个重要的发现。

那么，北洋水师的军舰真的在烟台海区沉没过吗？

这样的事情的确曾经发生过。1895 年 2 月 7 日，在主力战舰定远、来远等相继战沉的情况下，北洋水师提督丁汝昌下令鱼雷艇管带王平率领鱼雷艇队集体出击，攻击威海湾外的日本军舰，计划以此掩护飞霆、利顺两艘火轮船出港突围，前往烟台送信求救。北洋水师的鱼雷艇队曾经在大东沟和威海卫保卫战中英勇奋战，但在这次战斗中表现不佳，一出港就集体转向烟台方向遁走。

应该说，这种脱逃既有战局不利、军心涣散的影响，也有战术失误。19 世纪末的鱼雷艇，因为鱼雷射程只有几百米，而且速度不快，其设计目的也主要在于袭击港中锚泊的大型舰艇。

鱼雷艇的作用在于偷袭，即便在第二次世界大战的时代，在白天没有掩护的情况下突袭机动中的敌军主力舰队也属于自杀行为，不但无力攻击敌人，连自己都会成为对方的靶子。

突围的鱼雷艇队遭到日军的拦截和追击，除王平率左 1 号鱼雷艇成功摆脱日军追击（日方称还包括左 2 号）外，其余鱼雷艇与两艘火轮船均被击沉、俘虏或搁浅。这其中多艘舰艇遇

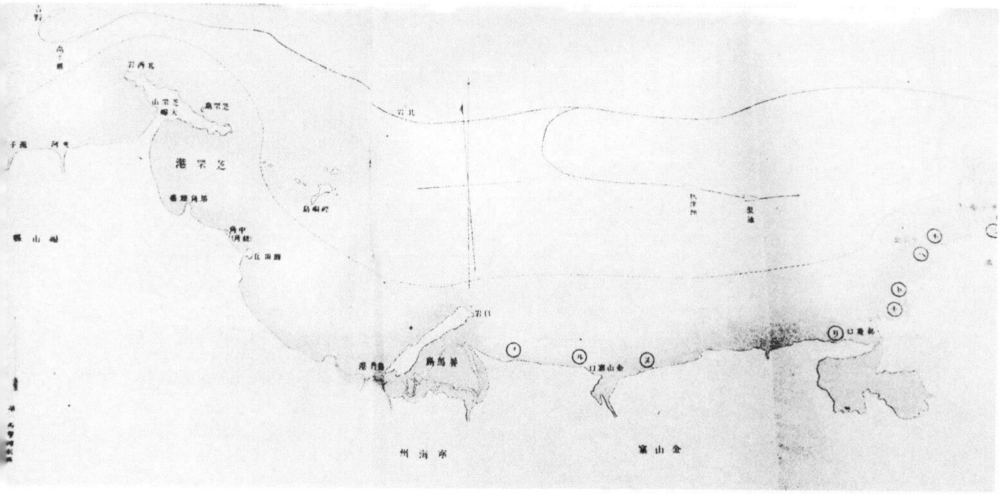

日本海军保留的北洋水师突围船只沉没分布地图上，养马岛周围的确有数艘船只沉没的记号

难于烟台海域。

笔者日前寻到一幅日本海军 1895 年绘制的《威海卫港逸出清国水雷艇搁礁位置略图》，展示了当时清军各雷艇搁浅或沉没的位置。根据此图标识，在养马岛附近至少有三艘鱼雷艇搁浅或沉没。

如此看来，这一次在牟平发现的沉舰，的确可能是属于北洋水师的。然而，仔细看来，其中却又有两个难以逾越的问题。

首先，按照日军标识和我方的档案，北洋水师在养马岛附近损失的三艘鱼雷艇，分别是福龙号航洋鱼雷艇、右队 1 号和右队 3 号大型鱼雷艇。福龙号在金山寨口附近被吉野追击，因中弹轮机损坏无法跑出最高航速而被俘，后被日军用筑紫和第 5 号鱼雷艇拖带，送回修理后改编入日本海军，仍用“福龙”的舰名，一直使用到 1908 年；右队 1 号和 3 号鱼雷艇则在金山寨口和养马岛以东搁浅，后被日军赤城、摩耶两舰拖出，后

参加突围的左 1 号鱼雷艇，唯一成功突围的北洋水师船只

改名为第 26 号和第 27 号鱼雷艇，也编入日本海军使用。所以，在养马岛附近北洋水师损失的三艘鱼雷艇，似乎都不可能是这条沉船。另一条记载沉没于烟台水域的鱼雷艇是左队第 2 号，损失位置在烟台以西，而养马岛在烟台以东。

其次，据报道，烟台沉船“船体内壁用约 6 寸厚的关东柞木组装，外壳用黄铜叶子包护，船钉、栏杆均为紫铜打造，船体呈梭形，中间粗，两头尖细，长约 20 多米，宽 4 米左右，载重约 10 吨”。前面提到的四艘北洋水师鱼雷艇都是从欧洲进口的，不可能使用关东柞木制造船体，它们属于钢制鱼雷艇，体长最短的也在 33 米，与沉船在结构、长度、吨位方面存在较大差异。

那么，这是否表示烟台这艘沉舰不是北洋水师的舰艇呢？

有一种可能，那就是这条船可能是日方图上没有记载的飞霆、利顺二轮中的一艘。日方记载了飞霆号为日军俘获，却没有记载利顺轮的情况，烟台的沉船会不会是利顺号呢？利顺号是大沽造船厂制造的拖轮，船体用东北柞木也有可能。只是利顺号长度也超过 30 米，与烟台沉船略有区别。还有一种可能，那就是日军记录出现错误。在日本相关记载中，也曾称其第 27 号鱼雷艇是在威海西部沉没的右队 2 号修理后改成，而《威海卫港逸出清国水雷艇搁礁位置略图》的标注中称右队 2 号重伤损坏沉没，无法修复。这个矛盾的记载说明日军可能把右队 2 号和右队 3 号的命运弄反了。如果是这样，那烟台养马岛的沉船，就有可能是右队 3 号鱼雷艇。

其实，最不利的证据是水下打捞到的器材中，竟然包括铝制材料制成的物品，这在北洋水师时代是不可能存在的。因此，除非这些铝制物品是后人在勘测等活动中留下的，否则这条船不大可能是北洋水师的船只。

那么，这条沉船到底来自何处呢？如果我们开阔思路，就会发现，其实这个问题还可能有其他的答案。

它有可能是日俄战争中，被日军击败后遁入烟台的俄国军舰。1904 年 11 月 16 日，俄国驱逐舰列斯敦洛浦列号逃入烟台；1905 年 1 月 2 日，又有四条俄国舰船遁入中国境内，日俄战争俄方战败后，曾有大量船只四散外逃，有的甚至逃到上海，也有些随处靠岸搁浅，人员逃遁。这次在烟台发现的沉船，也有可能是某条不知名的逃入烟台境内的俄国舰船。这条船也可能与抗日战争有关，属于第二次世界大战之中沉没于此地的日本海军舰只。

增加了两个可能，烟台沉船的状况越发让人感到困惑。好在听说中国国家博物馆派人去了烟台调查，希望能够早日得到他们的消息，证实这艘军舰到底是不是北洋水师的遗物。

山东方面的北洋水师遗物状况并不乐观，人们的目光自然而然投向了辽宁丹东的大东沟古战场。

第七章

不成功的打捞致远舰

01

生命的代价 1988

作业中的潜水员

或许是受到打捞济远号成功的影响，丹东方面对于沉没在自己水域的北洋水师战舰也开始产生了兴趣。1988 年，辽宁省文化厅筹集了资金，派出人员和船只来到大鹿岛，在文物局的配合之下开始对大东沟海战中沉没的北洋水师战舰进行探摸，重点毫无疑问是致远舰。

这并不是新中国成立以后第一次对于致远号的探摸行动。在 20 世纪 50 年代，海军方面便曾经对这里的沉船进行过简单的考察，但当时主要的目的在于整理航道，方便通航，因此在考古方面没有足够的重视。

应该说在 1988 年进行探摸的工作人员把事情想得稍微简单了一些。尽管海战是在大鹿岛周边水域发生的，但是这一带水文变化较大，海情复杂，进行水下作业并不是一件容易的事情。我国民间打捞工作人员在这种海区工作的经验并不丰富。

笔者曾经采访过中国打捞界的名宿、原海军总医院王超政副院长。王老讲到，新中国的打捞事业最初集中在内河之中，这主要是因为长江、珠江等河流中有大量的沉船，对其进行打捞不但可以获得大量的所需物资，而且也有着清

周恩来总理与参与调查跃进号事件的官兵合影

通航道的作用。长江和珠江是我国的黄金水道，保障其畅通意义十分重大。

对于在海上进行打捞作业，我们最初是缺乏经验的，颇有一点赶鸭子上架。

1963 年，中华人民共和国第一艘国产的万吨远洋货轮跃进号在首航途中于苏岩礁触礁沉没，海军方面几乎立即便接到了前往进行探摸查清沉船真相的任务。

此时，日本某广播电台已经发布了一条爆炸性的消息，称跃进号是因为遭到了鱼雷袭击而沉没的，这一点也引起了国际方面的广泛关注。当时被救援上来的人员很多人都表示听到了爆炸声，遭到了敌人的攻击等等，但也有一些航海经验丰富的人员比如船长提出异议，认为应该是触礁。在彻底查清事件真相之前，贸然公布沉船原因不仅会激化国际矛盾，甚至可能引发战争。因此调查跃进号沉没就不仅仅是一个技术问题，而且更是一个政治问题了。东海舰队与上海交通部门迅速抽调七艘舰艇于 5 月做好了出发调查的准备。

由于此时新中国的潜水工作刚刚开始，这一任务具有相当大的危险性。这一行动汇集了我国所有打捞界的精兵强将，堪称合举国之力一战。周恩来总理显然认识到了任务背后的风险，故此在部队出发之前亲自到有关部门进行研讨，其中既参观了海军方面对潜水员进行救援的医学表演，也针对工作中可能出现的各种问题进行了细致的讨论，甚至还提出船上运载的货物是玉米，鲨鱼是否会吃玉米这样看起来颇为离奇的问题。

尽管问题似乎离奇，但这次工作的准备的确是非常细致的。各方面的精密准备使调查得以安全进行。潜水员们在当地进行了认真的勘查，并摸到了船体的破洞处，发现其有五处凹陷和一处折裂，证明该船是遭到礁石撞击而沉没的，并不是遭到了鱼雷攻击。

在海洋中进行船舶探摸和打捞比在内河之中存在着更大的风险，这主要是因为海洋之中水文情况更为复杂。王超政副院长回忆，在 20 世纪 70 年代打捞阿波丸沉船的时候，潜水员第一次下水竟然被吓得迅速逃回船上，询问原因是在水中有无数像幽灵一样的闪光，令潜水员十分紧张，最终发现这只不过是发光的海洋生物而已。在打捞阿波丸的过程中甚至还发生了所谓的潜水员遇鬼的事件。

事情的起因是一个潜水员下水刚一进入船体就猛拽信号绳，拉上来以后脸色煞白，语无伦次。半天才说明白，说是一进船体，就有人在他肩头拍了一下。

船上的人都大惊，要知道这个水区只有这一个潜水员下潜，谁会拍他的肩膀？由于阿波丸所载日军两千余人尽数随船毙命，有船民说此处夜有鬼哭，下水前还对潜水员作了破除封建迷信的教育，怎么真的开始闹鬼了？

一位经验丰富的潜水教官在旁边不以为然——阿波丸里面的日本人都死了多少年了，怎么会拍人肩膀？

难道是海峡对面已经有人在里面了？

说实话，这一点教官不太相信，对面的“水鬼”已经好久没来叫板了，难道……

有人问潜水员：“是不是沉船的舱壁或者突出的设备碰到了你？”

“不是，我反手打了一拳，打中了，是软的，而且还会躲我的拳头……”

“会不会是什么大型海洋生物？”

打捞阿波丸的工程船，最左边一艘最大的便是曾经参加过打捞济远舰的沪救捞 3 号，最右侧是王超政副院长曾经工作过的 J-503 打捞救生船。有趣的是，这张照片是 1979 年 6 月 29 日由台湾的国民党空军 RF-104G 侦察机在福建平潭岛拍摄的，当时并不知道我军这是什么举动，国民党军一度相当紧张，而王副院长回忆，我方舰只在打捞过程中炮手也始终在炮位上，防止海峡对面有什么异动

但是再问，这位潜水员也说不出什么来了。

教官一咬牙，不入虎穴焉得虎子：“准备装具，我下去”。进入阿波丸的第一个潜水员，是上海救捞局的，既然出了事，就决定换海军的人员先下，教官技术好，经验丰富，而且在部队打过仗，让他下应该说是一个不错的选择。

教官下潜的时候，也是有一定精神准备的，他琢磨过那位拍肩膀的是谁，水下动物，比如鲨鱼，或者水母，都有可能造成潜水员的错觉。总的来说，他觉得不太像敌方的潜水员，因为阿波丸的上面缠绕大量渔网，几天来一直在进行清除作业，如果是敌方的潜水员早就应该吓跑，不会在里面等着的。第一位下水的潜水员也干这行七八年了，但上海救捞局的船员常在江中行动，对海洋生物不熟悉，这也可能。

教官入水后小心翼翼地接近阿波丸。事实上他这次是做好了战斗准备，一下水就把潜水刀出握在手中。他的想法很简单，管你是人是鬼，反正这儿没有战友，你敢拍我肩膀，我就给你一刀。

果然没让他失望……

阿波丸已经断成三截，这是其船艏被捞起

水下的阿波丸实际上已经不是一条完整的沉船，剧烈的爆炸把它从船体前部的三分之一处扭断，两截船体呈 T 字形，舱面朝上躺在 40 米深的海床上。也正是因为这个原因，拆除挂在上面的渔网后，从它的断面上可以轻易地进入船体。

一切安然无恙，除了他自己呼出的气泡声，海底世界一片自然，看不出有不正常的地方。阿波丸沉没的海区水下能见度比较好，后来拍了不少水下照片。就是游近了那沉船断裂处的入口处，显得有些阴森。

有潜水员说从工作角度，他们是很不愿意钻进沉船的，一说是那里边“不干净”，是真正“水鬼”的坟墓，这假的“水鬼”去招惹真的“水鬼”，是不是有点儿不智？一说是沉船里面确实危险重重。不说里面可能是海洋生物的老家，沉船本身结构就很不稳定，如果一不留神触动了某处，沉船就可能大翻身或者垮塌，即便不被砸死，给封在里面也凶多吉少。阿波丸打捞因为急于确定船体内情况，潜水员进去属于迫不得已。

于是，教官就选择了阿波丸货舱甲板下方的断口，谨慎地进入了船体——货舱多半比上面的客舱大一些，管路导线之类的少一些，万一有事，可以获得更多回旋的机会。

一切都很平静，没人。

他拧亮头灯，可以看到阿波丸侧舷朝上一面的舷窗，上面的玻璃已经没有了，这个舱室因为暴露在外，内部早已空无一物。艺高人胆大，教官向前摸索，发现一扇舱门大开，便游过舱门，进入里面的一舱。

就在他小心翼翼地穿过舱门，当心着不让气瓶被门框碰坏的时候，忽然一道黑影腾起，直朝他的面门撞来。教官早有准备，迅速一闪，同时脚蹼一蹬，斜刺向上急速游开，头灯下一闪——原来是一条大海鳗，看来是舱里的老住客了。教官吁一口气，身体继续向上升去，他左手伸到头上，以免撞到舱顶，右手把潜水刀向外撇开，以免不小心刺破自己的潜水衣。

就在这时，他忽然觉得不对——左手没有按上舱顶，却按上了一个软绵绵的东西，而且一触手就避开，是另一个潜水员？还是尸体？教官心头一紧头皮发麻，与此同时，又不知是谁在他背上一拍。这还得了？他顾不得多想，反手就是一刀！

教官的军事技术绝对不错，这一刀刺得稳、准、狠，他自信在格斗训练中从来刺不出如此出色的一刀。

做梦也想不到的是，那一刀居然被对方“一口咬住”，而且再不松口。

教官猛翻身拔刀，头灯一闪之下，只见对方一身黝黑，尚未看清之时，他因用力过猛，头灯撞在舱顶上顿时熄灭。

这时,他感到自己的身边又多了几个这样的家伙,或扑或撞,纷纷缠上身来。

“那时候我可真急了，”教官形容说，“我们的人都是穿黄色、红色、白色醒目颜色的潜水服，只有那边的‘水鬼’才穿黑的作掩护呢。我就一个念头，不能当俘虏啊！”

针对这个案例，在潜水学校曾有学员用投票方式来进行选择，看教官到底碰上什么怪物。最后“大章鱼”高高名列榜首，高出“国民党水鬼”十多票。不过真正的答案让人啼笑皆非。

教官在水下和怪物搏斗，最让他吃惊的一瞬间是一刀刺去竟然被“一口咬住”，用力一夺，刀没拔出来，那怪物却跟了上来！这个是章鱼一类的动物绝对不会的本事。

这一下吓得教官丹田发热几乎出了洋相，把挂在头盔上的头灯都撞坏掉下来，可见用了多大的别扭劲儿。不过他毕竟是经验丰富的老潜水员，吃惊之下很快就发现周围的怪物虽然在对他撞击，但动作很“轻柔”，并没有要把他置于死地的意思，而且凭他的经验，这些怪物不像是有生命的东西，像是被他游动的水流带过来的。

冷静下来他再次拔刀，发现那咬住刀的怪物并不反抗却死不撒嘴，用手一摸，这怪物又硬又软，也说不清是什么感觉，想想万一是个半腐烂的死鬼子，教官只觉得牙根发酸。是非之地不可久留，一咬牙，教官拖着这个怪物游出舱门，上浮了。

教官说，要真带上来个鬼子木乃伊什么的算我倒霉，要是别的什么咱起码活捉了一个。

这上浮不能一蹬就上去，40 多米呢，那找着得减压病。教官拖着怪物，拉着带节的通讯绳，升一段，停一停，升一段，停一停，还生怕那怪物突然反噬，紧张得不得了。

还好怪物老实得很，这段难熬的工夫总算过去了。

到底是什么东西呢？

上到水面一看，众人哭笑不得，吓坏一个潜水员、害教官一场恶斗的，居然是一大块黑色的天然橡胶。

原来，这就是阿波丸上装载的天然橡胶块，造汽车轮胎的原料。橡胶这玩意儿当时还没有人造产品，全部来自南洋的橡胶树，抗战时期重庆有“一滴汽油一滴血，一只轮胎一条命”的说法，极言其珍贵，没了它飞机不能上天，汽车不能跑路。对于战败前夕的日本，橡胶属于珍贵战略物资，阿波丸上日本人的私货，最占地方的就是橡胶和锡锭。

橡胶的比重比水略低，因此阿波丸沉没后纷纷挣脱束缚向上飘起，有的漂

阿波丸是日本海军最快的运输舰，同时也是经过盟军批准为战俘运送物资的船只，理论上美国潜水艇不应该进攻它，所以它出发时日军乘机在该舰上大量装载了锡锭、橡胶等战略物资

出海面，把美军皇后鱼号潜艇的水兵吓了一跳，有的则被封在舱内，一封数十年，直到中国潜水员来打搅它的安宁。被长期浸泡的橡胶近乎零浮力，潜水员进入船体游动，引起水流变动，它也随着水流漂过来，不免和潜水员“亲密接触”，结果就被人家误认为水下黑手了。至于教官那一刀，生生地刺入橡胶块里，如何拔得出来？

真相大白以后，大家松了一口气，打捞顺利进行。日本人的锡锭和橡胶，自然也成了中华人民共和国的财产。

由此可见，在海洋之中进行水下探摸必须经过充分的准备，而 1988 年在大鹿岛的这次探摸之中，对风险的估计不够充分，所以工作刚刚开始不久，在水下作业中一名潜水员便由于空气管事故不幸遇难。

因为发生了这次海难，打捞的工作也只好搁浅了。这一搁浅就搁了足足十年之久。

02

伤心 1997

1997 年，大鹿岛海域忽然变得热闹纷繁。

大批雇佣的渔船进入这一水域用钢缆在水下开始进行拖曳寻找作业，连大鹿岛上的渔民都出动了四五十人。原来，一次更大规模的打捞致远舰的行动开始了。这次行动在许多丹东人的记忆中仍然恍如昨日。他们记得在丹东市和东港市当时都有募捐的宣传车在街头行进，上面给出的口号是“打捞致远、爱我中华”，背景是从深蓝的大海中伸出一只大手，捧着一枚硬币，寓意着希望每人献出一份爱将致远舰打捞出来。当时的丹东街头到处都是致远舰和邓世昌的大幅画像，有无数百姓排队捐款，期待着将沉没在自己家乡的这艘英雄舰打捞出水。募捐的车辆甚至开到了江苏、浙江等地，为这次打捞行动筹集资金。甚至人们还注意到，为了进行这次打捞，国家文物局还专门成立了一个打捞致远舰办公室，在这个办公室成立之际曾经发出一份倡议书，其内容颇为感人。

然而，在喧嚣之外，有些专业人士在一开始便感到这次行动的风险。这是因为尽管参加这一活动的社会团体达到几十个，而且各个几乎都以“中国”字头开始，但真正在其中担任主导的部门却是某艺术研究院下属的企业文化研究所——很难想象企业文化研究所会与水下考古有着怎样的联系。即便热情可嘉，在专业程度上难免让人产生怀疑。尽管如此，对致远舰的探摸工作仍然开始了——打捞的负责人连这艘船长什么样似乎还没搞清楚，工作就开始了。

1997 年 5 月 2 日凌晨，在大鹿岛的海港之中伴随着雄壮的《义勇军进行曲》，打捞致远舰的队伍举行了隆重的出海壮行仪式。前来送行的包括东港市的市委书记、副市长以及大鹿岛上的数百名渔民。这一盛况在人们面前展开的时候，很难有人想到这次行动最后却给“打捞致远舰”留下了一段惨痛的历史教训，使随后的打捞工作陷入了更大的困境。

实际上从 5 月初开始到 6 月底，尽管进行了近两个月的海上寻找和探摸，但并没有能够获得任何实质性的进展，以至于现场指挥部不得不做出暂停海上作业的决定。

1997 年年底，北京一家新闻媒体披露了一个惊人的消息：国家文物局于 11 月 3 日宣布，打捞致远舰领导小组“已完成历史使命”，11 月 28 日决定废止打捞办的公章和财务章。

在令人不安的气氛中，更麻烦的事情出现了——1999 年 11 月 10 日，在这次探摸工作中承担实质性水下作业，并预先垫付部分款项的江苏省靖江澄西打捞公司向大连海事法院提起诉讼，对于国家文物局、东港市政府和某企业文化研究所提出诉状，要求对方为寻找、定位、验证和确认甲午战争沉船所花费的费用埋单，共计 2434000 元。

好好的一次探摸行动怎么会发展到打官司的地步呢？这一事件到今天仍然扑朔迷离，有很多内幕尚未被揭开。从目前披露的消息来看，很可能这次探捞最大的问题还是在于小看了探摸的风险。根据当事人的回忆，尽管也曾动用一些先进仪器，但这次对北洋水师沉船的探摸主要是通过用渔船拖曳钢缆在水下进行扫雷式的探查而进行的，这种探查在某种情况下对于定位沉船有一定的价值——只要钢缆拖住沉船便可以确认沉船的方位。

但这一方法用于地域辽阔的大东沟水面显然让人感到力不从心，在作业之中相关工作人员又显得多少有些急躁。

北洋水师会操照片，从左向右依次为经远、威远和康济——照片犹在，但照片上的船，究竟在哪里呢？

今天我们可以看到当时的报告之中给出了所有四艘沉没战舰的定位，每艘都有三到五个可疑位置，彼此之间相去甚远。也就是说，当时的工作人员向上报告已经发现了所有四艘在大东沟海战之中沉没的中国军舰，但并没有充分调查，只能说疑似而已。

非常遗憾的是，当 2014 年丹东方面和国家文物局联手进行实质性的打捞和探摸之时，发现这一套坐标存在着相当大的误差。

根据目前掌握的情况，大东沟海区由于在战后有着较严重的淤塞现象，故此北洋水师沉船基本不可能直接暴露于海底平面之上，而这一区域又存在着不同时期形形色色的沉船。在没有获得水下取样和进行文物确认的情况之下，通过拖缆的方式发现一艘沉船并将其定位为北洋水师沉没军舰，这显然是过于仓促了。如果我们从技术的角度来看待这次探摸的话，就会发现文物局对于探摸工作心存疑虑是有道理的。同时，这次进行探摸和打捞的执行单位在资金层面上显然准备不足，以至于基本资金均由打捞公司垫付而造成了日后打官司的不利情形。

应该说，在这次探摸行动之中，各方都投入了极大的热情，也都期待着能够取得较好的成果，但不幸的是水下考古工作自有其独特的规律，拔苗助长的结果造成的是不幸的失败。

在这一探摸打捞工作被叫停之后，又曾经发生过多起与之相关的法律纠纷，包括打捞工作的索偿，也包括活动组织者对于新闻媒体的控告。这一切显然增大了国家文物局产生的疑虑，以至于在此后关于北洋水师沉船的打捞便成为一个近乎禁忌的话题，显然仅靠热情是不可能完成这一工作的。

这次探摸工作的失败，也使一部分丹东人产生了自己能不能打捞致远舰的想法。笔者曾经与一位丹东船厂的工作人员谈起这个话题，他表示在当年也就是 1997 年进行致远舰探摸的时候自己也曾捐过钱，也曾被当时民众的热情所感动，但最终收获的却是镜花水月。今天，仍不时有媒体问：当年老百姓捐的那些钱，到哪儿去了？作为一个丹东人，他对此深感遗憾。可惜的是当时丹东的经济并不发达，难以承担对家门口沉船打捞的重任。如今丹东已经成为辽宁省仅次于大连的重要港口，各项经济指标均在辽宁省名列前茅，有没有可能由丹东人自己努力来完成对于致远舰的打捞呢？有这样想法的丹东人显然并不仅仅是他一个。

在丹东最大的企业便是丹东市港务局，该企业还有两位出身丹东、热心文化、富有魄力的领导。尽管没有和他们在这方面进行过深入的交谈，但或许就是这一次打捞的失败种下了他们让致远舰重见天日的决心，这才有了从 2013 年开始对致远舰等北洋水师战舰的又一轮追踪。也因此，才有了 2014 年 9 月 30 日发现甲午沉船的结果。

在 1997 年之后，2004 年丹东方面在北京一家电视台的支持之下曾又一次对致远舰的打捞工作做出了努力，但由于各方面的条件仍不具备，国家文物局方面也心存疑虑，因此这次探摸和打捞仍以流产而告终。

那么这一连串的探摸工作是否留给我们的只是教训而已？事实并非这样。直到这次的打捞开始之后，人们才发现 1997 年的努力离成功其实只有一步之遥，在当年那次行动之中，中国潜水界的名宿张智魁已经发现了真正的经远号的所在位置。

03

发现经远

张智魁是中国现代潜水打捞工程史上的扛鼎人物，他是1938年参加八路军的老战士，曾在聂荣臻元帅麾下作战。1946年随部队进入东北成长为第四野战军的某英雄团团长，在战争年代他先后曾负伤五处，至今身上还留有那个时期的弹片。1951年他奉命组建了中国海洋打捞公司，不久担任中国首任国家海洋打捞局的局长，他先后亲自指挥和组织了对上千艘船只的打捞工作，包括打捞跃进号、打捞阿波丸和打捞

在德国订造的经远舰带有两条细长的装甲带，是北洋水师中战斗力仅次于定远、镇远的战舰

中山舰。

张智魁在 1997 年加入“打捞致远舰”工作，担任现场总指挥和专家组副组长。当时张智魁已 74 岁，但仍然坚持到现场参加探摸工作。在探摸工作陷入困境的时候，张智魁经过思索，开始采用战争时期建立的工作模式，依靠群众进行大范围的社会调查，来解决资料储备不足的问题。

据说他在大连庄河市黑岛镇进行调查的时候得到了一个重要的消息，就是北洋水师的经远号巡洋舰并没有沉没在大东沟海区,而是在黑岛的老人石附近，甚至还有人讲到年轻时曾经潜水到船上捞到过弹壳。为何认定这条船是经远舰呢？据当地人说，这是因为经远舰沉没的时候有一批水兵在老人石附近获救，他们将经远舰在此沉没的信息流传了下来。

经远号的沉没地点一直是一个谜团。战后日方整理后发布的经远沉没地点并不准确，为东经 123° 40′7″、北纬 38° 58′，在海洋岛以南黄海中心地带，偏离主战场甚远，完全不合理。另一组较早的数据干脆将经远舰沉没地点标上了陆地。

经远在哪里呢?

1997 年 8 月 1 日，张智魁带领一批潜水员在老人石附近进行了探摸，并确切地发现了一条长度约 65 米的沉船。从当时的探摸情况判断，这 65 米只是沉船露出海床的长度，在水下大约还有 20 米长的样子，加在一起与经远舰 82 米的长度比较接近。这条船走向为东南—西北，当时潜水员还捞上了部分物品。

张智魁的这个发现在当时被作为一个重大的进展而写入了报告之中。但是对于经远舰沉没在老人石，许多专家都表示不能认可。这是因为从甲午海战的主战场大东沟到庄河老人石有着漫长的距离，如果海战打到这个地方，围攻经远舰的日本军舰根本来不及在下午五点半海战结束前赶回与本队会合。

根据中外双方对于这场战争的记载，由林永升指挥的经远号巡洋舰是在下午遭到日本联合舰队第一游击队四艘主力战舰的围攻之后，经一个多小时的战斗才最后壮烈沉没的。日军记载，在遭到围攻之时，经远舰从大东沟水域向西

日军拍摄的所谓经远沉没照片。这张照片拍摄距离较远，被认为是日军在经远舰顽强抵抗直至其沉没前不敢靠近拍摄，后来才分析出来其中另有奥秘

方的海面边打边退，四艘日舰以吉野号为先导舰，在其后紧紧追赶。

由于经远舰在设计上存在一定缺陷，其尾部没有大口径火炮，所以在这场追击战中经远舰回击火力不足，终于在吉野舰的连续打击之下燃起大火。四艘日舰纷纷赶到现场对经远舰进行围攻。日方甚至绘制了经远舰爆炸沉没瞬间的图画，可见其四叶螺旋桨都被炸出水面。按照这样的说法，日方应该是在和经远舰进行了长达一小时以上的鏖战后，将其击沉后才脱离战场的，并且在下午五点钟赶回了大东沟的战场。这一记载有日本海军在此次海战中的旗舰松岛号与返回的吉野号等追击经远舰舰只之间的通讯记录作为证据。假如战斗真的打到了老人石附近，那么追击过远的日本舰队第一游击队四艘战舰根本没有时间赶回大东沟，其回到大东沟的时间大约应在海战结束之后一到两个小时，这不符合中日双方所见的战场情况。

正因为如此，在 2013 年，当国家水下考古中心与丹东港集团共同展开对甲午沉船的再次探摸和打捞工作时，参加行动的专家对黑岛附近的沉船态度大多不太积极。

不过，有人对此也有不同看法，有当地的文物部门人员介绍了这样的情况——经远舰的残骸如果是在黑岛水域的话，现在保存状况已经比1997年时相差甚远。在2000年前后，当地人曾目睹一批福建口音的钢铁贩子开着打捞船对经远舰进行了破坏性的拆解，目的只是获得其上的钢板和紫铜。打捞上来的物资曾在黑岛堆积如山，有部分村民还曾经取得一部分残件。

其中一名渔民取得的沉船遗物上面带有中英德三国文字，极具证据性。参加打捞行动的专家对这块铭牌上的文字进行了翻译，发现它居然是经远舰上的炮台铭牌，这证明经远舰的残骸应该已经被找到，而且遭到了不法分子惨重的破坏。

但是经远残骸的确是在黑岛吗？多次进行对海战过程的推演，没人可以解释日本军舰在这里击沉经远号后如何能准时返回大东沟主战场。

有的专家提出了这样的看法，会不会是钢铁贩子在附近的海区破坏了经远舰的残骸，而把黑岛作为一个储存材料的基地呢？因为这个地方较为偏僻，执法人员难以进行管理。这一观点在与会专家中一度处于主流地位，但是，国家文物局的调查队总指挥周春水最终决定还是对老人石附近的海区进行较为细致的探摸，来确定经远舰到底是否在此处。

对这样的行动中国海军史研究会会长陈悦等表示了支持，因为他们也在1934年版的《庄河县志》中发现了这样一条记载，里面提到经远舰确实沉没在老人石附近——“是时，舰在虾老石（即老人石）东八里许，士卒皆请林（永升）就岸，林不肯，躬亲炮弹，督战未几，左臂中弹，舰突亦被击碎，林知事去，返身入内，扁锁仓门，危作以殉”。

《庄河县志》中林永升之死的描述显然有些问题，因为根据北洋水师的正式报告，林永升在海战结束之前较早便因为敌军炮弹击穿其指挥塔“脑裂而亡”。在《庄河县志》中所记载的这名官员倒更像是接替林永升指挥战舰的大副陈荣。

支持归支持，专家们仍然对经远舰怎么会出现在黑岛感到困惑不解。

然而，2014年9月20日，一条新闻确证了经远舰的确沉没于老人石附近，这便是中国文物网发出的《北洋经远舰海底残骸首次曝光，沉没处或可确认》。

在考古工作人员的努力下，不但疑似经远舰的残骸被找到，而且拍下了水下照片。这艘沉船残存的甲板与舰体形态都与经远舰有着惊人的相似，甚至潜水员还打捞上来了船体中所存的煤炭。

面对事实，眼镜碎了一地的专家们经过反复探讨，终于得出了一个相对合理的结论，在海战之中日本联合舰队的四艘战舰尽管与经远舰进行了长期的炮战，但并没有能够当场击沉这艘排水量 2900 吨的中国装甲巡洋舰。

身负重伤的经远舰仍然能够脱离日舰的追击，自行驶向海岸。日本方面拍摄到的最后一张经远舰照片，其拍摄军舰与负伤的经远舰之间还有大约 5 公里的距离，这说明很可能在重创经远舰之后，感到该舰已经受了致命伤，难以挽回，日本舰队担心不能及时归队而没有继续追击，从战场返航，这才得以在海战结束之前与本队会合。

此后，负伤的经远舰带着满船烈火居然挣扎着向母港旅顺方向航行出数十海里，最终大约因为军舰已不堪驾驭才沉没于老人石附近。这一点也可以从日本海军在战后的人员升迁上看出一些端倪。在这次海战之后，为日本海军这次胜利立下赫赫战功起到关键作用的第一游击队司令坪井航三少将和吉野舰长河原要一大佐官运都不怎么亨通，倒是浪速舰舰长东乡平八郎和高千穗舰长上村彦之丞扶摇而上，成为日俄战争中的联合舰队总司令和重要将领。他们之间的区别便是坪井和河原在报告中都坚持声称亲手击沉了经远号，而东乡坪八郎则含糊其辞。

会不会因为日本海军上层发现坪井和河原在夸大战果，在战报中撒谎而影响了其升迁呢？这只能作为我们的一个猜测了。但不管怎么样，经远舰残骸的发现仍然是对北洋水师沉船探摸过程中的一个重要成果，只是这一成果又让我们感到一丝苦涩。

经远舰曾经被认为是北洋水师四艘沉没战舰之中可能保存最为完好、文物信息最全的一艘战舰，从张智魁在 1997 年进行探摸时所做的报告来看，称舰体以舰首朝向西北，左舷上、右舷下的姿态侧卧，还能判断得出舰面炮台的结构，可见其保存状况。但是今天这条船的残骸已经被严重破坏，甲板以上几乎全被毁掉，水下也极为残破。这样一艘曾经保存相当完好而且承载了中国海军

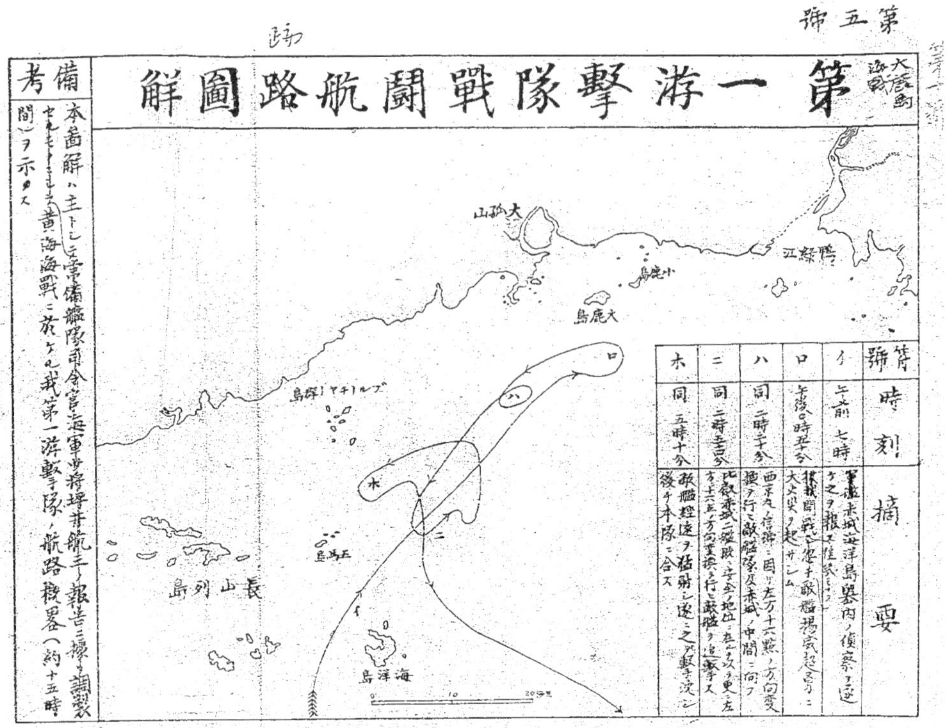

日本档案中经远沉没位置（带有**ホ**标记处），离周围岛屿还很远

在老人石附近发现的炮台铭牌，来自经远主炮

英勇奋战的历史信息的战舰残骸，居然毁于一批钢铁贩子之手，不能不令人感到十分心痛，这也说明我国水下文物的保护工作迫在眉睫。

这些急功近利的不法分子恐怕无法知道他们毁掉的是怎样的宝藏。在国际文物市场上，这样一艘带有历史信息的战舰上所拆卸的一块钢板都可以卖出天价，而仅仅以废钢铁的价格将其从世界上抹去，真令人不知如何评价。根据已经掌握的线索，沉没在大连海域的平远号巡洋舰残骸可能也已经遭到了同样的命运，而曾经凶悍一时的吉野舰亦未能逃脱钢铁贩子的打砸。

当然，按照我国的文物政策，经远舰的残骸不可能作为文物出售，但对于一个海权意识觉醒的国家而言，有大量的相应博物馆和纪念馆都在渴望着相关文物的进驻。在 1986 年打捞济远号遗骸之时，便曾出现德国火炮原厂与中国甲午纪念馆之间为争夺济远号打捞上来的主炮而竞相开价的情况。最终，打捞公司方面出于爱国热情，以低于德国报价甚多的价格将这批武器文物出售给了中国方面的博物馆。尽管如此，其价格在当时也是天文数字。

经远舰的发现和保护不利让人们在喜悦中又掺杂了一些痛苦，也呼唤着我国对水下文物更切实的保护与更有效的立法监督。

2012 年 2 月 28 日，大连市西岗区法院对一起涉黑案进行宣判，以刘明洲为首的 15 名被告人分别被判处 20 年至 8 个月不等的有期

经远舰管带林永升，曾留学英国，在政治报告中他在战舰沉没前便因敌军炮弹击穿指挥塔“脑裂而亡”，死得十分壮烈

大连黑岛打捞起来的经远舰燃煤块

老人石附近沉船上发现的经远舰机关炮炮弹

即将沉没的经远，从现在的情况来看，大约只是想象之作，经远舰在与日军四舰的苦战中应该是杀出了重围（1896 年，日军大尉若林钦绘）

徒刑。这个具有黑社会性质的犯罪团伙受到法律的制裁，其罪行之一便是非法打捞破坏带有文物性质的水下沉船。该团伙曾在旅顺口区柏岚子海域使用“圣海一号”工程船，非法打捞日俄战争时期的沉船遗骸，由刘明洲定位后将沉船砸碎后打捞，遗骸按照废铁、废铜变卖，刘明洲按比例“分红”。经过法院调查，他们打捞上来炮管、炮座一套，经省文物鉴定中心鉴定系清代遗物，属国家二级文物。

这样的打击，虽然属于亡羊补牢，但让我国水下文物保护看到了一线曙光。

日方档案中的疑点

如果仔细研读日本《日清战争海战史》中关于和经远舰战斗的内容，恐怕可以得出结论，那就是日本海军在海战刚结束时还不知道经远舰的命运，而不是如后来宣布的那样确认击沉了这艘中国军舰。

从经远号的发现过程可以得出一个重要的教训，就是专家所了解的事实很可能与真正的情况存在相当大的差距。关于经远号的沉船情况，专家的相关信息主要来自于日方资料。现在看起来，即便是这些完整的档案在今天使用的时候也应该加以鉴别和区分，这一教训也同样被应用于致远号的寻找过程之中。

谈到寻找致远舰，从一开始就有一个绕不开的问题，就是致远号是否还存在于大东沟水域。从打捞探摸工作开始之时，许多专家便持有这样的态度——致远舰应该已经消失在历史的长河之中了。这是因为经过艰苦努力，中方专家从日本的相关部门获得了大量有力档案，证明在 1894 年大东沟海战结束之后不久，日方便已经将超勇、扬威、经远、致远四艘战舰的打捞权卖给了日方的两家打捞公司，甚至还有俄方公司专门前来开价希望参加打捞，俄国黑海救捞公司总经理的名片至今保存在日方的档案之中。

申请打捞致远和经远的是一家东京的公司，其总经理名叫山科礼藏，此人

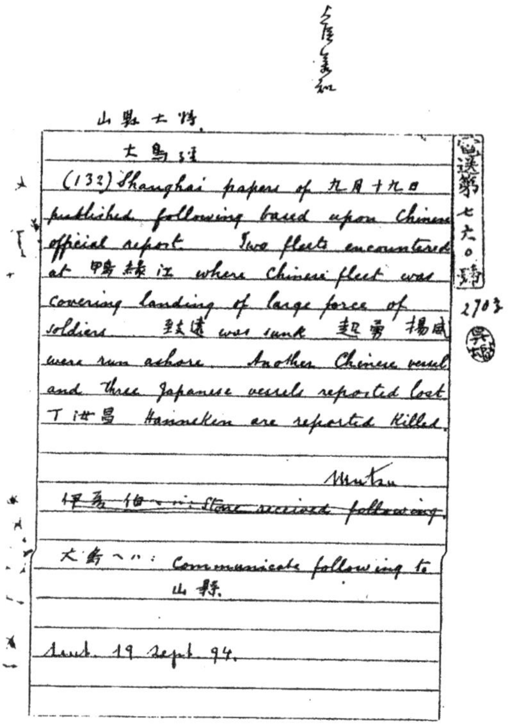

山縣大将

大鳥？

(132) Shanghai papers of 九月十九日 published following based upon Chinese official report. Two fleets encountered at 鴨緑江 where Chinese fleet was covering landing of large force of soldiers. 致遠 was sunk 超勇 揚威 were run ashore. Another Chinese vessel and three Japanese vessels reported lost. 丁汝昌 Hanneken are reported killed.

Mutsu

~~伊東伯 … Stone received following.~~

大鳥へハ：Communicate following to 山縣

Sent. 19 Sept. 94.

日本海军大东沟海战后最初的英文报告，只能看到致远、超勇、扬威三舰的名字，还没有明确记录经远的沉没

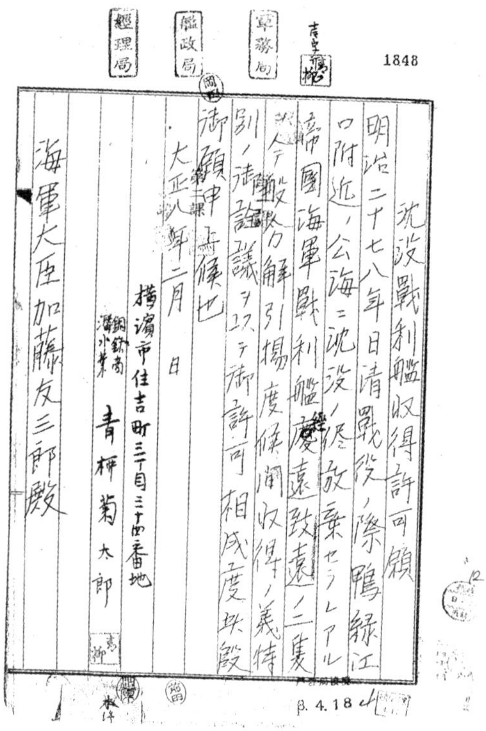

経理局 艦政局 軍務局 1848

沈没戦利艦収得許可願

明治二十七八年日清戦役ノ際鴨緑江口附近ノ公海ニ沈没ノ侭放棄セラレアル帝國海軍戦利艦経遠致遠二隻ヲ今般分解引揚度候間収得ノ義特別ノ詮議ヲ以テ御許可相成度此段御願申上候也

大正八年二月　日

横濱市住吉町三丁目三十四番地

鋼鉄商

青柳菊太郎

海軍大臣加藤友三郎殿

日本海军加藤友三郎大佐（后担任日本第 21 任首相）批示允准山科礼藏的打捞公司对经远、致远沉船进行拆解的档案

还包揽了沉没在台湾海峡的广丙号战舰的打捞业务。

除了这些战后随即进行的打捞之外，还有记载：在 1938 年的时候，由于战争的原因，日方缺乏钢铁等物资，曾有相关工程队伍对大东沟地区的北洋水师沉船进行二次打捞，拆走了大量可以利用的钢材等物资。

从这样的打捞力度来看，致远舰的确很可能早已不存在于大东沟的水下了。但是，专家们几乎都注意到日方材料中的一个漏洞，那就是在这些日方的打捞记录之中存在着两个疑点：第一个疑点是如果日方的打捞公司对经远、致远的打捞顺利进行的话，为何日方还要与俄罗斯公司进行接洽？从他们双方的会谈笔记来看，日方显然是试图利用俄国方面在打捞大型舰船上的经验来辅助完成

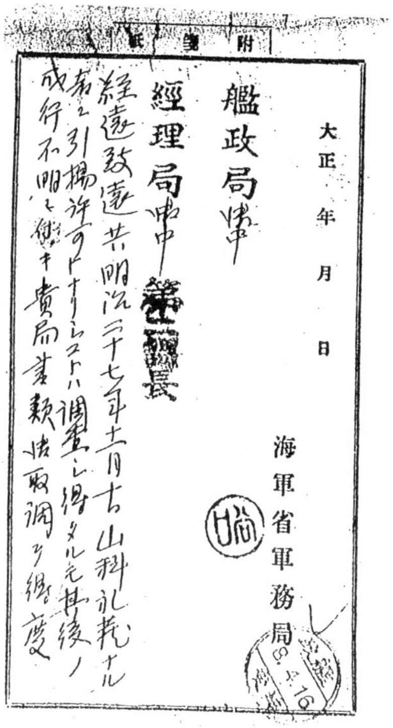
附箋

大正　年　月　日

海軍省軍務局

艦政局御中

經理局御中

經遠致遠共明治二十七年十一月古山科礼蔵ナル

者ニ引揚許可トナリシコトハ調査シ得タルモ其後ノ

成行不明ニ付貴局ニ於テ取調ヲ得度

日本海军省在大正年间询问山科礼藏公司打捞致远、经远下文的咨文，说明到民国时代这两艘船仍无正式打捞记录

日本打捞公司代表山科礼藏，后曾担任东京商会副会长，有多部著作

对北洋水师沉船的探摸和打捞工作；第二，在日方的记录之中，的确有将打捞权授予日方公司的相关记录。但是将相关文献合在一起，就会发现获得打捞权之后关于超勇号和扬威号的打捞还有后续记录——日方打捞公司曾经请军方派出船只协助将打捞上来的物资运送到指定的港口。可是，类似的文献却没有出现在经远号和致远号身上。这两个疑点，让我们不得不怀疑日方当时对经远舰和致远舰是否进行了真正的打捞，还是仅仅购买了打捞权，却因为沉舰的位置、形态等等原因没有进行打捞。

如果真是这样，那么今天去寻找致远舰便存在了一丝乐观的阳光。事实证明，这一丝阳光的确是值得期待的。

第八章

寻找北洋水师

01

丹东人自己的寻找

大多数人是从 2014 年 9 月 30 日，中央电视台的新闻曝光后开始关注丹东大东沟水域对北洋水师沉船的打捞，但这次打捞远不是从此时开始的。

这次文物考察和探摸工作开始于 2013 年秋天。笔者有幸在最初便参与了这次探摸活动的工作。对于致远舰和其他北洋水师沉船的寻找，这项工作最初是由丹东市港务局及日林集团提出和进行主导的。2012 年 8 月，丹东港集团向当地有关部门提出《开展丹东港海洋红港区水下文物调查的申请》。经文物部门逐级上报后，最终由国家文物局正式批复开展该项目调查工作。这可以说是本次对北洋水师沉船调查的肇端。

日林集团曾经在建造中山舰纪念馆的过程中与水下文物打捞开始结缘，而它的领导又多是出身于丹东的本地人员。由于经历过几次探摸而最终失败的沉船搜索，丹东人对于寻找北洋水师产生了异样的情愫，他们认为这支曾经为保卫国家英勇奋战的海军舰队既然在丹东进行这场壮烈的海战，丹东人便有了一份责任。

他们是为了保卫这片海而牺牲的，如今，就让这片海的人们唤醒历史对他

中央电视台关于发现北洋水师沉船的报道截图

们的记忆。

丹东人在这一时刻付出了几乎无条件的支持，无论资金还是船只。经过周密的准备，北洋水师终于有机会在 120 年后揭开它神秘的面纱。

不过打捞工作的开始可称困难重重，最初的问题竟然是文物管理部门的踌躇。

这种犹豫完全可以理解，由于 1997 年等数次探摸的不成功，使文物部门也承受了极大的压力。在最初的工作中，感觉丹东港集团负责这一项目的宋先生仿佛鲁迅先生笔下的祥林嫂，需要面对有关部门一遍又一遍地解释丹东方面的初衷。

好在宋先生绝非等闲人物，善于处理各方关系，他在一个个部门之间施展着轻功一样的身段，终于获得了各方的支持，为北洋水师沉船打捞的进行打下了良好的基础。

丹东港集团开始这次工程也并不是心血来潮，其展开至少有两个现实原因，首先是随着丹东港的规模越来越大，其原有港区已不能承载，故此丹东及东港

宋先生曾工作于抗日战争纪念馆，对于文物工作有着丰富的经验，而且善于身体力行，这是他在两条打捞船只之间跳帮

决定在大东沟附近开辟名为海洋红的新港区。建设新港必然需要对预定锚地的水下状况进行了解，甚至对航道还要进行清理和开挖，这是一个接近北洋水师沉船的极好机会。

如果在缺乏文物常识的管理部门主导下，这一工作可能仅仅是个盖公章的手续。但作为生在大东沟战场附近的丹东人，他们很清楚海洋红港区面对的大海很可能便是当年北洋水师战舰的藏身之处。因此，丹东方面在进行港区清理时便拟定了新港建设与文物考察齐头并进的作业计划。

同时，海洋红港区的建设意味着丹东可能出现一座新城。作为 21 世纪的企业家，丹东港集团的带头人很清楚建设一座新港、一座新城并不仅仅是建立一个居民聚集区，而且应该有文化层面的建设伴随而上。他们为丹东的新港选择了一张文化名片，这就是北洋水师。一个打捞北洋水师沉船或复制其舰艇，并在丹东新港建立甲午海战纪念馆的计划就伴随着新港的建设启动起来。

具体负责这一工作的宋先生提到，他们的优势是作为港务部门，丹东港集团本身就具备一定的水下打捞能力，并且有大马力的拖轮和水下探测设备，还有挖泥船等专业船只，可以在探摸过程中施展身手。他们的困难是经过了一次次的波折，文物部门对于探摸和打捞北洋水师难免存在疑虑情绪。

所幸运的是这次国家文物局尽管顶着巨大的压力，但还是给予了相当的支持。

应丹东方面邀请，文物局在 2013 年 9 月派出一支工作团队参加探摸，可惜未能取得成果。但或许是注意到丹东港集团自身在执行这一工程时具备的专业技能和相关设备，文物部门认为这次搜寻与以往存在着相当大的不同，有可能真正给这一项目打开局面，故此批准了丹东港集团对新港内可能存在的文物进行探摸和搜寻。同时，出动曾经参加“南海一号”沉船打捞工程的优秀潜水领队周春水等精兵强将组成调查队，随时跟进以保障这次探摸行动的成功。

尽管如此，事后我们发现文物部门对这次行动的支持简直可以说是咬着牙根进行的，也就是说他们也很清楚，自己同时承担了这个项目再次陷入

在中国考古 01 号专业考察船到来之前，丹东方面的水下探摸极为艰苦，往往需要雇佣渔船参与工作，而队员们从渔船上岸的动作都仿佛演杂技般危险

丹东考察队员冒着严寒投放旁侧声呐进行水下搜寻

僵局的风险。

在2014年9月30日的新闻之中，可以看到当周春水领队介绍这一次探摸的经过时，不无心有余悸地指着刚刚发现的水下文物说明：“据我们判断这不可能是什么人放在那里的……”

显然文物局曾经吃过不少不靠谱伙伴的暗亏。一朝被蛇咬，十年怕井绳，估计文物部门也是被一个个大忽悠吓怕了。

好在丹东方面这次绝对靠谱。有了丹东港集团的支持，使这次探摸有了资金的保障。同时又获得文物部门赋予的尚方宝剑，这次活动似乎从一开始就显得颇为顺利。在2013年10月，丹东地区的海域已经开始进入寒冷期的时候，这次探摸终于进入实质阶段，而一开始就发现了相当令人鼓舞的线索。

黑石礁曾带来巨大希望的沉船残骸

02

伤心 2013

在这次由丹东港和国家文物局共同实施的探摸行动之中，丹东港一马当先，他们派出的探测船很快带回了发现有价值文物的消息。

2013 年 11 月初，笔者和陈悦等相关北洋水师研究人员接到了丹东港方面发来的消息，称通过水下工作和渔民的支持，他们获得了非常有价值的线索，不但发现一条沉船，甚至有一批水下的沉船部件已被打捞出水，以便判明是否为北洋水师战舰的遗骸。

与此同时，使用了多普勒遥测手段，该公司的工程船对大东沟水域近 2000 平方公里的海区进行了艰苦地搜寻，并拍摄了大量的水下遥感照片。其中一张照片看起来正是一条隐藏在淤泥下的沉船，其造型尖头圆尾，甚至在酷似甲板的平面上可以隐约看到仿佛烟囱的残迹。这两个新发现给充满期待的研究人员带来极大的兴奋，鉴定工作随即开始。

被打捞上来的沉船遗骸包括一组船体残片，最大的长达 2 米，有着不规则的破裂缺口，也有的看起来酷似船中的通风设备，所有的器材上面均锈迹斑斑。

面对这些打捞上来的遗物的照片，笔者当时深感激动，也许致远舰的秘密

带有焊接连接特征的船体残骸

就可以从这些遗骸之中得到线索了。初步判断，这些遗骸显然不是近代之物，其钢板的厚度与锻打方式看起来都不是新中国成立以后船只的形制，而打捞上来的钢板还带有不规则的缺口，很像是在海战中被炮弹撕裂的痕迹，更使人感到几分期待。

可惜的是丹东方面发来的仅仅是照片，让人不易判断其真实身份。

不过，仔细判读之下，这批照片中一枚类似于海星形状的通风扇叶引起了我们的怀疑，因为它上面的油漆残迹和连接方式都与北洋水师的时代有着一定区别，这显示它更像是一艘第二次世界大战期间的轮船残留之物。

带着这样的疑惑和丹东方面进行了联系，丹东方面发来更加详细的照片，而正是通过这批照片，使我们认识到这批遗物恐怕与北洋水师并无太大关联。

这是因为专家们注意到打捞上来的钢板组件之间的连接是用焊接的方式完成的，而在北洋水师时代焊接技术尚不能使用于船体的建造，当时的船完全使用铆接的方式进行连接。这样带点穿越色彩的技术证明这些打捞上来的遗物应该跟北洋水师有着较大的代差。

尽管感到有些失望，但是这艘船的一些特征显示它仍是较有历史的船只。它究竟是哪个呢？经过专家鉴定，这艘船应该是出自于所谓中国第一造船厂的江南造船厂，是 1942 年下水的美龄 9 号运输船。这条船是国民党军队中当时最先进的运输船只之一，于 1947 年初执行到东北地区进行补给的任务时，因误入庄河市黑岛海域而触礁搁浅。

1947 年初，美龄 9 号轮船满载着面粉、药品等紧俏的军需物资于农历腊月三十自上海起航，奉命开赴北方慰问正在与解放军作战的国民党军队。或许连大海也倾向于历史的走向，这艘美龄九号非常不走运地迷失了方向。

在当时的国民党政权之下，合格的船长非常紧缺，在抗日战争时期中国海军损失惨重，几乎成为陆上的海军。

而抗日战争结束之后，大批的美国援华船只和日本向中方缴械的船只加入海军之中，使这支海军出现了畸形的膨胀，与之相对的便是人才的匮乏。有很多船长只懂得跟踪前面一艘船的灯火才能保持正确的航向。美龄 9 号上面便是这样一位半吊子船长。他前往北方海区的第一站是进入渤海前往天津，但是他却没有进入渤海海峡，而是一直绕过山东半岛直奔东北而来。根据该船触礁之后与总部的联系显示，在辽东触礁时这位糊涂船长还以为自己搁浅在青岛附近。从青岛到大连坐船大约也要一天的时间，出现这么大的误差只能说明当时的这位船长技术未免太过奇葩。事后幸运获救的船员讲述：“当时我们迷失了航向，看到这个岛上灯火辉煌，以为是一个大港口，想往这里靠，结果就搁浅了。”

从美龄 9 号搁浅的情况来看，如果当时得到救援应该可以很快被抢救下来，但是由于求救电报中把自己的位置写成了“青岛”，因此南京方面派出的救援船只一直在山东半岛以南寻找着这艘倒霉的美龄 9 号。

根据历史资料，国民党海军和招商局等部门曾在二战后从美国获得一批 IST 坦克登陆舰作为运输舰船，其中至少有一艘命名为美龄号，美龄 9 号推测也是这样一艘运输船

而在辽东搁浅的美龄 9 号不但没能等来援兵，反而遭到岸上国民党军炮兵的攻击，因为这些国民党守军看到一艘大船半夜突然出现在自己驻防的海滨，吃惊不小，他们误以为是敌军入侵，于是立即架起大炮对着美龄 9 号发起攻击，逼得美龄 9 号不得不悬挂白旗进行投降，直到双方代表见面才知道是大水冲了龙王庙。也就是在这个时候，美龄 9 号的船长才知道自己开到了东北的海岸边。

因为这样一番折腾和耽搁，搁浅在礁石上的美龄 9 号已经越陷越深，船底出现了无法修补的破洞，在海浪冲击之下船体变形，已经很难自行脱离险境，最终只得被抛弃在这片礁石之中。

新中国成立之后，当时的人民政府曾组织过一支打捞队对这艘船进行修理，试图将其重新利用。但当时的美龄 9 号因搁浅时间太久，已经折成两截，因此这次修理未能成功。打捞队一度已经将美龄 9 号主体利用拖船拖出了搁浅位置，

丹东港的工作人员和雇佣的打捞工作者在进行探摸工作

试图将其拖往附近的大港进行拆解。不走运的是这艘船拖出不久就再次触礁，彻底沉入水下。无可奈何的打捞队员只能采用切割技术将沉船上的部分钢板切下来运走，这艘面目全非的沉船便再也无人理会，直到这次丹东方面的打捞才再次惊醒了沉睡多年的这艘不幸的美龄 9 号。

尽管搞清楚了美龄 9 号的来龙去脉，但它的发现对于北洋水师沉船的考察可说毫无帮助。而参与打捞的人员认为，所谓庄河存在经远舰残骸的消息，便是源自对这条沉船的误读。

大家的目光集中到那幅被认为显示了水下沉船的特殊照片上。今天看来，当时的专家们在这个问题上也犯了错误，他们只是根据照片上显示物体的长度、宽度和大致形状，便推断其很有可能是北洋水师的经远号巡洋舰——笔者不幸也在这批可怕的“砖家”之中。

受了这样的影响，丹东方面投入了相当大力量对这块海域进行勘察。勘察的结果令人十分失望，原来水下对多普勒声波进行反射的并不是一条沉船，而是一块凸出海底的巨石。如果说在最初的时刻人们还有一丝怀疑，猜测这一片巨石之下可能埋藏着经远舰真正的身躯，那么随着最终真正经远舰的发现，这一推测也便烟消云散。我们纷纷感叹那块大石头太奇特了，它的形状恰好和经远号沉船有着极为相似的地方。面对这样的巧合，大家只能摇头叹息。

错误地发现了美龄 9 号，又找到了一堆大石头，对丹东方面打击不小。幸运的是，丹东方面的负责人意志坚定，而且并没有完全被所谓的“专家”左右，在 2013 年的工作之中，他们经过反复而精密的搜索，在大东沟的海床上共定位了 17 个点，也就是说，在这 17 个点上都有沉船可能存在而造成的信号反射。

这可以说是在伤心 2013 年北洋水师沉船探摸和打捞工作所取得的真正的实质性进展。

优秀水下摄影师吴立新在工作，可见沉船所在水域透明度比较好

神秘的钢板

随着北方海区进入封冻时节，在辽宁的打捞工作进入了休眠时期。只是这一次丹东人的决心是非常坚定的，故此时光刚刚走进 2014 年的春天，在丹东水域依然冰冷刺骨的情况之下，探摸和打捞工作便再次开始。

功夫不负有心人。3 月 3 日笔者接到宋先生的联络，称在丹东水域再次有所发现，这次的发现是在上一年探测之中发现的 17 个点位之一，也就是第四号探测点附近得到的。在水下探测的工作中，丹东方面发现了一件显然属于沉船的物品。

这件物品是一段神秘的钢板。而根据丹东方面的报告，就在这片神秘钢板的周围还有着其他大大小小的船材残骸，证明这里可能是一艘大型舰船的葬身之处，至于它是否属于北洋水师则未有定论。只是丹东方面富有经验的老潜水员拿到这段钢板的时候，表示此前打捞的民国及新中国成立以后的船只上面的舰材与之均很是不同。

根据丹东方面提供的资料，沉船残骸发现处的水深为 17 米，而发现的舰艇残片大体在海床以下 2—3 米。既然这些残片主要隐藏在海床之下，丹东港方面又是怎么发现它们的呢？原来丹东方面在完成遥感测试之后，对已经发现的 17 个疑似沉船点都进行了抽样抽沙调查，甚至派出抽泥船将其表面的淤泥予以一定程度的清除来观察水下的可能文物。

我国黄渤海有一定的污染问题，在 17 米深的水下，能够看清周围环境吗？

丹东港位于鸭绿江口附近，由于鸭绿江水清沙细，在正常情况下其淤积情况并不严重，今天当我们开始进行水下摄影的时候，仍然可以取得良好的效果。这是中国北方海区少见的高能见度水下区域。据推测，这与鸭绿江另一岸基本没有工业又缺少海洋养殖发展有很大关系。

但是，在第二次世界大战之前，当时已经占据了中国东三省的日本殖民者进行了一项针对丹东港的工程，大大地改变了大鹿岛周围的地貌。这一工程便是阻塞大东沟水道，使大东沟变成了一个封闭的海湾。这一工程是日方通过堆积大量的石块于大东沟海道造成淤塞完成的。日方这样做的目的在于将大东沟海道淤埋之后，鸭绿江的江水便只有了主航道一侧的出海口，其水流的速度及冲力大大加强，于是形成天然的挖泥作用，对于保障丹东港的锚泊条件有着颇为有利的影响。

但是这样一来就使得原来从大东沟流出的鸭绿江水被切断，使大东沟一带变成了死水区，也导致这一带的海洋沉积速度远远比过去加快，在北洋水师沉船之上便覆盖起了厚厚的淤泥。正是因为对当地水文条件的了解，使丹东港方面比较清醒地认识到北洋水师沉船的残骸可能已经沉入了海床以下，这才采用遥感加抽沙的方式进行协助考察。

后来，这个思路被证明是正确的。

同时，由于旁侧声呐显示海床之下可能有大型船体，更增添了众人的信心。为了避免误判，丹东港方面还专门从船厂找来几块小汽车大小的钢板投入水中，进行旁侧声呐扫描试验，结果发现它们的反射与预测沉船位置的反射相比显得颇为微弱——水下应该确实有“大家伙”。

这样一段描述引起了笔者的兴趣，而丹东方面又向笔者透露这块神秘的钢板已经被打捞出水，送到北京等待接受鉴定。

维多利亚涂装的北洋水师威远号练习巡洋舰，大东沟海战前北洋水师各舰均是这种黑色涂漆

钢板上清晰的黑色油漆残迹

既然已经到了家门口，笔者便忍不住要求先睹为快。3 月 3 日当天，笔者在北京市东城区一座办公楼中，与丹东方面探摸打捞工程的宋先生等几位负责人见了面，而那个神秘的钢板就放置在办公室里。

我细看这块丁字形的船体残骸，它实际上并不是一块完整的钢板，而是由三块不同厚度的钢材共同组成的，似乎是一块甲板或舷板碎片，边缘带着明显的撕裂痕迹。当笔者靠近它时马上注意到了这块残骸的一点独特之处，也就是这块钢板上有一部分仍然残存着厚厚的黑色油漆。

这种黑色油漆正是北洋水师标准的维多利亚涂装的部分组成。

在丹东地区可能出现的沉船包括北洋水师的船只、俄罗斯以及日本的船只，但是俄罗斯与日本所采用的船体涂装均与北洋水师不同。在这一海区如果存在清朝末年的沉船，而且带有黑色的涂漆，几乎可以肯定便是北洋水师的舰只。虽然暂时无法断定这一钢材的年代，但其黑色的涂漆显然是一条重要线索。这块残骸高度约 60 厘米，由左右两片钢条连接而成，在顶部横向铆接一块细长的钢板，拿到手中感觉到其重量在 15 公斤左右，钢板厚度约 1 厘米。对于一

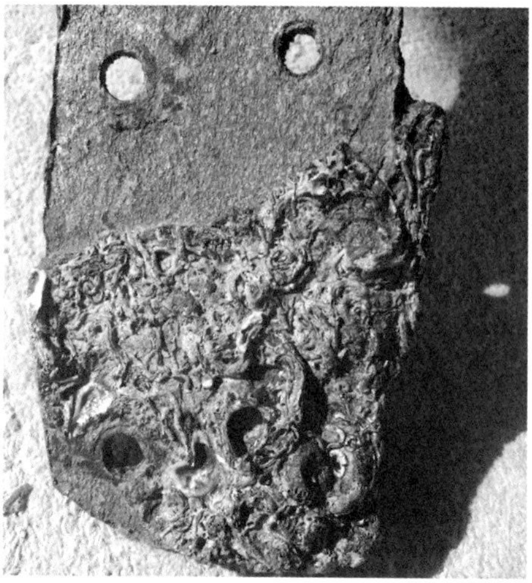

钢板上被黑色涂漆覆盖的热带海洋生物残骸

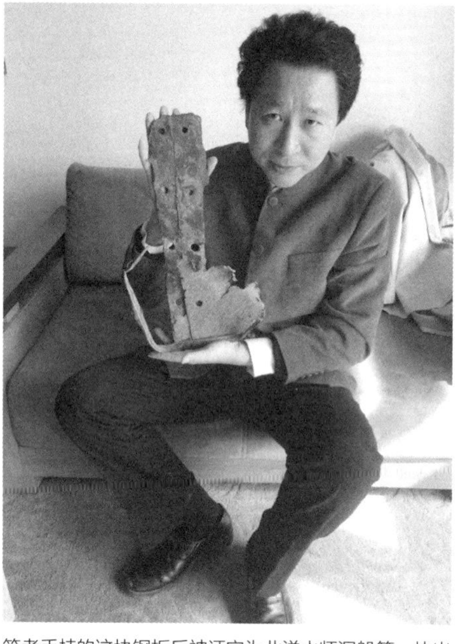

笔者手持的这块钢板后被证实为北洋水师沉船第一块出水的构件

艘战舰而言，仅仅1厘米厚的钢板确实显得有些薄弱，但甲午战争时期北洋水师的几艘战舰除具有装甲的部位以外，其余部分的船板都大体与此相同或比这个厚度更薄一些。

笔者拿着这块已经锈到发出红色斑痕的甲板反复细看，可以认定锻造与连接特征与19世纪后期欧洲舰船的材料十分相似。就在残片的一端，又发现了一处应该与北洋水师颇有关联的残迹——在这块建材的一端有着若干热带海洋生物的遗骸，包括热带珊瑚和热带海绵的残体，而且有些部位残体已经被黑漆覆盖。这些热带海洋生物显然不可能生活在丹东水域，这昭示着这艘沉船不仅年代久远，而且应该曾经在接近赤道的海洋中航行过。恰好北洋水师在这次海战中沉没的四艘军舰均是在欧洲建造并通过热带海区返回中国的。同时在北洋水师大东沟海战之前，这些舰只也都曾经到新加坡等地活动。每年的船底刮洗不可能清除所有寄生物，在它们的船体上出现这些热带海洋生物的残骸是合理的存在，而且可能被随后涂漆时覆盖。我将这一判断与丹东方面的几名工程领导人员进行了交流，他们也感到十分有兴趣。几乎与此同时，在威海的陈悦先生也得出了相似的判断，而这样的判断对丹东方面显然是一种积极的鼓励。

因此，仅仅几天以后我们便得到消息，称在丹东港区随后的作业中再次传出消息，在一次沉船周边的施工中再次发现若干船体残片。丹东港集团方面正在组织力量进行打捞，并希望能够请国家文物局和相关专业人士到场进行鉴定。

04

它属于北洋水师!

3月14日，笔者接到丹东方面的通知，称他们已经在水下发现了这条船体十余件各种残骸，并准备将其从水中打捞到施工船上进行进一步鉴定。为此，丹东港方面也请了国家水下考古中心的周春水、中国海军史研究会会长陈悦、中国人民解放军装甲兵工程学院指挥系主任芦继冰、兵器杂志社高级编辑白孟宸等前往丹东，目击沉船残骸的出水并进行现场鉴定。

3月16日上午，从北京、山东等地赶到的十余位专家云集于丹东港港区等待沉船残骸的到来。此时丹东的季节虽然已经开始进入春天，但寒风依然凛冽，站在码头上的人们很多抖成一团，但大家的心情却颇为激动。直到上午11时许阳光渐渐将大地普照回暖，才让等待的人们感受好了一些。也就在此时，人们看到一艘平顶挖泥船从遥远的海区缓缓而来，这便是带着十余件舰底残骸的作业船只。

在沉船残骸被逐渐带到码头之前的时刻，几乎所有专家都目不转睛地注视着即将靠岸的挖泥船。在这次鉴定之前，有关人员曾专门赶赴山东的威海，在甲午战争纪念馆考察了被打捞上来的济远号残骸，对于北洋水师时期船体钢板

陈悦、吴立新等专家到达丹东，准备参加鉴定工作

摄影师紧张拍摄刚刚从挖泥船上抬下来的沉船残件

的构造和锻打特点进行了辨识。与此同时，曾经到日本定远馆等地进行考察的相关学者也提供了存放在定远馆等地的北洋水师残存船体结构的特点，笔者也向丹东方面捐赠了两块保存多年的德国 19 世纪海军用锻打钢材标本以供参考。通过这些努力，人们对那个时代的工艺特点已经有了一定的了解。

丹东的码头分为上下两层，下层码头与上层之间距离约有五米，而挖泥船便徐徐靠在下层码头之上。挖泥船上的工人将刚刚打捞出来的船体残骸一件一件从船上搬到码头上面，其中包括多件薄厚不一的钢梁钢板。据宋先生介绍，这批残骸是在 13 日凌晨 4 点左右被发现和打捞的，地点在丹东港外大鹿岛所辖海区。从目前打捞上来的物品尚不能判断船体的情况和保存状况。这批遗骸在打捞过程当中基本保留了原有状态，没有受到进一步的损伤。当这批出水船体遗骸被抬上岸边的时候，在场的人们沸腾起来，中国国防大学派出的摄影师黄东晓急不可待地利用一道竹梯从几米高的上层码头飞快地翻身下去，肩上还扛着重达十几公斤的摄影机，显然对这批遗骸的关心超出了对安全的考虑。这个行为马上引起效仿，在场的人们纷纷想方设法从所在的位置冲向船体遗骸所

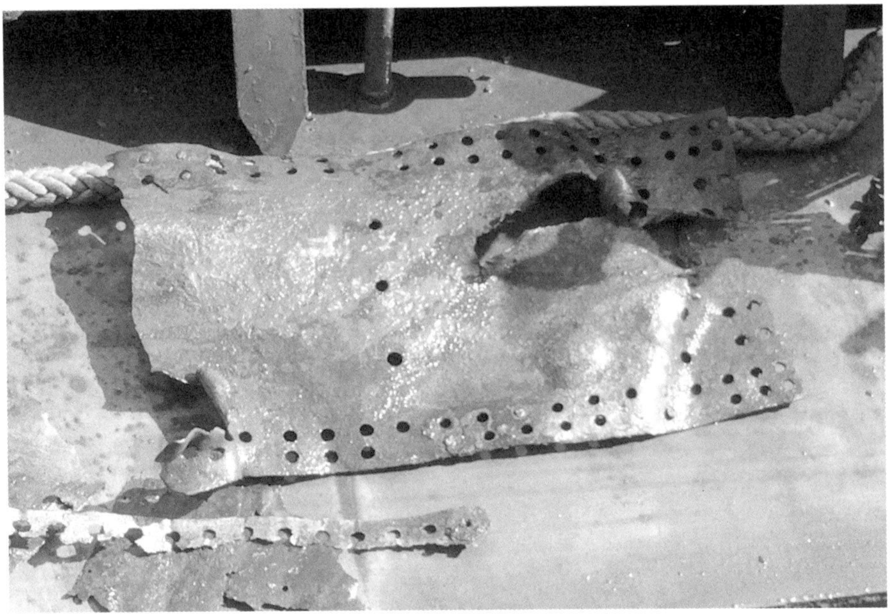

打捞出水的带有双排铆钉孔的沉船钢板

在的码头，于是一场现场鉴定便在码头上展开了。

在鉴定过程之中有几件物品引起了大家的注意，其中之一是一块带有翻卷创伤的锻制钢板。由于长期埋藏于水下泥土之中，保存十分完好。其上的双排大型铆钉孔清晰可见，其锻造的分层特点与北洋水师建军时期的典型造船工艺十分接近。

第二件物品是一条已经扭曲变形的钢梁，初看时几乎无法断定这是船体哪一个部位所使用的部件，但将其校正复位之后，可以看出在船体结构上这应该是一条连接舰体两弦的横梁，虽然已经扭曲无法计算确切长度，但是显示了这部分残骸属于吨位超过一千吨的较大船只。

当地的工作人员又向我们展示了在这附近打捞上来的一枚流线型金属体。根据兵器专家白孟宸先生的鉴定，这是一枚残缺的金属弹头，经测量和比对，

用作对比的北洋水师济远舰所用德国钢板

这枚弹头应该属于一枚哈乞开斯 47 毫米机关炮。这型火炮在甲午海战中的中日双方都曾大量装备。从这颗炮弹在沉船残骸附近发现，而且已经破碎，推测这枚炮弹很可能是击中该舰后爆炸并存留下来的。

在下午举行的鉴定会上，各路专家各抒己见，但都认为发现残骸的年代最晚不过民国中期，而且无论是钢板的结构还是在它附近发现的弹头，都显示着这艘沉船与一场海战有着密切的关系，因此它很有可能属于在甲午战争之中战沉的北洋水师战舰。

从旅顺到丹东一线，从甲午战争开始，经过日俄战争、抗日战争，直到解放战争，确有大量船只在此沉没。但具体到丹东大鹿岛海区，截止到 20 世纪 30 年代，沉没的舰只之中，超过千吨者除了北洋水师那几艘船之外，并无其他记载。在这些沉船残骸上也都或多或少地遗留着黑色的油漆，更增大了这一推测的可信性。因为从清末到民国，只有采用维多利亚涂装的北洋水师舰艇有较大面积的黑色油漆，如果这艘沉船能够被鉴定出确实是一艘军舰的话，那么它便毫无疑问地属于北洋水师。

也有专家提出了更深入的意见，他们认为从锻打的模式和钢板的构造特点来看，它的确与19世纪后期各国所使用的海军舰艇船板有着极大的相似程度，但是它的铆接方式又与济远号和定远号等德制战舰上所采用的大型宽间距孔铆接方式不一样，因此暗示这些残骸可能属于一艘英国制造的舰艇。这是因为在19世纪后期，英国在制造巡洋舰和战列舰等大型舰时常常会使用到这种密集排列的双排铆钉。

这次鉴定活动，不仅仅是一次技术的聚会，而且也触动了大家内心深处的海军情怀。在这批疑似甲午沉船残骸被抬上码头之时，中国著名的潜水摄影师吴立新蹲在残骸旁忍不住潸然泪下，而我们大家尽管

扭曲变形的钢梁

被打捞上岸的船体构件，依稀可以看出当初舰上经历过怎样的爆炸

目睹沉船残骸，著名潜水摄影师吴立新百感交集

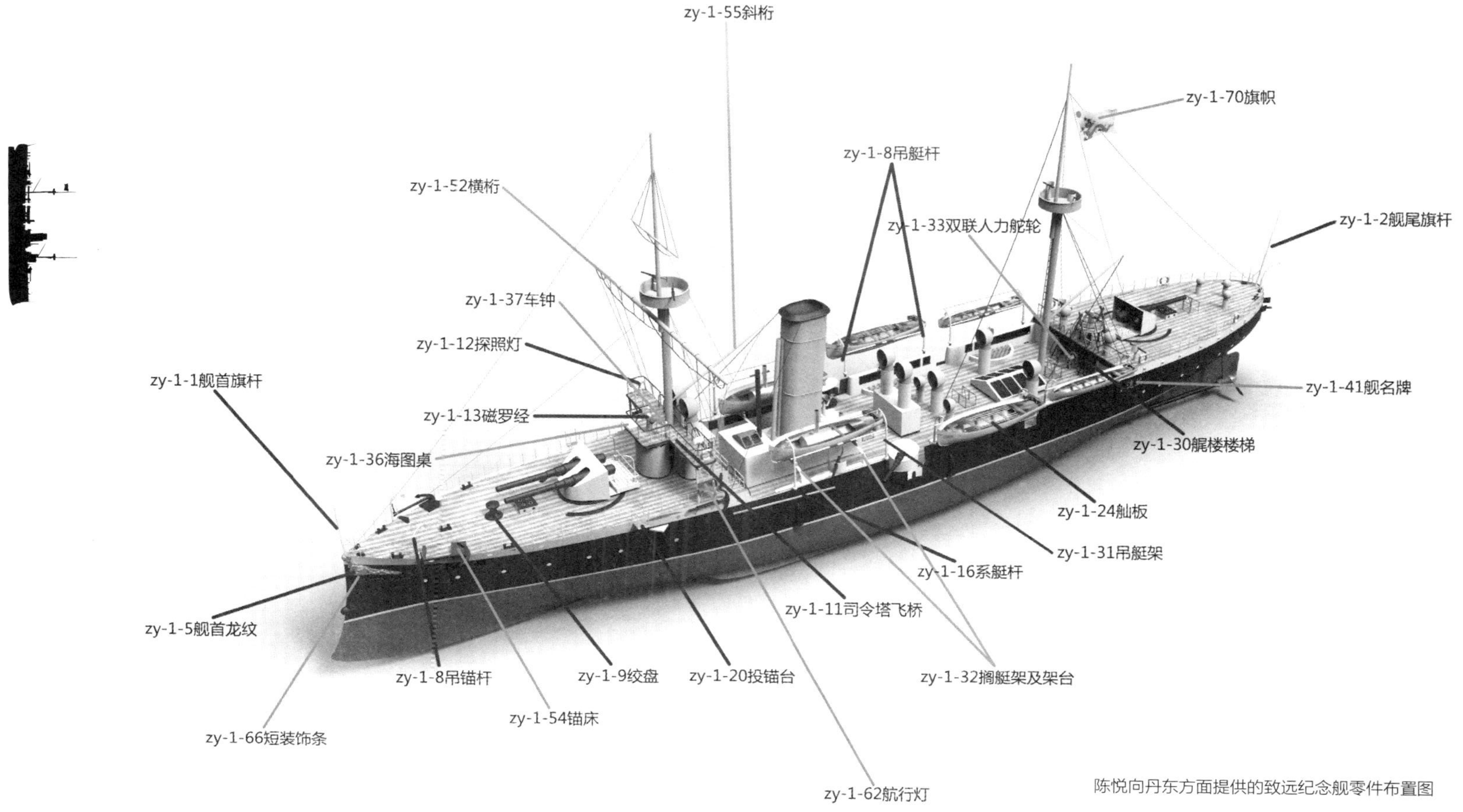

陈悦向丹东方面提供的致远纪念舰零件布置图

只是在岸上观看，感触也与吴先生几乎没有两样。也就在这次鉴定会上面，来自威海的陈悦先生成为了会议上的明星，他展示了精度极高的一批北洋水师珍贵照片，显示这批钢板的确与在英国建造的北洋水师战舰上面所使用的材料极为相似。尽管尚未确定其真实的身份，但从每一块钢板上都带有维多利亚式的涂漆这一证据来看，陈悦认为断定它是北洋水师的沉船并不算一个夸张的结论。

同时他又卓有远见地提出了一个自己的疑问，他认为这样的钢板厚度较薄，如果属于北洋水师战舰，那么其在船体上的位置应该是比较靠下，接近船底的部分。为什么会在沉船残骸的上部发现它们的踪迹呢？只有两种可能，第一种可能便是这条船在沉入大海时出现了倒置现象，即船身朝下，船底朝上，这样的情况在世界海战史上并不罕见，比如在瓜达尔卡纳尔岛海战中被击沉的日本战列舰雾岛号在水下便是这样的情形。还存在另外一种可能，就是说这艘船在沉没时发生过大爆炸或者在沉没之后曾经遭到过人为的破坏，上层建筑被严重损毁。

在发言的结尾之处，陈悦等专家表达了自己的态度，希望国家文物局方面能够尽快对沉船残骸进行鉴定，以使其真相大白于天下。文物局的专家们也纷纷表示赞同，但希望媒体能够在文物鉴定取得较大可信性证据后再进行报道。

在这次鉴定活动之中，陈悦先生是这次活动中当之无愧的权威。不但如此，当日林集团的负责人提出在打捞北洋水师沉船的同时于丹东建造一艘复制的致远号巡洋舰这一计划时，陈悦先生又无偿地拿出了自己多年以来收集的关于致远号的各种资料及技术手册，提供给丹东方面参考。一时这位被戏称为陈“军门”的青年学者成为了丹东最受欢迎的媒体宠儿。

应该说在这次打捞行动中，几乎每个参与者都具有强烈的个性和能力，例如宋先生的灵活敏锐，吴摄影的身体力行，都给人留下深刻的印象。而他们每个人，都有着对中国海的深刻感情，对北洋水师这支曾经为中国英勇奋战的大舰队心向往之。

这其中，陈悦，可算是一个典型，从他身上，或许可以看出这是一个怎样专业又不失活泼的群体。

陈悦在定远馆前，身边是用北洋水师战舰钢板制成的大门

05

威海有个陈军门

从照片上看，陈悦是个文质彬彬的江南小才子，被称作“军门”，只因为他是中国海军史研究会的会长，倒不是因为这家伙有多穷兵黩武。

“萨，你知道北洋水师帆缆兵的臂章上是什么标志吗？”走在济远号巡洋舰的大炮旁边，陈军门问了我一个奇怪的问题。

这实在是个令人想不到的话题。只好承认不知，就教于军门。

“那是一个中国结，”说出这个有些令人匪夷所思的答案，军门接着问，“那鱼雷兵的臂章呢？”这回不等笔者问了，答案已经出来：“那是一条大鲤鱼……”

……

陈军门谈起海军来如数家珍，总是能告诉你一些奇奇怪怪，但却证据确凿的事情。

听着这样的讲述，笔者立刻断定网上一个推测肯定离谱——有些网友认为，陈军门对海军如此情有独钟，是因为他和民国著名海军将领陈绍宽是亲戚。且

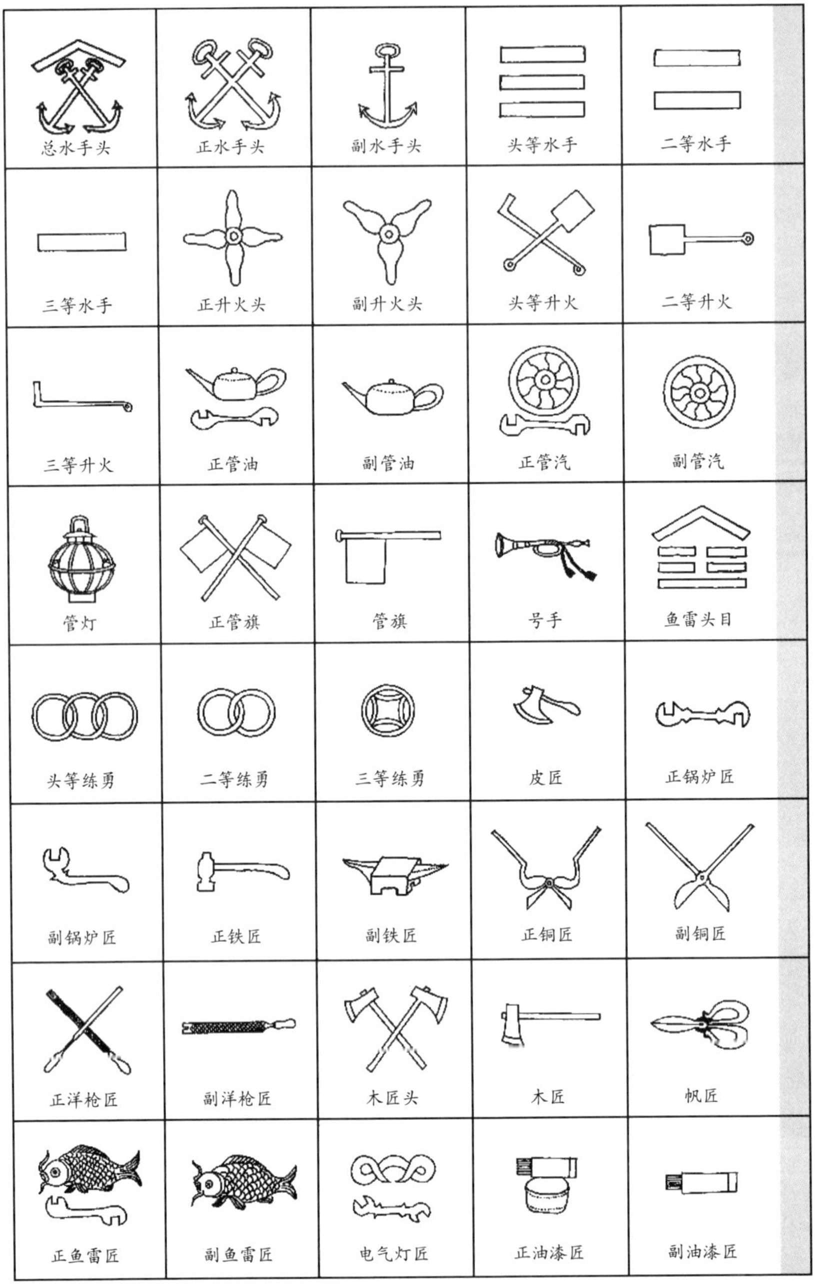

北洋水师兵种符号，可以看到代表鱼雷兵的大鲤鱼

不说这两位籍贯一个江苏靖江，一个福建闽侯，素以古板著称的陈绍宽上将家里，当生不出如此风趣的人物。

说起来，或许因为我国对海军长期以来重视不够，海军学者在民间的居多，而我和这些同好的兄弟们打交道，总觉得其中不正常的居多。“甲午魂”网站的站长翁巍，能够从横桁的位置推断出两艘姊妹舰的区别，但此人本职工作根本与海军无关，作为我国的海关大员，坐在浦东优雅的办公室里，却专门琢磨不相干的海军旧事。此何人也？此海痴也！身居美国的马幼垣先生，年过古稀但学风认真，疾恶如仇，每每与人争论起海军一封电报、一张照片可恶斗数十回合，虎虎生风。此何人也？此老马虎也！威海当地的北洋水师一号专家孙建军，马老先生的好对手，招式凶猛功底扎实，文字上一条武二郎般的好汉，偏偏被个儿子欺负得要方就方，要扁就扁，整天扛着爬山下海，不亦乐乎。此何人也？此孺子牛也！

陈悦好像是我见到在海军史研究者中最为正常的一位了。

论学术，陈军门做到海军史研究会会长绝非幸进。日前笔者在日本搞到一本抗战时期影集，其中有一日本飞行员航拍轰炸中国军舰的现场照片——面对

著名海军将领陈绍宽，阴差阳错中很长时间人们以为陈悦先生和这位民国海军部部长是亲戚

笔者和陈悦在日本共同寻访北洋水师遗物时合影

中国水兵凶猛的防空火力，其拍摄角度和质量可想而知，谁知军门大人拿了放大镜，看了一眼那艘比黄豆大不了多少的中国军舰，便道："被炸的是逸仙号啊，你看这后部上层建筑，多么独特的特征……" 笔者唯瞠目拱手而已。

不过，说其更加正常，主要还是此人的性格宽和，气度恢宏。陈军门此人名字中带了一个悦字，颇似人如其名。海军历史中疑案甚多，在当今整个学风比较刚躁的情况下，军事爱好者谈起问题来往往火药味十足，而有点儿什么好东西敝帚自珍的事情就更多了。但陈悦在网上网下很少与人争吵，最多把道理讲透，礼貌上总是十分周到。你若是有求于他，比如需要两张珍贵照片什么的，只要他有，总会倾囊相授。故此马老评价陈军门曰："热情、真诚、勤快，言无不尽，说必坦然，喜分享资料，更乐于协助同道"。

当然，谈北洋水师爱好者这样一个群体，用陈悦作代表，讲了上面的话目的不是要夸这个家伙，主要是不交代清楚其人的人品，后面的事儿大家听起来不免觉得突兀。

有一次和陈军门公司里一位老大背后聊天，说到此人，却见那位老大微微调整坐姿，眉头一皱，手指在桌面上弹琴般敲击起来。笔者见此一愣——按照心理学对于人身体语言的解析，这多半是陈军门在威海做了什么伤天害理的事情，让老大对他有了意见，才会如此。

按说陈军门学品甚佳，而且人缘极好，不应该啊。

所以笔者装作漫不经心，实则步步为营，按照“酒、色、财、气”四个角度开始一一打探 。

酒上，陈军门没的说，喝起酒来比山东人还豪爽，据说到福建船厂交流，一个回合下来对方马上喊“换小一点儿的杯子来”。这江苏人怎么这么能喝？一点儿也不奇怪，陈悦的本专业是法律，干这一行的女的都是不能放翻一桌不许出庭，何况他一个男的呢？

刚说到色上，陈军门的老大是山东人，实在，马上变颜变色，几句话套下来交了答卷——这位老总口打唉声，说陈悦啊，这个小伙子啊，学术人品那是没的说，就是这方面，这个这个……

想了半天可能没想到合适的词儿，领导一着急蹦出来一句——

天赋异禀啊。

天赋异禀？这在历史上好像不是什么好词儿……到底陈军门在威海干了些什么？

可以肯定那位文化不高的老板是用错了词，要知道若说某人在“色”字上有问题，“天赋异禀”这样的词汇通常都是用在嫪毐或者拉斯普京一类家伙的头上。

陈军门…… 还不至于如此祸国殃民吧？

不定是哪个附庸风雅的家伙跟老板叨唠过这个词儿，被他当新鲜记下来了。

太幸运了，这位老大生活在社会主义中国，要是在日本古代，这样乱用汉字是犯法的……

后面的交谈让我明白了他的意思，他并不是说陈军门在物理上有什么古怪，而是说他弄不懂这厮如何把太太骗到手。

“你说这个陈悦吧，他的行政级别……（说到这儿看看笔者，意识到对面这个家伙的行政级别可能还不如陈悦呢，于是打住）他也不是多有钱，那是我们威海最漂亮的女解说员啊！”老大惋惜地摇着头，“我们看着长大的……威海的一枝花啊……那陈悦也不会处个对象，到人家姑娘家，带几盒猪肉干，下次去，还是猪肉干……”

笔者下意识地抹抹嘴——这位老大可能不知道，靖江的猪肉脯可是全国有名的好东西，有回老陈来日本还给我家带来一包……

“人家女方父母定亲之前也问过我们这些领导对陈悦的看法，我说了他不少好话……我还特意注意了一下，可……可是我们本地也不是没有好小伙子啊，那谁谁谁家的小子……唉，也不知道怎么的，就跟了他。”

据我所知，人家陈军门在靖江公司开得好好的，就是这位过去，三顾茅庐，顾得军门把公司关了到山东督造定远舰。看着这位老大一副惋惜，忽然想起来那样一句话——“赔了夫人又折兵”。

三国时候这种空手套白狼的买卖是山东人诸葛亮干的，挨坑的是江苏那嘎哒的，现在报应来了。

另外，素知胶东地方保护主义严重，我这会儿总算有所见识。

忽然想起来，第一次见到陈军门的时候，这家伙其实也很不正常，竟让我想起了楚香帅。

有这样的联想并不奇怪。话说笔者和陈军门交往甚早，十几年前就开始合伙在日本搜甲午海战的老照片了，但直到前几年才算是第一次碰面。那一次，是因为准备筹组一次中日海军专家关于北洋水师的PK，笔者约了军门北京见面。

这买卖笔者就一拉网线的，头寸有限做不来，只好拽了《日本新华侨报》的老大蒋丰老师作虎皮，但请蒋老师帮忙总得让人老爷子见见陈军门何许人也吧。就这样倒也促成了我们的见面。

奇怪的是整个会面过程中蒋老师一直也没问过陈军门任何关于海军或者甲午的问题，只是听着我们聊聊就拍了板，大力支持。

事后我问他，说蒋老师您怎么不跟陈悦聊聊呢，对他的学术水平您也该摸摸底啊。

蒋老一摇头，说不用了，你看他的眼神就够了，一提起北洋水师来，他那不叫痴迷，叫偏执！

这叫什么？这就叫识人啊！

不过，说陈军门不正常并不是说的这个方面，这个是蒋老师不正常……陈军门不正常在于来拜客不是一个人来的，那家伙来都是带着队伍的！但见陈军门阔步而来，左右各有一员大将。

左边这位眉分八彩，重瞳（戴眼镜——笔者注）浓髯，陈军门介绍，此方禾也。萨连忙拱手，久仰久仰——早知道此人，定远舰上复制的龙纹，就是这家伙的手笔。我不知道的是方军门还差点儿买了一艘美制坦克登陆艇——虽说那是人民海军退役的家伙吧，但那玩意儿也叫军火啊！此实非人臣之敢为也。

右边这位天庭饱满，唇若丹朱，陈军门复引荐道，此刘煊赫也。萨连忙再次拱手，失敬失敬——现代舰船上那些精美的军舰，半数出自这位老兄之手。后来才晓得刘军门为了画这些玩意儿过于痴迷，一度脖子硬了弯不过来。此今之强项令也！

2004 年，仿造的北洋水师定远舰下水，这艘一比一比例的仿古战舰有着陈悦极大的心血，如今已经成为威海的一张名片，也成为陈悦与威海缘分的一个见证。

人家楚留香出道，左有姬冰雁，右有胡铁花，陈军门出门，也是左方禾，右煊赫，威风甚大啊——当然，笔者是不会往方伯谦、刘步蟾身上想的。

刚要这样玩笑一句，忽然眼前一花，却见方刘二军门向两旁一闪，中间突然出现一个丽人，令笔者脑筋一下短路，心想是陈军门刚拍完节目，把冯小刚剧组的女主角带来了？

不等笔者开口询问，陈军门虚虚一引，道，这是内子……

这家伙，娶了这样漂亮的太太居然没有通知过笔者一声。

“久……酒桌就在那边，陈军门，陈夫人请。”笔者肃然曰。看见美女容易脑筋短路，差点儿说错话，对朋友的太太，千万不能说久仰，那会闹误会的。

陈军门出门派头之大，也就当年在海南房地产展示会上看田纪云副总理周游各展台时能与之相比。

陈悦的好友，威海甲午学者孙建军

然而，那一次见面，陈军门夫人的美貌优雅，算是惊了四座。

难怪那位老大如此唏嘘了。不过山东人多半不是小心眼，对陈军门娶亲抱怨两句，也不过如自家闺女被某个野小子拐跑一般，肉痛而已。为自家地方子侄酸葡萄了片刻，这位老大最后还是说了句公道话："舍不得孩子套不着狼，想想要不是成了威海的女婿，陈悦他咋也不能把家安到俺们这儿。"

孙老虎孙建军讲话了："一看老陈吃下这颗糖衣炮弹，我这颗心就放到肚子里了，我说，小子，这回你可跑不了啦……"

老孙,你可算了解陈军门,可你能不能告诉我陈悦是怎么把他太太搞定的?难道真的靠靖江猪肉脯？笔者倒是看出一点端倪来。

在威海到军门家做客，整个房子里最好的那一间，便是军门的书房——那是名副其实的书房，而且显然是军门自用的，宽阔的硬木书案上如老板台一样放着大屏幕电脑，左边是军门收集的舰模和武器，书桌对面一抬头便是整壁墙的书架，书架旁是一扇轩敞的大窗，位置恰仿佛船长室总是有的那个舷窗。整个房间打扫得窗明几净，样样东西擦得一尘不染。

羡慕之下忽然发现书案下有一暗格，里面放的小吃琳琅满目。军门道，她怕我晚上写东西肚子饿，总给我准备一点干粮。

松子糖、吉百利，挪威的榛子、海南的椰干，这哪儿是干粮啊，这……估计古代扬州人养“瘦马”也没这个待遇吧。

我敲敲老陈的肚皮，道，注意减肥啊。

这种事儿要不招人嫉妒，那才奇了怪！

陈军门在女孩子面前比较受人欢迎，这是无疑的。至少，人家是帅哥一个，先天条件很不错的。而且，这家伙不吸烟，善饮而不醉，待人谦诚，还蛮有生活情调。陈军门经常会带着一猫一犬散步，而两者相安无事。我猜，这或许是在模仿邓世昌——邓大人走到哪里都带着他那条著名的太阳犬（然而，陈军门的一猫一犬中，却是那只猫被命名为“太阳”，这多少有些古怪）。

然而，这年头，除非你是刘德华，否则帅是不能当饭吃的。当初我们大学里姜晓军更帅，弟兄们私底里却议论着为晓军的终身大事担心——这位兄弟不合入的是天文这一行，而且对其专业极为狂热。在商品社会学天文……唉，你要是学风水，那还更容易发达些。

后来我们推测晓军可能只有在同道中找一个同样痴迷天文的女生了。这当然也不是不可以。但想一想，两口子一块儿在阳台上痴迷地看星星，把孩子扔床上……这个场面，多少有些令人恶寒。

（据说晓军后来似乎也婚得不错，那是特例，特例……）

看咱们那么多女明星，哪个不是嫁得“歪瓜裂枣”的？偶尔有一两个半老徐爷还得非诚勿扰，架不住人事业有成不是？

这就是现实，似乎浪漫如今只能是属于未成熟小女生的奢侈品了。

然而，军门夫人可不是未成熟的小女生，女解说员的工作不仅要求仪态和口齿，还有老练的待人接物功夫，可以说干了三年解说员，拉出去到哪个公司当公关经理都不成问题。

这样精明能干的女孩子会被陈悦骗到手？而且陈悦被人家骗到手的可能性好像更大啊。

可……人家骗咱军门图的什么呢？看看老陈竟开始出现了丰隆的将军肚，萨狐疑地想。

那天晚上，笔者在住处请了朋友们来茶话，军门伉俪来了，孙老虎来了，甲午馆的王大人来了，还来了几个同样研究甲午战争的好友。您想，这一下子几乎集中了半个山东的海军史狂热分子，那还能有什么后果？

聊天很快变成了海军史研讨会，众人斗得酣畅淋漓，直到午夜，犹在不时浮一大白。

其间，军门的太太始终在一边端茶倒水，时而还会切盘水果上来。

笔者对此微感不安——战争与军舰这种话题，对女孩子来说未免是要打哈欠的，何况一谈好几个小时。但好容易碰上这样群英会般的场面，笔者自己也欲罢不能，自然不会劝军门早退。

于是便悄悄对陈悦的太太道歉：抱歉啊，实在是折腾得太晚了。弟兄们难得一聚，男人吗，都是大孩子，碰到好游戏难免玩得有些过火。

陈太太连连摆手，说无妨无妨，你们接着聊。

朋友有这样肯给面子的太太是难得的好事。要知道，得罪了朋友不要紧，今天得罪了，明天拉他干上一瓶五粮液，后天还是朋友。朋友的太太得罪不得，否则明天朋友见了你都会绕着走。

然而，一个意料之外的发现，却让笔者完全推翻了自己的想法。

谈到中间，有位朋友要先回家，笔者便送其出去，回来的时候，陈悦正在谈北洋水师最后的战斗——北洋水师中有一支酷似宪兵的部队，他们都是老提督丁汝昌的安徽乡人，平时维护军纪，战时是他的亲兵卫队。他在日方史料里查到了这支部队最后的命运——1895 年 2 月 12 日，在北洋水师覆灭的前夜，丁汝昌自杀殉国。就在这一天凌晨，这支淮军最后的子弟兵乘坐小船在鹿角嘴炮台附近登陆，向围攻刘公岛的日军发起了决死的攻击。这样一支小部队竟然撕开了日军的防线，一直攻打到一个师团部的警戒线内。但这毕竟是一次绝望的反击。天亮时分，他们终于被有压倒性优势的日军合围在赵北嘴岸边，逼近的日军看到最后的几名清军在海边横刀自尽……

2000 年，在鹿角嘴炮台遗址搞建设的时候，曾经挖出了许多人骨，以及散落着的、锈迹斑斑的枪支和弹壳，这就是这群英勇的中国军人最后留下的一切。

鹿角嘴炮台遗址，北洋水师陆战队最后覆灭之地

丁汝昌和他从故乡带出来的子弟无一生还，陈悦在丁汝昌的故乡庐江找到了他们的集体墓地，每一块墓碑主人的忌日都在这同一天。

每当讲述与海军相关的事情，陈悦便如换了一个人，时而深沉，时而狂放，如神游物外。每个人都被他讲述的百年前那场战争所震动。

我正从外面进来，一眼就看到陈夫人站在一边的沙发后面，手里紧紧攥着一杯茶，双眼死死地盯着正在引经据典的陈悦，眼神竟是倾倒而狂乱！

这一瞬间，我忽然觉得明白了很多事情。

陈夫人留在这里，给大家端茶倒水，不是她的礼数周全，也不是她宽容大度，而是找一个理由留在这里——她在欣赏他！

一个人什么时候最有魅力？那便是他专注于自己喜爱的事情的时候。

在陈悦沉浸在对北洋水师的讲述中时，那种江南小才子的风骨才纤毫毕现，这一刻，便说是唐伯虎重生在了陈军门身上，也不为过。

而他是否知道，在这一刻，有一个美丽的女子正用一种痴迷的目光追踪着他的一举一动？

而这个女子，是他的妻子。

在这以后，我才注意到，每次陈悦沉浸在他热爱的研究中，他的太太两眼总是闪闪发亮。

我想我多少猜到了陈悦如何把他太太“骗”到手的秘密。

山东，也是孔子故乡，文化之邦，但这里的文人，不免多少有些北方大汉的豪放，陈悦这般纯粹江南的风采，当是十分罕见的。于是，故事，便是这样产生的。

似乎这种故事早已有之，然而，笔者还是被深深地震动了——这种故事，浑似不应发生在今天。

如今，已经很少能够看到一个妻子会这样看自己的丈夫。婚姻，越来越多的是利益的组合，感情的凑合。有人注重的是对方的财产，有人看重的是社会地位的搭配，但居然在今天，还有为自己爱人的才华和风采而迷醉的女子。

这不是震动，应该说，这是感动——在今天物欲和金钱横流的红尘里。

真心地为陈悦高兴，他有一个懂得自己要什么，也知道怎样珍惜的爱人。在笔者眼中，这位不失英气的青年学者其性格特点与其姓名颇相符，一个“悦”字道尽了充满兴趣、爱好与乐观的处事态度。

陈悦是发现和鉴定北洋水师沉船的关键性人物，用一点篇幅介绍其人，算是让读者了解一下工作在丹东打捞前线的，都是些怎样的人吧。

06

周春水的日日夜夜

随着这一批残骸的打捞出水，国家文物局方面对于这次打捞也给予了更多的支持。所谓不见兔子不撒鹰，很快这一针对辽宁省丹东市丹东港海洋红港区海域水下文物遗产调查的项目便获得了相关批复,并正式将这一项目定名为“丹东港水下文化遗产调查”，由周春水率领的一支调查队乘船来到丹东，开始了长达 20 日的水下考古调查工作。而丹东市港务局则与文物部门签署了相关协议，全力为其提供资金和后勤方面的支持。

这支调查队人员精悍，包括领队周春水，队员梁国庆、阮永号、纪松波、刘春健、崔勇、黎飞艳、宋中雷、肖新琦、张晓航、孙道俊、官佳、威龙、张翔瑞、韩立伟，他们在丹东港集团有限公司和与丹东港有合同关系的广东救捞局的支持之下配合东港市文物管理所等协作单位，于 2014 年 4 月 3 日至 4 月 28 日在海洋红港区至大鹿岛之间的广阔范围之内进行了调查范围达 20 公里的详细水下勘察工作。由于丹东方面提供了精确的坐标，第一次航测仅 20 分钟就找到了目标！

这支队伍的领军人物周春水是一个看起来颇有学者风范的知识分子，但是

丹东港和文物部门共同组成的考察队

令我们吃惊的是他也是亲自带队下水的潜水队员之一。

应该说周春水的形象与笔者所见的潜水员有不同之处，因为工作的原因，笔者也曾接触过一些优秀的潜水员，他们共同的特点是人高马大，精力旺盛。据说在人民解放军之中待遇最好的兵种除飞行员之外便要排到潜水员，这是与他们艰苦的工作环境分不开的。从事潜水工作常常要在水下进行体力作业，故此对潜水员的身体要求相当苛刻，非身大力不亏者难以进入这一行当。而水下工作的风险性，又让非生性乐观者难以承受。

而且潜水员中还颇有一些独特的习惯，比如我认识的老潜水员常常不由自主地摇头晃脑，后来才明白原来他们是因为身穿潜水具时不断摆头向一侧的排气管吐出呼吸废气而养成的习惯。

同时潜水员们又大多是好酒量，常常是一瓶茅台刚刚及格，两瓶茅台照样接着喝，这也与他们特殊的工作环境有关。

潜水员在水下工作时一般分为轻潜水与重潜水两种模式。轻潜水又叫作空气潜水，也就是使用压缩空气作为呼吸的主要来源，他们的工作深度通常在水下 30 米之内。这是因为随着水深的增加，水压逐渐增强，压缩空气中的氮气

周春水下水用的气瓶，每个潜水员都在自己的气瓶上写有名字，而且都有一点耶格尔的风格——自己的设备自己检查

会聚集在人的体内，形成所谓的氮麻醉。这种氮麻醉与醉酒颇为相似，我国水下医疗救护专家王超政先生曾经对我讲过，当潜水员下到水下10米左右时便常常有互开玩笑的表现，颇为兴奋，与饮酒微醺的情况相似；再向下潜便会出现晕头转向、跌跌撞撞、思维迟钝等现象，仿佛醉酒的人一般；如果继续要求潜水员向更大深度挺进，便可能出现神志不清、失去知觉等现象，与重度酒精中毒一般无二。

重装备潜水需要配备特殊设备，潜水员在水下能够从事的作业颇为有限，在这次丹东水域的水下探摸和打捞工作之中并没有采用这一类潜水装备。

轻潜水的中国潜水员曾经有创造空气潜水世界纪录的壮举。那是在打捞阿波丸的过程中，中国潜水员竟能在深达45米的情况下通过锻炼实现空气潜水作业，这固然体现了中国潜水员高超的技艺与顽强的精神，但是另一方面也与当时国家经费不足不能支撑使用昂贵的氦氧潜水有关。潜水员们通过锻炼和适应，最终获取更大的下潜深度——有专家感叹其过程仿佛锻炼酒量一般。

或许因为这样长期对抗麻醉环境的经验，中国的潜水员们一旦喝起酒来便很难喝醉，因为所谓的酒精中毒也是一种麻醉的过程。

有趣的是周领队却无论在水上还是水下永远一副冷静不苟言笑的姿态，仿佛无论潜水的深度还是周围人的情绪对他都毫无影响，也许正是这种沉静的气质，使他在这次丹东的水下考古工作之中发挥了重要的作用。与热情如火、足智多谋的宋先生相得益彰，构成了打捞船上的两道风景线。

在周春水的指挥之下，潜水员们开始了艰苦的工作，让我们通过潜水日志来看一下他们一日之中都要进行哪些工作吧。

2014 年 4 月 × 日

潜水员周春水：入水气压 190，入水时间 12 点 55 分，出水时间 13 点 16 分，能见度 3—4 米，水深 21.6 米，水温 3℃。

工作内容：搜寻发现散落的木板、铁板、煤块等。

潜水员黎飞艳：入水气压 200，入水时间 13 点 31 分，出水时间 13 点 59 分，潜水时间 28 分钟，能见度 3—4 米，水深 21.6 米，水温 3℃。

工作内容：水下摄影。

潜水员崔永：入水气压 190，入水时间 13 点 54 分，出水时间 14 点 13 分，潜水时间 19 分钟，能见度 3—4 米，水深 21.6 米，水温 3℃。

工作内容：扩大搜寻、采集煤块出水。

潜水员崔永：入水气压 190，入水时间 14 点 34 分，出水时间 14 点 54 分，潜水时间 20 分钟，能见度 2 米，潜水深度 21.6 米。

工作内容：确认沉块位置进行四周搜寻。

潜水员梁国庆：入水气压 160，入水时间 15 点 01 分，出水时间 15 点 23 分，潜水时间 22 分钟，能见度 2 米，潜水深度 21.6 米。

工作内容：采集到船体悬板，长 190 厘米，宽 15 厘米，厚 5 厘米。

潜水员崔永：入水气压 200，入水时间 17 点 12 分，出水时间 17 点 26 分，工作时间 14 分钟，能见度 3 米，潜水深度 24 米。

工作内容：找到一块钢板，将入水绳连接到钢板上，并测定其坐标。

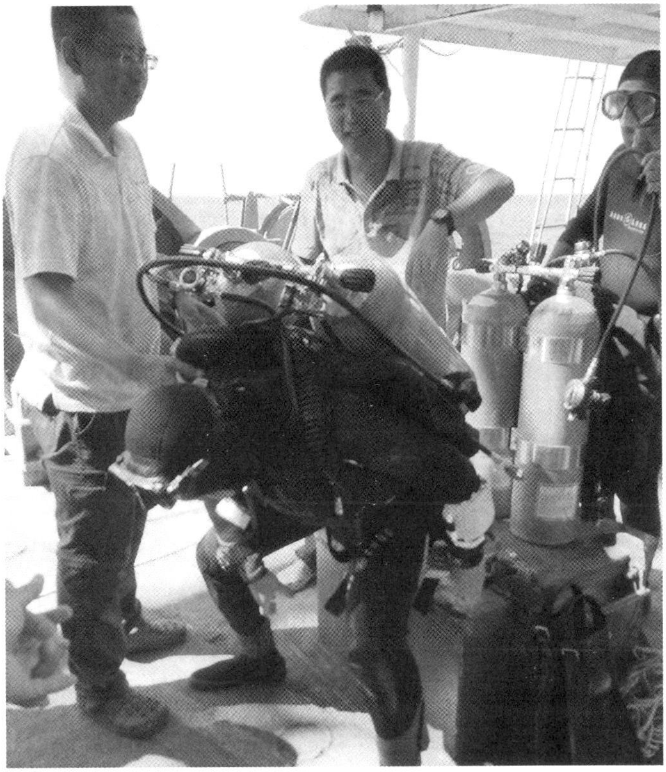

亲自帮助潜水员准备装具的周春水（中）

潜水员拍摄到的丹东沉船水下照片，连旁边的游鱼都清晰可见

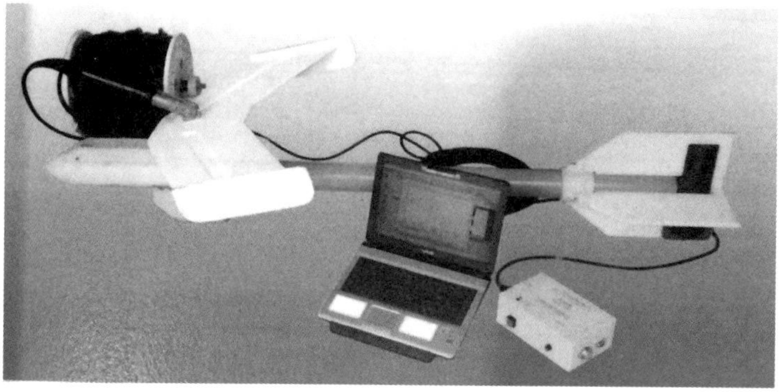

探测利器 GB6A 磁探仪

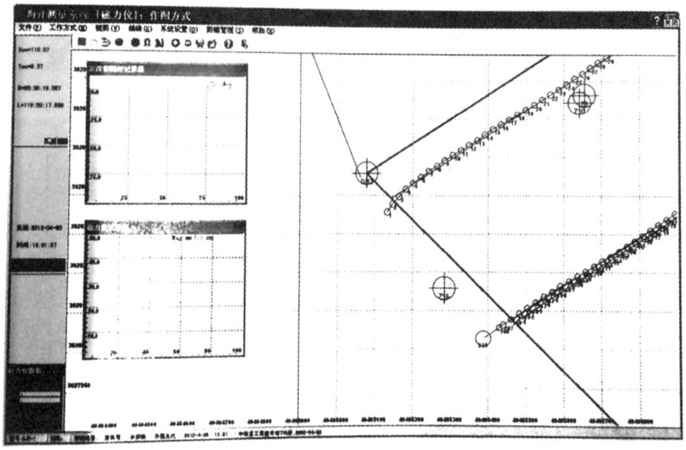

GBINFO 软件界面

看起来是一串枯燥的数字和记录，实际上反映的应该是潜水员们每日的辛苦。

在这次潜水探摸之中，文物局方面使用了大量先进的设备。例如，在工作中他们使用了 GB6A 型磁探仪，这是一种能够在全球任意纬度区域进行作业的特殊磁性探测装置，其形状酷似一枚鱼雷，并带有机翼。其机翼有四档可调，配合不同重量的配重块使用，可使船速在 4 到 6 节时通过拖曳的方式检测水下不同的磁力反应，从而判断水下看不见的沉船或其他文物。它可以在 100 米以内的水深工作，因此在被发现的这艘北洋水师沉船低潮时只有 17 米的深度情况下，完全游刃有余。这种磁探仪被广泛用于航空及海洋地球物理勘探，是探测铁磁性物质的最佳装备，且不受空气、水、泥沙及水温条件等的影响，应该说以它和丹东港集团所使用的多普勒仪器相配合，可以对沉船实现立体化多角度的定位。

在这次探测任务之中，考古队所使用的海洋磁探仪功不可没，通过它的工作证明在除已经发现海下残骸的这处水域之外，其余 16 个可疑定点均不存在完整的船体。通过磁场数据采集和数据处理分析，他们在这次发现遗骸的水下区域的确发现了大规模磁异常目标，通过绘制等值线图、典型磁异常信号剖面图和探测航距图，周春水断定在这一水域存在着一艘铁磁性沉船，其残存重量在 1600 吨左右。

在这次工作中，磁探仪工作时采用了 715 所自行研制的 GBINFO 软件，直观显示了水下的磁力变换情况。

这样，大家将工作重点转移到了被称作 4 号水域的这片沉船所在地。也就在这番紧锣密鼓之中，在北京对于沉船残骸的鉴定也投入了大量的人力物力，最终 2014 年 3 月国家水下文化遗产保护中心出水文化保护科技实验室给出了对于沉船残骸的金相组织初步分析报告（参见**附录 1《丹东海域出水铁质样品的金相组织初步分析》**）。

在这份报告之中，可以看出取样调查证明这次打捞出水的沉船残骸符合 19 世纪英国钢铁制舰船所用船板的材质，文管部门并得出了该材料很有可能来自于当时海战时的舰船这一有利结论。这无疑给在丹东艰苦工作的考古队成员带来了进一步的工作热情。

但是，当进一步的检验报告出来之后，却在沉船身份上引发了一个新的误判，这个误判差点儿给探摸打捞工作造成巨大的问题。

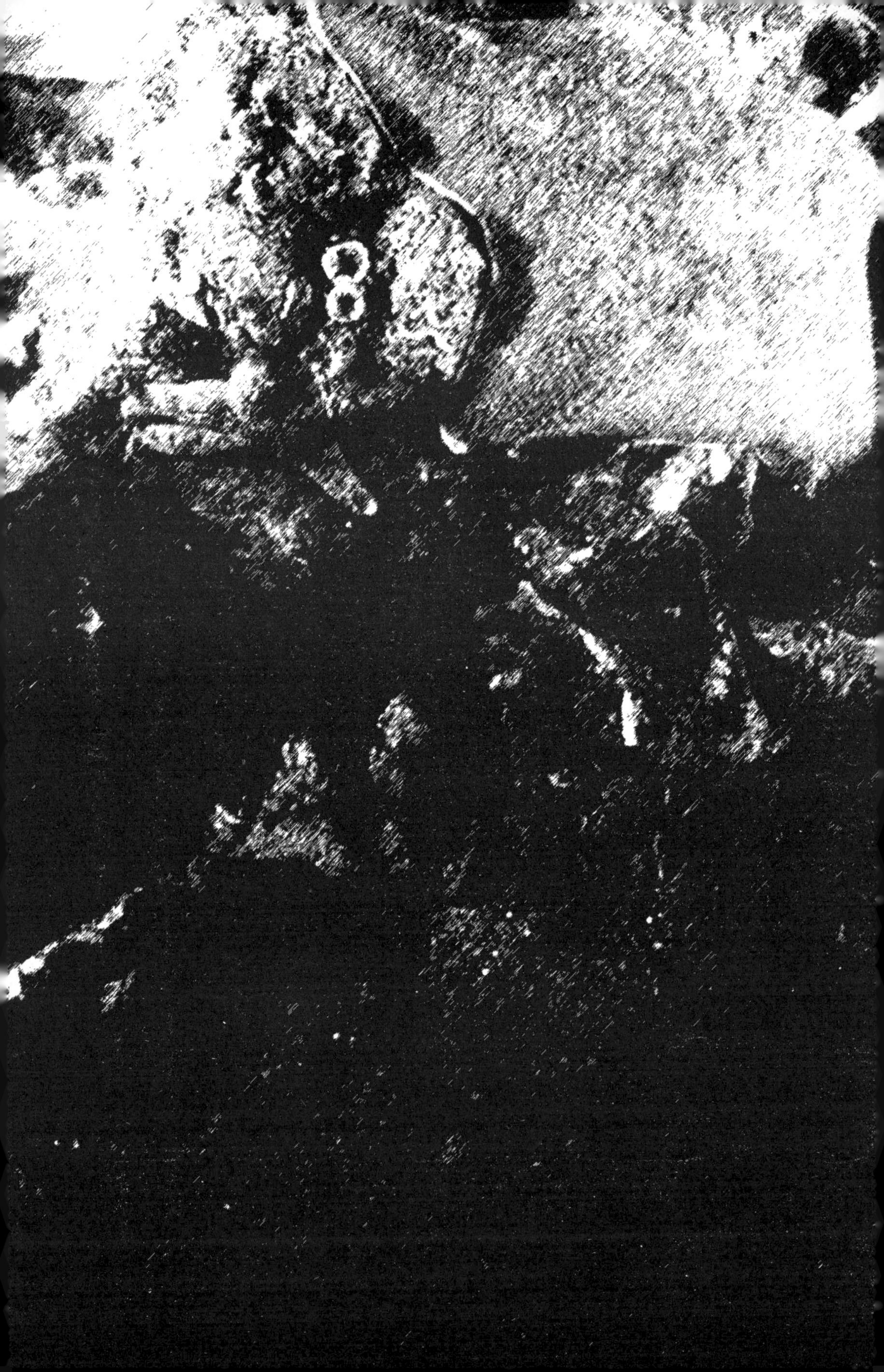
8

第九章

找到了『超勇』

寻找邓世昌

北洋水师名舰追踪纪实

01

AB 级文物“丹东一号”

4 月 28 日，在丹东的初步考察告一段落，国家文物局中国文化遗产研究院派出的考察队携带大量打捞样品和数据返回北京，开始对探摸成果进行科学评估。此外，还获得了大量水下照片。

6 月，这次探摸的工作报告最终成形。

笔者有幸在较早时间拜读了这份报告，其内容首先证实了这一水域沉船的存在，并展示了在工作中拍摄的水下照片。从水下照片可以看到，在长达 50 米以上的海床上依稀可以看到散落的沉船部件及煤炭等水下遗物，而根据磁探仪的数据，在此处下方很有可能便是这条被探摸的沉船的葬身之地。

在报告中，文物局方面说明这是一场有强烈针对性的水下考古工作。报告称：“丹东港水下文化遗产调查在丹东港集团的大力配合下共同依据史料记载和出土文物线索进行划区域调查,工作时主要考虑该区域为甲午海战的事发地，针对装甲铁舰的沉船特点，调查选择磁力仪寻找水下异常点，同时运用多波束旁侧声呐浅底层等物探手段了解水下地貌及淤泥堆积情况，结合实际情况加以探摸，已确认水下沉船遗址。”

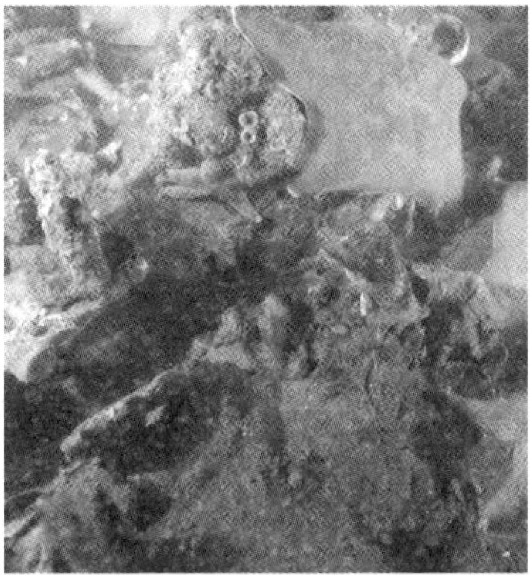

水下的照片显示，战舰残骸此时和海星等海洋生物相处融洽

对于这条沉船的形态报告中如是描述：“经实地探摸，整条沉船被覆盖于厚达三米的淤泥下，现场发现有木船板、铁板、煤块、火药桶盖等遗物，并发现泥中的铁板和木船板与船体相连，通过铁板金相分析属炒钢锻打，与19世纪后期欧洲造船材质吻合。铁板的铆钉结构与同时代北洋水师济远号的装甲一致，据此推测为以蒸汽为动力、木质船壳外包铁板防护的军舰。”

在进行了严格的水下考古程序之后，这一报告对这艘被命名为“辽宁丹东一号”的沉船之文物价值、遗址保护状况及遗存级别进行了量化评估，其意见如下：

1. 文物价值。该遗址为1894年甲午海战的实证，属重大历史事件，具有十分重要的历史、科研和爱国教育价值，时代特征明显，故评定级别为A级。

对这一论断笔者结合自己的知识加以简短说明，中国对于国家文物进行评定时有一定的级别标准，通常明清以前的文物可定为B级，明清以后的文物可定为C级，而A级文物评价很少，通常只有具有重大历史价值、具有不可替代性的文物方能获得这一级别的评定。由此可见文物部门对于这次发现的沉

水下摄影：战舰残骸，推测为战舰尾部舷板

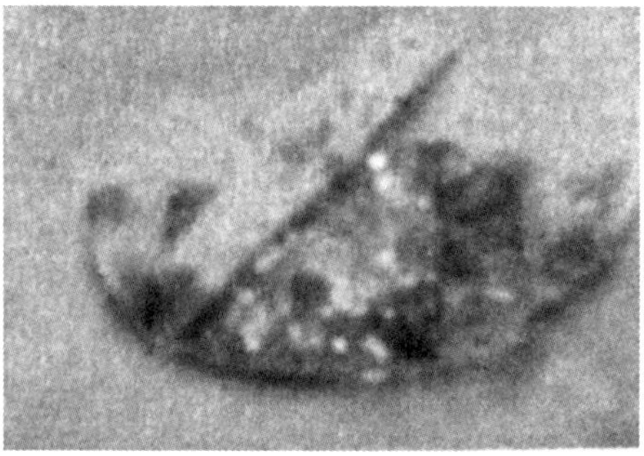

水下摄影：战舰残件，怀疑为火药桶盖

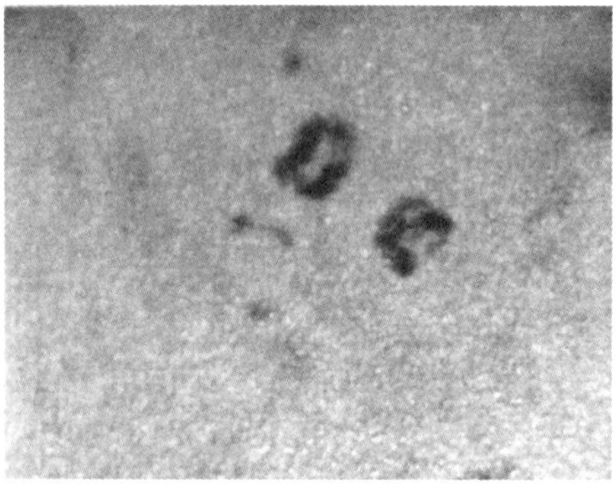

水下摄影：战舰水下散布煤块

船具有相当高的评价。

2. 遗址保存状况。沉船在事发时经过战火损伤不排除遭受日军打捞破坏，之后长期处于渔民作业区……基于上述因素考虑沉船保存状况一般，评估级别为 B 级。

对这一评估，笔者的判断是，由于这条沉船在勘测时被发现有着严重的损伤，因此今后是否有可能进行整体打捞可能存在相当大的疑虑。

综合以上两点，在这份报告中建议将这一处文物遗址评定级别设为 AB 级，并提醒此沉船遗址位于大海之中，周边不存在现场保护的客观条件，不排除被不法分子当作废铁打捞损毁出卖的可能，因而需要全面进行发掘。

这艘沉船到底是北洋水师中的哪一艘呢？报告中有着如下的推断：结合甲午海战的史实，沉船的相关位置与资料所载超勇舰沉没于大鹿岛南西十海里吻合，该舰最有可能是北洋水师超勇舰。

02

不是致远

超勇号巡洋舰

应该说读完文物部门的检验报告，我当时对这一结论非常赞同，因为这与笔者个人的判断是比较吻合的。

尽管大家都对发现邓世昌和他的致远舰抱着极大的热情，但是根据长时间的研究，这种发现的可能概率极小。这是因为致远舰在沉没之时即发生大爆炸，舰体受到极大破坏，而又在此后数十年之中遭到日方两次破坏性打捞，舰体根据当地渔民的描述已经所存无几，不大可能保留完整的舰体结构。

另外，在日本防卫厅所存的档案资料之中也记录了在这一经纬度上存在一艘中国北洋水师的沉船，其标明为超勇号。

值得一提的是，在这次进行勘探和打捞工作之前，陈悦先生曾在与丹东打捞负责人员开会讨论之时，提供了四套不同时期不同国家记录的北洋水师四艘沉船位置的资料。

在这四套资料之中，由日方提供的一共三套。一套为 1895 年提供打捞公司竞标的沉船经纬度，这一经纬度今天看来很不准确，据猜测是日方为避免打捞公司人员擅自前往打捞，影响自己利益而故意公布的虚假位置。

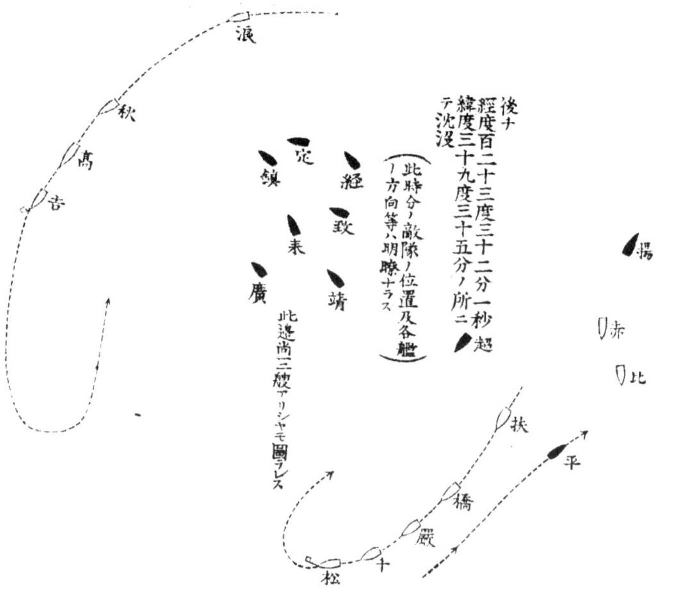

日本海军资料中超勇沉没坐标，后被证明还有一定差异

其次是中方提供的沉船方位，这一资料来自于 1997 年的“致远舰打捞工程”，但是这份资料当中多艘沉船地点均与历史记载相差甚远。除经远舰最终被证明确实沉没于锁定的位置之一外，其他三舰推测均为将水下其他沉船误认为北洋水师沉没军舰而导致的误判。因此这份资料在寻找经远舰之外的其他舰只能够起到的作用并不大。

第三和第四两套坐标均来自于日本海军的记录，分别来自《日清海战史》和《明治二十七八年海战史》，尽管记录的位置较为笼统，但今天看来大部分船只的位置还是比较接近事实的。这大概因为这份档案是日本海军内部掌握的，所以为了其自家航船安全，不得不给出了较为准确的位置。

这里唯一错误的坐标便是经远舰的坐标，按照日方的记录，这艘所谓的经远舰如果沉没在图中所标位置，已经深入内陆数公里之外。经远舰不可能陆地行舟，当然不可能沉没在这个位置。

事实上正因为这个错误，所以这两套坐标在最初对致远舰进行探摸的时候曾经被轻易放弃，现在看来当时的记录还是颇有依据的。在日本防卫厅保存的《日清海战史》这套记录之中，环绕大鹿岛有三艘中国海军的沉船，其中超勇舰在最西南的方向，它应该是在战斗之中最先被打中负重伤沉没的一艘中国军舰。在它的东侧是致远号巡洋舰，而在它的东北侧则是受伤后搁浅的扬威号巡洋舰所在地。

根据我们的推测，致远舰应该已经在历史的长河之中消逝了，而扬威舰由于搁浅在浅滩之上，因此可能早已被日方破坏回收，只有超勇舰可能沉入水下而又躲过日军的拆解，所以目前发现的沉船即“丹东一号”是北洋水师超勇舰这一结论与大多数参与打捞专家的看法是比较一致的。

这一结论出来之后，参与打捞的一些朋友多少有些失望。丹东港集团的宋先生就曾忍不住疑惑地问笔者，这条船是致远舰的可能性就一点也没有吗？

当然不会，当时笔者回答得斩钉截铁，这个意见也是与许多其他学者讨论的结果。

同时我们也对宋先生讲到，尽管超勇舰不像致远舰那么有名，但是它也是一艘非常值得纪念的军舰，因为它在世界造船史上有着无与伦比的地位，并且还可以被称作北洋水师最浪漫的一艘军舰。为何会有如此的说法，且让我们看一段超勇舰当年来到中国的经历便可知端倪了。

03

中国人去英伦

英国首相格莱斯顿和李鸿章曾见过面并合影留念

谈到超勇舰和它的姊妹舰扬威，就必须谈到英国的纽卡斯尔市的阿姆斯特朗船厂，那是这两艘军舰的诞生之地。它们来到中国的背景颇值得追溯。

1880 年，在英国议会爆发了一次激烈的争吵，首相格莱斯顿与保守派议员乔治·杰恩各自纠集死党，斗得如同两群发情的公牛。只是，这次他们的话题似乎离大英帝国的政务有些遥远，竟然是几千公里之外的一批中国海军军人。

议员们被惊动的原因在于，这批属于“中国皇家海军”的军人，竟然要武装登陆英伦！

要说 19 世纪后期中国海军居然有入侵英国的企图，那是在开历史的玩笑，但英国议员们讨论的问题，并不是空穴来风。根据中国方面的记录，这批即将前往英国的中国官兵，便是时任北洋督操提督丁汝昌的部下，共计 264 人。

由于丁汝昌与洋教习葛雷森等先行乘法国班轮从上海出发，这支部队的真正指挥官，是游击衔管带官林泰曾，他也是超勇舰的第一任管带。

林泰曾，字凯仕，福建侯官人，北洋水师的重要将领，被日本联合舰队视为劲敌。日本海军中将小笠原长生将林泰曾称为中国海军中的“宝刀”，把他和日本海军东乡平八郎之间十年的斗智斗勇比喻为“川中岛对阵的（上杉）谦信和（武田）信玄”。林泰曾 1871 年毕业于福州船政学堂后堂，系晚清名臣林则徐的侄孙，但他的晋升每一次都伴随着战功和业绩，看不到“官二代”的痕迹。1874 年日军发动第一次侵台之役时，林率领海军先行部队冒险到台湾后山测量水道，为大部队援台成功立下汗马功劳。1875 年他随福建船政监督、法国专家日意格游历欧洲，旋即入格林威治海军学校学习。1879 年归国，任镇西号炮舰管带。1880 年奉命率军前往英国。北洋水师的这支队伍在前往英伦的过程中一帆风顺，到达后也表现得不卑不亢，既没有后进者畏怯的“乡巴佬进城”姿态，又能够认真谦虚地向对方学习，和他们有林泰曾这样一位熟知西洋情况的优秀军官带队是分不开的。

林泰曾这次率队前往英国的时间，距今已经 130 余年。而 130 年后，一张林泰曾赠送法国友人的小照浮出水面，让我们对 19 世纪后期中国海军军人的形象，几乎产生了颠覆性的认识。

照片上的林泰曾是一副完全的近代海军军官装束——头戴大檐帽，戴雪白的手套，身穿白衬衣打领结，外罩一件笔挺的海军礼服式呢子大衣，清秀而不失沉毅。在照片下方，有他用英文所书签名——“林泰曾少尉”。

很难想象那个时代中国海军军官竟有如此“现代”的装束。如果把这张照片混杂在第二次世界大战的列国海军军人照片中，估计没有人能够分辨出来。无独有偶，北洋水师其他的留洋学员，如黄建勋、林颖启等，也都有同样的海军礼服照片。从年龄来判断，照片上的他们都已经养成了刮胡子的习惯，有的人干脆没了辫子，所谓“身体发肤受之父母，不可损伤”的观念早已荡然无存。

令人啼笑皆非的是，无论林泰曾还是刘步蟾，加入海军多少都带有“误会”的成分，他们到福州船政学堂的时候，大半的心思是来读书而不是来做军人。中国的近代化海军发源于福州船政学堂，其选择的学员大多来自福州附近闽北各地。以林、刘等人为开端，这批中国海军早期军官奠定了清末民国时代长达数十年的“闽系”海军时代，但福州船政局所在的闽北，是一个推崇读书考秀才的地方。也许出于这个原因，北洋水师的福建籍军官，都带有一丝无法掩饰的书卷气。

北洋水师高级将领林泰曾在欧洲留学期间赠送朋友的小照

然而，就是这些书生，在国家危难之际，几乎全部成长为优秀的海军军人，在走进福州船政学堂之后的几十年间，林泰曾和他的同学们，始终站在中国走向世界的最前端；在大东沟和威海卫的战场上，他们又用自己的鲜血和生命，捍卫了中国海军的荣誉。甲午战争中林泰曾自尽后，日本联合舰队总司令伊东祐亨对他做出了如是评价：“丁（汝昌）的部下中堪称人才济济，其中无可争论排名第一的是指挥镇远舰的林（泰曾）。嗟夫，此君真好男儿是也。若此等人物得展抱负，中国成世界一大强国乃轻易之事。体格健伟，风采夺目，而又方正谨严，令人不觉折服。凛遵大义，胸怀气节，是不折不扣的伟丈夫。依我看来，他是丁（汝昌）之后最佳的继任者，若如是，其成就或还会在丁之上。以鄙人之感，此君以人物而论可比关羽，既有大勇之资，又怀大义气节，此之所以（林）酷肖关羽也……”

敌人的评价，或有一定的参考价值。

正是林泰曾这张十分西化的照片，让我们重新审视构成北洋舰队的那一批中国军人。这是一批真正懂得世界的中国人，也是那个时代第一批“睁开眼睛看世界”的中国人。

耐人寻味的是，当他们返回祖国之

后，每个人的头上，又都盘起了发辫。

英国的海军学院共为北洋水师培养了 32 名高级军官，他们的留学与日本有着先天的关系——北洋水师从襁褓中，似乎就带着与同时牙牙学语的日本联合舰队不死不休的纠结。

北洋水师的肇建始于 1875 年，中国海军的这次大规模建设起因于日本的扩张形迹。1874 年 5 月 6 日，日军借口琉球船民被“生蕃”所杀，登陆台湾琅峤，开始第一次侵台之役。清廷闻讯后，这个一贯以软弱无能著称的政府做出的反应堪称义正词严，16 日即下发上谕，称“生蕃地方本系中国辖境，岂容日本窥伺”，并出兵台海。一时，飘扬着黄龙旗的蒸汽战舰，在台海两岸开始往返穿梭。

中国近代化海军在西太平洋的第一次亮相殊少人注目。然而，这次行动堪称高效和成功。在沈葆桢和李鸿章的主持下，中国方面迅速调动扬武、伏波、飞云等战舰，运送淮军劲旅援台，与日人刀兵相向。尽管付出了一艘安澜号炮舰的代价，但中国海陆军的积极行动最终迫使日军从台湾全部撤退。值得一提的是，后来北洋水师的多名将领，如刘步蟾、林国祥、吕文经等都出现在了援台之役的前线。

侵台未成的日军转而着力吞并琉球，不甘亡国的琉球国连连派出密使，到清廷泣血求救，甚至发展到使臣林世功在总理各国事务衙门门前自尽的地步。但由于阿古柏入侵引发的新疆危机，中国此时不得不将国防重心放在“塞防”，海军建设迟缓，无法有效渡海支持琉球。最终，1879 年琉球被日本正式吞并。

台海和琉球的危机深深刺激了中国，使清廷上下认识到海防的重要性。此时，由恭亲王和慈禧组成的双驾马车式执政体制正是最为和谐和有效率的时代，以洋务运动为标志的“同治中兴”已经成为朝野的重要话题，对外学习富国强兵的思想逐渐为时人所接受。于是，建设海军舰队，特别是拱卫京畿的北洋水师的计划便被提上了日程。

作为经管此事的直隶总督兼北洋大臣李鸿章，曾多次到来中国访问的英法军舰上做客，他注意到各舰上经常有日本海军的留学人员出没。这让李鸿章感

中国海军留学最频繁的皇家格林威治海军学院

到十分警惕，意识到中国海军的人才建设已经落在了日本的后面，于是积极推动林泰曾、刘步蟾等船政学生留学英国深造。林泰曾的这张照片推测拍摄于 1877 年，在英国格林威治海军学院实习期间，他作为见习学员乘英国皇家海军装甲舰黑王子号到地中海执行任务，曾有机会访问法国。

不过，林泰曾他们出发接收超勇舰的时候，穿的肯定不是英式的军服。1880 年 12 月，他们从天津乘丰顺轮抵达上海吴淞口，“是日，定制勇役号衣并旗帜，计价洋四千七百圆，又号靴三百圆”。北洋水师第一套制式军服的式样发表于 1882 年，推测林泰曾等人的军服与此相似。

辛亥革命前，中国海军的制服已经与西方十分接近，但 1882 年这一款军服则与众不同，处处闪现着中西方文化交汇融合的痕迹。

纽卡斯尔的阿姆斯特朗造船厂和炮厂（1859 年）

一些北洋水师官兵穿着 1882 年制服的照片被保留下来，让我们能够一辨其真容。这套军服的颜色是西方的，采用了世界海军通用的海蓝色，并配有西洋式的军刀，而军服式样依然是中国的，带有华丽的云纹装饰。这套原创版海军军服的设计者显然参考了列强海军的服装特点，在袖口装饰的云头图案内，用金线刺绣了类似西方军衔符号的标志，官兵人等还佩戴有表示兵种的臂章。不过，中方的军衔纯属自创，标志也与世界其他国家迥然不同。例如，高级军官的军衔是用在袖口绣一定数量的“寿”字来表示的，司令（提督）是九个，舰长（管带）是七个，大副则是六个，军医臂章则是灵芝、蝙蝠加寿桃，这种简单但易懂的符号堪称一目了然。

唯一令人侧目的是其常服军帽——那竟是一顶毡制瓜皮帽！有趣的是，由于海军舰艇舱室狭窄，容易磕碰，所以欧式海军军服的水兵帽普遍设计为无檐帽，且顶部带有垫衬，这两

身着 1882 年式军服的北洋水师军官们

点也符合瓜皮帽的特点。仔细一想，它作为海军军帽其实是一个非常合理的设计，与世界海军是相通的。这正好证明设计这套军服的中国工师并不是在照猫画虎，而是在理解需求的基础上独立完成的。在笔者的理解中，这套军服也反映着北洋水师建立时代中国人的追求——他们虚心地向西方工业文明学习，又顽强地试图捍卫自己的文化。

可以想象，身着这一套拥有“自主知识产权”军服的北洋水师官兵们持枪荷弹，登陆英国会是怎样一种风景。

船台上的超勇号，注意其炮房外侧可以翻起的装甲盖板

纽卡斯尔的中国巡洋舰

好在这些官兵们前往英国并不是去作战，而是执行一项和平使命。两艘中国订造的新式巡洋舰超勇号和扬威号，正停泊在纽卡斯尔的港湾中，等待着他们接运回国。这也是北洋水师最早编入作战序列的两艘巡洋舰。自此之后，“欧洲诸国始知中国亦有水师，群起而尊敬之”。

尽管使命是和平的，但是据中方记载，不知道是为了维护国威，还是担心受到洋人的欺凌，这批官兵出发之前“从驭远借洋枪百六十杆，日赴淞校场会操。”“二十六日，李傅相公文到淞，命往上海机器局领洋枪八十杆，配弹子万粒。”

这样一支全副武装的部队，在清军中堪称装备精良。当中国方面把这支接舰官兵的人员名单和携带装备报给英国方面的时候，如前所述，在英国议会却引起了轩然大波——按照当时英国的法律，不允许任何外国的建制军队携带武器登上不列颠的国土。

保守派议员认为，既然是来到英国，中国人在英国法律面前，也不能例外；而开明派议员则认为，英国军队曾在 1840 年登陆中国，如果不允许中国人携

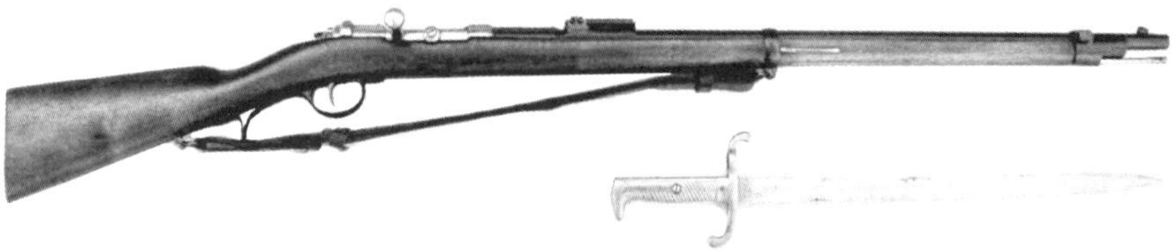

配备刺刀的毛瑟 M1871 年式步枪，推测林泰曾等从驭远等处领取的就是这种步枪

带武器上岸，或许永远难以消除中国人心中对大英帝国的恨意。

辩论的结果，是主张放行的一方获得了胜利。

首相格莱斯顿的发言起到了关键的作用，他认为，应该尽量给中国人接触英国社会的机会，只有这样，“他们才会理解我们的世界是怎样运行的”。

于是，一部法律的修正案得以通过，中国北洋水师超勇、扬威二舰的接舰官兵，成为数百年来第一批合法携带装备登陆英国的外国军队。

也许，英国人这样做只是为了不失去中国的订单。但是，还存在另一种可能，那就是格莱斯顿们这样的西方政治家，心底也有着理想主义的情怀与对正义文明的敬畏。从格莱斯顿的传记来看，终其一生，这位伟大的政治家始终积极倡导把法律、正义以及各民族的平等权利作为处理外交事务的首要原则。在两次鸦片战争爆发前，还是年轻议员的格莱斯顿都曾在议会里与主张对华开战的老牌“殖民专家”巴麦尊展开过激烈的辩论。他在日记中写道：“我害怕上帝因对中国的不公正而对我们做出判决。”敞开胸怀，似乎是每一个文明鼎盛时代的特征，只有当它衰落的时候，才会想方设法把自己的门关起来。那个时候的大英帝国正在朝气蓬勃，对自己的社会充满了自信和骄傲，并把传播这种文明视为一种责任。19 世纪，只有弹丸之地的英国和理想主义者格莱斯顿，在崇尚着闭关锁国的大清王朝面前，展现了一种真正的大国气度。

这样说是有事实作为依据的，比如，中国海军订购的这两艘巡洋舰超勇号和扬威号，被视为英制近代巡洋舰的鼻祖，当它们列装到北洋水师的时候，英国海军还没有这样先进的军舰。

无独有偶，如果仔细查询会发现，德国历史上制造的第一艘装甲巡洋舰，竟然也是中国订购的，那便是北洋水师的济远号巡洋舰。看来这种心态，并不是英国人独有的。

1881 年 4 月，林泰曾等率接舰官兵抵达伦敦，与先期到达的丁汝昌及其幕僚会合，随即前往纽卡斯尔。

应该说，丁汝昌、林泰曾等人的这次英伦之行承受着极大的压力。对于北洋大臣李鸿章来说，此时他正面临此前错买了一批英国军舰的指责，因此，这批海军官兵的使命关系到他所力主的购舰海防事业能否继续进行下去。

北洋水师建设伊始，由于国产军舰在设计建造方面与国外尚存差距，李鸿章在朝廷的支持下，决定从国外购买当时世界上最为先进的军舰，力主为中国海军建设提供一个较高的起点。

1875 年，在总税务司赫德勋爵的斡旋下，中国从英国订造了四艘由著名设计师伦道尔设计的浅水重炮舰，分别命名为龙骧、虎威、飞霆、策电，后拨付南洋水师。不久，又追加订造多艘，即北洋水师使用的镇北、镇南、镇西、镇东、镇中、镇边等舰。这种“伦道尔式炮艇”的特点是每艘在船头安装一门不能转动的大口径火炮，宛若蚊子吸血的嘴巴。由于这一特点，该型军舰在中国又被形象地称为“蚊子船”。

然而，这批军舰到华后，却引来一片攻讦。弹劾李鸿章的奏章如同雪片，称此批军舰行驶缓慢，船小炮大，重心高不耐风浪，完全不适合海战使用。这些攻击并不是无的放矢，蚊子船的确有很大问题，它的火炮不能转动，若要瞄准只能靠船身的转动，海战中很难及时对准目标；它上面甚至没有船员居住的舱室，完全不曾考虑到远洋航行的需要。朝廷上下对李鸿章攻击不断，认为购买这样的军舰，不是官员无能，便是介绍购买的英国人包藏祸心。

超勇号和扬威号的订单，便是在这样的时刻顶着压力发到英国的。如果这

一名美国爱好者制造的超勇号模型

蚊子船正面视图。中国海军向英国订购过多艘蚊子船，注意其炮口两边的飞龙纹，这是清军舰艇的标志

次订购的军舰依然事倍功半，李中堂在大清官场上将成为众矢之的，后来的北洋水师，也多半会胎死腹中。

从今天保留的文献记载来看，无论李鸿章还是赫德等参与订购蚊子船的英国人，被如是指责都有些冤枉。当时中英双方都在努力试图把事情办好，受托的赫德办事很是认真，李鸿章购买的蚊子船在英伦也被视为一型革命性的军舰。

19世纪后期，世界军舰的设计似乎进入了死胡同。虽然蒸汽机已经被装上战舰，但固执的老军人们依然坚持给每一艘军舰装上帆，即便是定远号和镇远号这样七八千吨的装甲舰也不例外。他们似乎无法想象要是一条船上没有帆，它能是个什么东西。这与其说是为了省煤倒不如说是为了维护某种传统。军舰的两舷开始覆盖装甲，但海战的模式还在沿袭纳尔逊时代的线性战术——双方的战列舰，喔，现在应该叫装甲舰，是海战的主力，它们排成两列长长的纵队并肩行驶，形成一条海上胡同，双方用舷侧的火炮隔着这条胡同猛烈轰击对方。在这种海战中，比的是谁的军舰大，谁军舰一侧的火炮数量多。于是，造舰便成了怎样把战舰越造越长，炮装得越来越多的一道数学题。然而，装甲的存在又让帆舰时代发射实心弹的火炮显得有心无力。炮手们只能希望恰好在敌舰吃水线上打开一个大窟窿，或者碰运气把炮弹打进对方的火药库里。

也有人意识到了时代的变化。阿摩士庄造船厂的设计师乔治·威廉·伦道尔便是这样一名优秀的工程师。在几乎所有人都在琢磨怎么把军舰越造越大的时候，他却提出了一种新的思路——要打赢海战其实不需要 50 或者 70 门炮，只要有一门能击穿装甲舰的重炮就足够了。既然如此，船也无需这么大。这种小艇发射巨弹来击沉大型军舰的设计思想，曾在军舰发展史中反复出现，而且颇有成功案例。1967 年 10 月 21 日，排水量 1700 多吨的以色列驱逐舰埃拉特号在红海被埃及海军用 4 枚冥河式导弹击沉，摧毁它的蚊子级导弹艇排水量仅有 70 吨。伦道尔的设计思路，与现代导弹艇如出一辙。

被称作蚊子船的炮舰，便是在这种思路下诞生的。1867 年，伦道尔设计的第一艘“蚊子船”师丹号炮舰下水。这条只有 200 吨的小舰长度只有 22 米，比一个排球场稍长一点，装有 2 台蒸汽机，没有桅杆，其前甲板上竟然安装了 1 门 228 毫米的重炮，可以在 500 码距离上击穿 20 英寸的厚装甲，假如哪艘装甲舰被它打上一炮，那实在是一场噩梦。

这条炮舰一下水，便因其独特的造型和火力引起轩然大波，被视为一种富有希望的舰种，甚至有人认为它简直是为所有装甲舰敲响了丧钟。英国海军很快就订购了数十艘。

此时，自认为对外国和海军还不够熟悉的李鸿章，把向英国购买军舰的选型工作交给了在中国服务多年的赫德。当时的舆论认为，从赫德在中国的服务经历来看，这是一个相当忠实于雇主的外国雇员。

看起来，赫德也确实没有辱没这种好名声的意图，他很认真地审视了李鸿章的要求，然后向在英国的亲信金登干发电，要求他协助了解伦道尔所设计炮舰的情况。赫德做出这样决定的原因，是他深知当时清朝国库空虚，按照传统的海防建设模式购买大型装甲舰力有不逮，而阿摩士庄厂这种能够专门击破装甲舰的小炮舰无论从价格还是性能上来说，似乎正是李鸿章组织海防时所需要的军舰。这种军舰的先进性是毋庸置疑的，从理论上来说，只要花少量的钱购买一批伦道尔式炮舰，便可以把拥有装甲舰的敌国舰队挡在海口之外。

赫德说服了李鸿章，中堂大人兴致勃勃地拨出了银两，唯一的要求是英国水手把军舰帮中国开回来后必须交给中国海军官兵使用。赫德对这个要求表示凛遵不误。

李鸿章的顾虑是有原因的。1862年，清廷曾经通过英国海军名将纳尔逊的侄孙李泰国购买过一支舰队，结果骄横跋扈的李泰国擅自将舰队的指挥权交给了他征召的英国退役海军

为北洋水师最初购舰奔走的赫德（Robert Hart）及其签名。平心而论，赫德领导的海关是中国第一个近代化的行政机构，其效率和清廉程度都很出色，所获税收也远远超越由清朝官员掌管的时代

英国堪称划时代的舰船设计师——乔治·威廉·伦道尔

阿斯本舰队中的镇吴号炮舰，后编入日本海军，命名为“春日”号，在 1862 年它是世界上速度最快的军舰，但这种早期蒸汽军舰弱点也十分明显，一旦暴露在外，巨大的明轮推进器被击中，便会成为死靶子

上校阿斯本，舰员则全部是英国雇佣兵，中国海军人员连上舰实习的机会都没有。极度失望的恭亲王最终下令解散了这支舰队并自行提供对英国水手的遣散费。值得一提的是，阿斯本舰队的舰只被拍卖，其中最大的镇吴号被日本买下，改名春日，成为明治维新箱馆海战中的英雄舰。

赫德和他在英国的代理人金登干可说十分尽心，金登干在妻子患病不起的情况下仍在船厂监督各舰的建造工作，而赫德则在炮舰抵达中国时嘱托务必先开到福州，经他本人过目满意后再送到天津交货，其间也似无坑骗之意。

中国订购的蚊子船是“师丹号”的改进型，比伦道尔早期的作品又有进步。以其最终型号“镇边号”为例，这艘排水量440吨，长38米的炮舰采用钢制船体，吃水 3 米，装有 2 台蒸汽机和 2 台燃煤锅炉，双轴推进，功率 455 匹马力，航速 10 节。其甲板上装备固定式 279 毫米前膛阿摩士庄炮 1 门，其口径与第二次世界大战中德国 3 万吨级的战列巡洋舰沙恩霍斯特号主炮相同，炮重 35 吨，火炮初速 554 米 / 秒，射程 7681 米。该炮采用完善的机械化装填和电发火系统，仅需 5 人即可操作。考虑到该炮为固定式结构，其瞄准靠船体转向完成，

扬威线图

伦道尔为其设计了双机双舵的构造，使该舰转向十分灵活，方圆 30 丈的区域内，测得旋转一次平均时间为 3 分 5 秒。除了这门重炮以外，该舰还装备两门射程 5800 米的 76.2 毫米副炮，两门转管格林炮（即早期机关枪），为了方便远洋航行，装有两套桅杆和帆索具。

蚊子船到达中国的时候，曾受到中国朝野的一致赞许。这种炮舰的先进性也得到世界各国海军的认可，甚至英国驻新加坡海军还曾经专门邀约李鸿章，力主从北洋水师购回这几艘军舰，用于新加坡和香港的防卫，被李鸿章婉言谢绝。

然而好景不长，第一批蚊子船入列时间，几乎正是日军侵占琉球的时候，清廷上下不乏派其出海与日军决一胜负的想法。但人们很快发现，这种炮舰体型肥短，头重脚轻，根本不适合到远洋作战。李鸿章和赫德也如梦方醒，明白中国海军需要更大型的战舰。

严格地说，这倒不是英国人存心破坏中国的海防建设。直到第一次世界大战，英国人设计的光荣、暴怒、勇敢等大型战舰，还在走这种设计路线，但结果都很不实用。伦道尔设计这型炮舰，主要目的在于防卫港口，充当水上炮台，根本没有考虑让其到大洋作战。事实上，这种后来被称为“浅水重炮舰”的舰艇，在各国防卫港口的战斗中，战绩也乏善可陈。这是因为它巨大的火炮虽然威力巨大，但在没有雷达的时代极难瞄准，炮弹飞行过程中，敌舰位置能有百米以上的变化，使其瞄准完全成为无用功。直到第二次世界大战中，人们才为它找准了定位——它是轰击固定岸防目标最优秀的杀手，其炮弹的威力和相对低廉的制造使用价格让各路将领爱不释手。

赫德的失败，一大半是因为他从来没有军旅经验，金登干的祖上是军人，但自己也对舰艇，特别是蚊子船这一类全新的舰艇缺乏知识了解。

带着极大的歉意，伦道尔痛定思痛，试图将功补过，通过赫德向李鸿章提出了他的改进型设计方案。这一款战舰包含了一系列崭新的设计理念，这便是林泰曾他们即将接运的“超勇号”和“扬威号”巡洋舰。

这一回，真可以说是一次较为成功的革命性设计了，它们在纽卡斯尔留下的痕迹，今天依然依稀可辨。

05

试航成功

参加超勇、扬威试航典礼的驻英公使曾纪泽

2012 年 5 月 14 日，纽卡斯尔细雨霏霏。我的朋友邓新力来到这座古城郊外的圣约翰墓地，根据记载，1881 年奉命来英国接舰回国的两名北洋水师士兵，便被安葬于此。但真的到了这里，极目四望，千万块墓碑星罗棋布，却令人无从查起。

正在惆怅之时，一个带着狗的英国游人热心相问："有什么可以帮忙的吗？"

邓新力问道："你知道这里是不是有中国士兵（Chinese Solider）的墓？在哪里？"

那个英国人茫然片刻，耸耸肩摇头以对。但就在他准备离开失望的老邓转身而去时，又忽然犹豫了一下，问道："你要找的，是不是……中国水手（Chinese Sailor）的墓？"

……

纽卡斯尔的英国人对于"中国水手"有着深刻的记忆。直到今天，当地仍流传着一首以"中国水手"为名的民谣。这首歌的作者是纽卡斯尔最伟大的诗

圣约翰公墓，中国水兵埋骨之地

北洋水师官兵曾在此观剧的纽卡斯尔歌剧院

人之一詹姆斯·赫斯雷。这首歌以一个英国人的眼光描述了这批到达纽卡斯尔的远方来客。赫斯雷的这首歌曲调轻快，词多戏谑，若是在民族主义高涨的五四时代闹不好会被当作反华歌曲，但今天平心而看，其实歌中充满了对“老外”的好奇和英国乡巴佬式的幽默——一大帮外国人忽然来到某个平静的小城，无论在英国还是中国，一百年后都仍然是很好的谈资。赫斯雷在歌中提到，走在纽卡斯尔街上的中国水手有着古铜色的皮肤，他们留着辫子，在英国的街头左顾右盼，作者风趣地问道，嘿，中国水手，你是要买东西？还是要找姑娘？

说起来，这批丁汝昌提督手下的水兵表现得的确与后世出国时略带拘谨的中国人不大一样。没有外事纪律要求他们谨言慎行，又带着火枪和大炮撑腰，这两百多条山东大汉在纽卡斯尔表现得十分活跃和大胆。今天纽卡斯尔仍然保留着那个时代的大歌剧院，据说，当时“中国水手”们曾成群结队地到此处看歌剧。只是纽卡斯尔人直到今天也搞不明白，在英格兰颇为寒冷的冬季，这些中国人仍然人手一把扇子，显得十分怪异。

我们中国人对此大约会一笑置之，盖因为当时在中国拿着扇子是一种身份的象征，这些北洋水师的官兵们带着这个道具无非是试图表达自己是有文化的军人而已，与天气无关。

在赫斯雷的歌词前面，有一段简单的介绍，曰：1881 年，中国政府从阿姆斯特朗厂订造了一艘军舰，于是数百名中国水手来到了纽卡斯尔，来驾驭它。这首歌就是描述他们在纽卡斯尔街头出现时的情景。

赫斯雷只犯了一个错误——在纽卡斯尔建造的中国军舰不是一艘，而是两艘。超勇舰于 1880 年 10 月 14 日下水，扬威于 1881 年 1 月 29 日下水。这两艘军舰有着不同以往的低矮外形，却比这个时代大多数大型战舰都跑得快。以海洋为生的纽卡斯尔人，对这两艘新式军舰的惊讶不亚于那些留着辫子的中国水手——它们可说是所有英国近代巡洋舰的鼻祖。

1881 年 7 月 9 日，两艘崭新的中国巡洋舰在纽卡斯尔外海进行了试航，中国驻英公使曾纪泽亲自到码头参加了这次试验，结果颇为满意——这是两艘远比蚊子船更适合海上作战的舰只。按照参加这次海试的中国军官池仲祐在其日记中所录，这两艘巡洋舰属于“新快船，桅系两枝，无横杆，船身长二百二十英尺，阔三十一英尺九寸。后膛大炮两尊，分配船首尾，计重各二十五吨。中号炮四尊，配弹子各重四十磅。小号炮二尊，配弹子各重九磅。新式四门响糯等飞炮二尊。计除洋枪、手枪外，大小钢炮共有十四尊，皆轻灵妙捷，可应手左右转。小轮船两只，电气灯一盏。船吃水十四尺，装满煤可十五尺。轮机、水缸及轮胁皆双副，马力约一百五十匹”。

这份详细的记录勾勒出了中国新巡洋舰的形制，抛开射程八千米的两门重炮和锋锐如刀的冲角不言，文中提到的“糯等飞炮”也是十分有特色的装备，是北洋水师的代表性近战利器。说它们是“炮”有些牵强，因为其口径仅 11.43 毫米，按照今天口径 20 毫米以上兵器为炮的标准，这两种所谓“炮”其实是原始的手摇多管机枪，它们有的是接舰时安装的，有的是为了准备中法战争增设的。

糯等飞炮——更多的时候被翻译为“诺登飞炮”，由美国人诺登飞于 1878 年发明，也是一种多身管的速射武器，不过其枪管是并排的，以轮番射击的方式实现连发，速度可以达到每分钟 350 发。诺登飞炮后来在 1884 年的

超勇号上的诺登飞速射炮

中法战争中大显神威，打得法国非洲军团闻风丧胆。这种武器在中国海军中服役时间很长。1937 年抗日战争中，中日海军第一次水面舰艇间的战斗发生在南通州附近，日舰三艘和多架飞机围攻了在当地执行破坏航标任务的中国海军测量舰皦日号。当时皦日号上装备的主要武器，便是两组诺登飞炮。

在 1882 年，海军火炮仍多以单发为主。专门谈论诺登飞炮，这种原始的自动武器，说明超勇号和扬威号在设计上的精心和前瞻性。而对这种火炮的考察和测试结果，也使它几乎成了北洋水师各舰的标准装备。可惜的是，由于种种原因，北洋水师在高射速武器方面的追求此后渐渐消极，终于在 1894 年的黄海大海战中面对日军更加先进的速射炮吃了亏。

超勇号和扬威号航试的结果显示，其航速可达 14 节，动转灵活，火炮射击也顺畅合宜。看到两舰性能完全达到设计要求，曾纪泽颇感满意，消息通过电报传回北京，一直为“巡洋舰是否永不起航”而头痛的李鸿章也无疑松了一口气。

06

浪漫之花

中国北洋水师军官，遥想池仲祐当年风采或与此类似

这似乎是个一切都和快乐有关的日子，但写下《西行日记》的池仲祐却记录了自己在午后的心情带了一丝惆怅。

航试结束后，池仲祐没有停留在船上，他登岸前往圣约翰墓地。两名病故在英国的中国水兵就长眠在那里。航试成功，也意味着超勇号和扬威号在英国的日子已经屈指可数。想来，池仲祐是希望在这不多的时间里去看望一下两个不能和自己一同回返故乡的兄弟。他这样记述当时的情形："登岸，往视袁培福、顾世忠之墓。土山一座，皆墓丛也。然山门以内夹道芳草，联络不断，诸墓皆有碑，墓上多栽花，或置杯盘及玩物等，错落散布。袁顾两墓相去盈尺，余周视良久，为之慨然。本地游人渐集十余，问余栽花乎，或持何物以留识乎，十年后依然也。余谢以未知备带，怅不克如言。"

根据考证，袁培福是山东登州府荣成县人，是舰上水手，顾世忠则是安徽庐州府庐江县人，属于丁汝昌的亲卫，两人均在等待军舰回国之中因水土不服生病去世。不能叶落归根，对那个时代的中国人来说，是一种颇为令人忧伤的命运。

池仲祐曾经往视的这两名水兵的墓地，在今天虽然已经残损，仍然依稀可

纽卡斯尔圣约翰公墓中的中国水兵墓——今天已经倒伏的袁培福、顾世忠、连金源墓碑都清晰可见

辨。超勇号和扬威号回到中国以后，在两次朝鲜危机中发挥了重要作用，一度成为中国海防力量的象征。最终，两舰都在甲午海战中沉没于茫茫黄海，它们与尘世间仅存的联系，或许就是这两名水兵的百年之墓。

在他们的身边，还可以看到另外三名中国水手的坟墓，从墓碑文字来看，他们分别是来自福州闽县的连金源、陈成魁和来自侯官县的陈受富。这三名中国水兵，是在1887年死于纽卡斯尔的，当时，他们是来迎接北洋水师在阿姆斯特朗造船厂订购的两艘更新的巡洋舰——致远号和靖远号，却和袁培福、

纽卡斯尔圣约翰公墓中，超勇、扬威两舰病逝英国官兵的墓碑已经倾倒

圣约翰墓地中日本海军军人的墓碑

佐世保海军公墓中坂元八郎太的墓

顾世忠一样，不幸染病亡故，被埋葬在这里。

在那个时代,出国并不是一件轻松的事情。对中国人如此,对日本人也如此。日本海军“圣将”东乡平八郎，在英国留学时因名额不足只能就读商船学校，其间害病险些死去。北洋水师右翼总兵刘步蟾也曾在实习期间患重病，经精心调养才得康复。就在中国水兵的墓碑之旁，还可以看到三座日本海军军人的葬地，他们是在为日本接收订购的浪速号和吉野号巡洋舰时死去的，埋葬他们的日本海军接舰代表名叫坂元八郎太。

2011 年，笔者在日本佐世保海军墓地，找到了坂元八郎太自己的墓。这名接收浪速号和吉野号的日本海军军官，在甲午海战中已经升任赤城舰舰长，被北洋水师的一枚格林炮弹丸击中头部，脑裂而死。

忽然意识到，这些死于异乡的中国和日本海军军人之墓背后，不仅可以听到两个东亚国家在追赶世界的脚步声,还可以看到中日间硝烟渐起的紧锣密鼓。

阿姆斯特朗造船厂，在那个时代接连接到中日两国的订单。

1880 年，中国向阿姆斯特朗厂订购超勇号和扬威号两艘撞击巡洋舰。

日本海军筑紫号巡洋舰，是超勇、扬威的准姊妹舰

1883年，日本通过与智利协商，购买原定售与智利的超勇级巡洋舰筑紫号。

1884年，日本向阿姆斯特朗厂订购根据超勇级改进设计的大型化巡洋舰浪速号、秋津州号。

1885年，中国向阿姆斯特朗厂订购根据超勇级改进设计的轻灵型巡洋舰致远号、靖远号。

1891年，日本向阿姆斯特朗厂订购参考致远型的改进型巡洋舰吉野号并截购了原定售与智利的另一艘同型巡洋舰和泉号。

……

双方的竞争到此戛然而止，1888年开始，北洋水师再未购入一舰一炮。1892年吉野舰下水的时候，天际已经可以听到1894年甲午战争的雷声了。

如果能找到超勇舰，那么其历史价值可说非常高，因为它不仅是世界今天各种巡洋舰的鼻祖，而且见证了北洋水师整个历史。

我们以为，打捞北洋水师沉船这个故事，应该已经有了一个最重要的休止符，却不料历史和我们开了个大大的玩笑。

第十章

意外的致远舰

寻找邓世昌

北洋水师名舰追踪纪实

01

险些引起风波的复制致远舰

“丹东一号”沉船尽管是在 9 月 30 日公布的，但实际上在五六月份便被认为已大致摸清了状况。因为这个原因，丹东方面尽管觉得未能发现致远舰是一大遗憾，但仍然以极大的热情决定与国家文物局通力合作以促成对北洋水师沉船的进一步打捞。

与此同时，他们也启动了一个谋划已久的工程，便是复制致远舰工程。

致远舰是英国纽卡斯尔的阿姆斯特朗船厂于 1886 年建造的一艘颇具特色的战舰，它的外观流畅优雅，具有典型英式巡洋舰的绅士风度。再加上甲午海战中致远舰的表现，为它赢得的历史声誉，复制致远舰成为一件水到渠成的设想。丹东方面为复制致远舰做了充分的准备工作，特别是陈悦提供了大量致远舰的清晰照片，并对其舰体结构等方面做出了有效指导，因此，致远号纪念舰的设计和施工进展十分顺利。

这种一比一的复制舰在我国并非第一艘，早在 2004 年威海便复制了 7000 吨的定远号装甲舰，这艘战舰不但成为威海的名片，而且每年接收数以十万计的游客，成为威海岸边一道不可或缺的风景线。包括冯小宁的电影《甲

致远级巡洋舰模型

北洋水师已经有一艘战舰被复制，那就是停泊在威海的定远号纪念舰

午大海战》等艺术影片也多在其上进行拍摄，并曾经引起国内外的广泛关注。

在制造复制古典舰艇方面，中国造船界并不缺乏经验和能力。预期复制的致远舰的舰体外观与原致远舰一般无二，舱室结构及甲板布置也力争恢复原貌。宋先生在谈到复制致远舰时诙谐地说，连邓世昌的沙发我们都会复制成相同的模样。与真正的致远舰相比，仅有的不同便是这艘致远舰并不安装轮机，以便腾出空间布置展示，因此它并不能自己移动，而必须由拖船拖带才能出港航行。

这艘船计划将被放置在未来的甲午海战纪念馆之前，停泊于海洋红港区最长的一条突堤顶端。

令人没有想到的是，这件复制致远舰的工程却引起了意外的轩然大波，原因是致远舰复制舰进行龙骨接合的时候，丹东方面曾邀请媒体记者参加这一盛大活动，而当时的媒体记者得知复制该舰工程繁复、意义重大等事实之后，写出了多篇关于这一工程的报道，其中一篇报道提到该舰造价约为3700万元人民币。

这一条消息传出之后引来网上大量的负面信息，质疑辽宁政府方面用纳税人的钱建造纪念舰是否有不适当的地方，尤其“其造价之高更令许多网民感到不能理解”。

消息传到丹东只能引来一阵无可奈何的苦笑，因为真正的致远舰复制舰其所有费用均由丹东企业和市民捐款而得，没有动用国家的一分钱，而其造价因为不安装发动机可以节省大量费用，对同样吨位的船只而言也相当低廉。网民之所以发出这样的呼声，大约出于互联网浮躁的情绪和对于造船知识缺乏了解，只是这一份误解确实在当地舆论中带来了相当大的压力，以至于丹东港方面对这艘致远舰复制舰的下水重新进行审视，原定的9月17日大东沟海战纪念日致远舰下水的计划不得不推迟。

致远舰复制舰的建成应该说是为丹东新港增加了一座地标。这是一座爱国主义教育基地，同时用这艘本由邓世昌指挥的战舰据守丹东海口，来作为保卫祖国海疆的吉祥物，应该说是一件由民间企业家和普通百姓共同努力制造的盛事。这件事在网络环境下接受了不应该受到的冲击，这只能说是一种时代的特殊印记了。

复制致远舰合拢

好在致远舰的建造秉承严肃精密的原则，仍在顺利进行。如今当年准备用于撞沉吉野的致远舰冲角已经被安装在船体之上，整条船体的分段建造也已完成，并实现了整体合拢，下水指日可待。

从该舰的结构可以看出，致远舰当年是一艘真正以作战为天职的 19 世纪标准的海上利器，邓世昌曾经居住过的舱室和其他战舰一样被布置在船体尾部，也就是传统的“舰长卧室”位置。独特的是就在这间卧室的两侧还有两个单独的舱室，这两个舱室中各部署有一门 47 毫米机关炮，邓世昌就在这座与大炮为伍的舱室之中度过了他海军生涯中最重要的岁月，或许这就是作为一位海军英雄的宿命吧。

复制致远舰在民间引起争议应该说也是正常的。有人认为甲午战争是一段耻辱的历史，复制致远舰是在复制失败和耻辱，但是如果我们从更高的角度来看待北洋水师和那一代中国人的努力，就会发现那其实是一次很值得纪念的自强之梦。在中国被鸦片战争砸开了大门之后，中国人没有自甘沉沦，而是用最大的努力去追赶世界，并在几十年中完成了某些国家要上百年才能完成的前进步伐，应该说邓世昌和他的伙伴们是值得这一代中国人尊敬的。他们对于海权的认识甚至到今天都值得中国人反省，因此纪念他们不仅仅是纪念他们在战争中表现的英勇和悲壮，更是为了记忆一代中国人为了实现自己梦想所做的努力。

“我们复制致远舰恰恰是因为我们不应该忘了这种失败与屈辱。”致远纪念舰复制的组织者宋先生这样说。

02

考古 01 号

中国考古 01 号出发前往丹东

就在复制致远舰的工作紧锣密鼓进行之中，在青岛港，一艘船身白色却刷着天蓝色条纹的优雅船只悄然出港，从青岛开往丹东。这条船便是中国第一艘自主研发设计和建造的水下考古专用船——中国考古 01 号。

这条船是中国水下考古界期待已久的工作平台，在此之前，水下考古所使用的大多数是救捞公司所提供的非专业船只，甚至需要借助渔船来进行作业。在大东沟水下调查的过程之中，丹东港方面和国家文物局也曾经大量使用当地的渔船协助进行调查，这种不正规的方式显然对工作效率有一定的影响，而且也并不安全。

笔者曾经从工作人员口中得知，一次他们雇佣的渔船开往打捞所在地的时候，曾经发生另一艘渔船横穿航道以至发生撞击的事件。队员们开玩笑地说，在马路上撞车也许偶然能够遇到，但是在海上撞船真是人一辈子也难以碰上一回的奇事。尽管大家态度乐观，但是当笔者看到渔船侧舷被撞开的大洞以及折断的船板之时，仍然忍不住心有余悸。

考古 01 号的出现显然解决了考古工作人员的生活和专业需要，而这艘考

引人注目的中国考古 01 号考察船

古船第一次出航便是在丹东海区开始为期一个月的水下考古任务，对称为丹东一号的沉船作更进一步的鉴定。

在水下考古 01 号到达丹东港之前，国家文物局水下考古中心和丹东港方面使用的是一艘由广州救捞局提供的专用水下打捞船，这艘没有动力的打捞平台上面带有四具大锚以及旋转的吊臂，配有一个减压舱，一定程度上也能够满足水下考古的要求。吴立新等工作人员便吃住在这艘简陋的平台之上。

但是与考古 01 号相比，这条船便显得像古董一样的陈旧。这艘中国考古 01 号考察船是 2013 年 4 月在重庆开工建造的，该船没有采用传统的蒸汽或燃气动力，而是采用了安静的全电力推进，这就使得它在进行考古调查时可以尽量地排除自身的干扰。它的排水量并不大，只有 980 吨，航速 21 海里 / 小时，正常载人 30 名，可连续航行 1000 海里，自给力 30 天，设计的工作海域为我国沿海与西沙等南海

笔者检查渔船上被撞坏的船舷

海域，最明显的标志是尾部的大型吊车。

当这条船抵达丹东的时候，笔者也曾上船参观，可以看到它的船舱之内分为上下四层，后甲板装满了考古仪器，在两舷有潜水作业的专用装置，并配备了多伯数声呐、旁侧声呐等设备。在它的船身上有着中英文标志，写明中国考古 01 号。在它的船头上还有一个太阳鸟的标志，这便是中国文化遗产的标志。它的驾驶舱颇为豪华，为 360 度视野，采用全部数字化和自动化操作。

我们还参观了出水文物保护实验室和潜水工作室，在它的出水文物保护实验室里，几名工作人员正在对丹东一号沉船上打捞上来的物品进行检测，在其中我们看到有一块蜂窝状的钢板，根据专家判断，这便是这艘船的锅炉舱中所用的水管过滤板。

同时，在打捞上来的众多物件之中，还有一根一端已经变形的紫铜管，这应该是那个时代在没有无线电的情况下进行上层和下层之间通话的送话管。在水下打捞出来的文物之中，还可以看到一座陶瓷水池的残缺部分，依稀可以看到这块残缺的陶瓷水盆上带有狮子的标志，狮子的头部和身躯已经不知去向，

甲午沉船探摸的“功勋船”——中国考古 01 号到达前一直在进行勘测作业的打捞平台

只有威风凛凛的狮爪还展现在人们的面前。英国一向是崇拜狮子的国家，想一想，这会不会是当时英国为北洋水师巡洋舰配置的盥洗设备呢？

据专家介绍，在这个文物实验室里进行温度、湿度随意控制，并且对文物进行脱盐处理。

在这条考古船的尾部可以看到一个巨大的折臂吊架，据称这个起吊装置可以将 5 吨重的文物提出海面，它可以伸出船外 5—6 米而不影响船的航行，这样就可以使得文物在出水时得到最大的保护。根据这条船的设计顾问、南海 1 号打捞工作的负责人孙建先生介绍，最初对这条考古船进行设计时，其吨位本为 500 吨，但是因为需要装载的各种专业设备太多了，最后达到了将近一倍的体量。在参观之中，我们还专门到达了它的会议室，在这座配备有现代化电子影像装置的会议室之中，对水下拍摄的丹东一号沉船情况进行了观摩和了解。

根据媒体记者和国家文物局水下文化遗产保护中心的柴晓明主任交流所得，称这艘考古船到达丹东的任务主要有两条：一是验证这艘考古船的各项功能是否达到设计要求；第二个也是最重要的任务，便是对丹东海域的沉船进行

堪称武装到牙齿的中国考古 01 号，尾部的大型吊车清晰可见

重点考古调查，包括船的性质、保存现状等，并提出保护方案。丹东海域的沉船想来便是指丹东一号了。

在水下考古 01 号上的时间里，我们还有幸同潜水员们共享了一顿便餐，吃到了很香的肉包子。这艘考古船不但有着专业的设施，而且有着可供 30 名科考队员舒适生活的一切设施，甚至可以连接卫星电话和互联网。在他们的舱室里每个人的床头上都带有一个标牌，说明主人的姓名、职务和目前的工作状态。有趣的是，我们注意到船上面的工作人员虽然只有三十几个，却穿着四种不一样的服装。穿深蓝色服装的我们在其他船上也见过，应该是技工；穿白色服装的显然是海员和轮机官。但穿橙色衣服的又是干什么的呢？原来他们是值班水手，因为橙色在白天和夜晚都是反射能力很强的颜色，万一出现由于风浪等原因落水的现象，穿橙色衣服的水手容易被船上发现得到救援。身穿深蓝色服装的则不属于船上的工作人员，而是专业的水下考古队员。

这艘船上所有的工作人员都是男的，这与考古工作艰难而条件艰

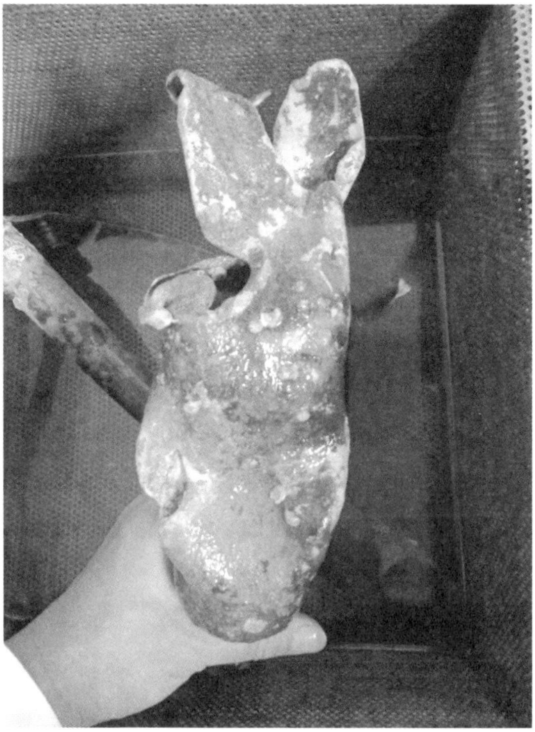

疑似送话筒的紫铜管

苦有关。有一位考古队员开玩笑地说，这样做也可以给船上省一点空间，至少卫生间只需要一个就够了。

考古 01 号到达丹东以后稍稍补油补水便开赴打捞现场，他们在这里不再靠岸，直接进行水下勘测工作。

只不过带着艳羡目光看着考古 01 号的人们没有想到，水下考古船这次初出茅庐便给大家带来了意外的好运气。

03

沉船曾发生过爆炸

就在参观考古 01 号的同时，到达丹东的专家学者再次来到打捞现场，对丹东一号的情况进行了解。

在这里几乎所有人都围绕着一个穿潜水服的大个子，这个刚刚出水的中年潜水员便是我国著名的水下摄影师吴立新。吴立新以第一个在水下拍摄曾母暗沙而名扬水下摄影界，他也是新安古镇的水下拍摄者，在国内外的摄影杂志上其作品被视为精品，往往得到重金约稿。但是这一次对于有机会对北洋水师沉船进行探摸和拍摄，吴立新做出了不要一分钱也要拍到好照片的承诺，以一种纯粹义务的方式投入了工作。这样一位可亲可敬的老大哥使年轻的潜水员们深受感动。吴立新给大家介绍了在水下看到的所谓超勇舰的情况，他表示在水下看到了几块长达五六米的巨大钢板，显示这应该是船体一侧的船舷。同时还曾经在船体上看到类似桅杆基座的钢柱，这一切都使沉船的面貌愈加清晰起来。

但是吴立新也表示，对丹东一号的探摸并不是一件容易的事情，这是因为上百年来不断从周围经过的渔船使很多尼龙或者是麻制的渔网缠绕在残骸之上，潜水员在水下如果稍不留意就有可能被卷入这些复杂的缆绳之中出现危险。同时，沉船上覆盖的淤泥已经硬化，用普通的挖泥船很难将其抽出，必须先用冲沙机将其打松才能进行抽沙作业。而只有进行抽沙作业之后，船体才可能暴露于人们的目光之中。由于至今尚未使主船体大白于天下，因此这艘船的最终身份仍然难以认定。

穿戴好装具，正准备下水的吴立新（右）

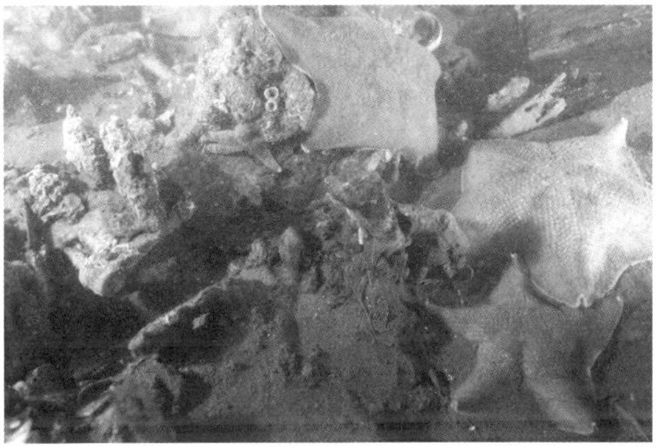

附着在沉船钢板上的海星等海洋生物

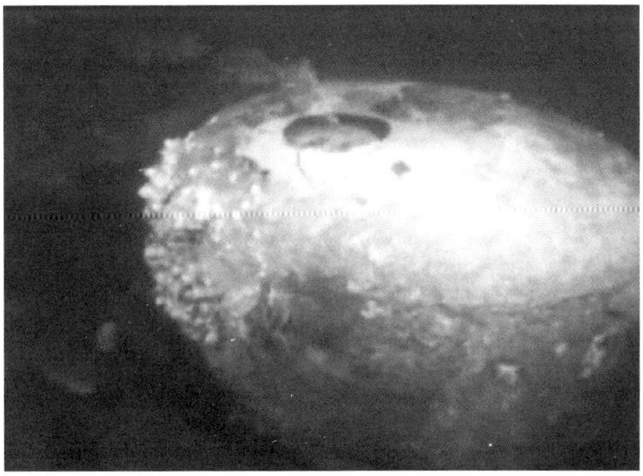

神秘的半圆形物体

就在交谈之中，已经有五名潜水员先后下水。笔者追随着潜水员的脚步来到舷边，看到潜水员身背气瓶跳入水中，不一会儿水下便冒出了朵朵白云状的泡沫，说明丹东一号就在我们的脚下。

这不由得让我想起一个月之前笔者和一批新闻媒体人来到当地进行采访的时候，途经大东沟海战战场，央视军事频道技术总监邓新立、著名电视制作人西

潜水员在沉船上方入水作业，其后方远处水面上漂浮的管道为抽沙用管线

冰和新华社军事报道部的白瑞雪，这三位曾经的中国军人便在此处面向大海向长眠在这里的邓世昌和北洋水师的官兵们致礼为敬。我想如果邓世昌有灵，当为有这样的后人感到欣慰。

在打捞船上，工作人员绘出了水下沉船可能的形态，因为露出海床的遗迹还太少，所以很难标识这条船具体的长度，只是有一个特殊的现象引起了人们的注意，就是这艘船上的物品在水下抛洒距离甚远，其中一件半圆形的直径约 2 米的构件被抛到离沉船约 40 米的距离之处。

沉船的时候为什么发生了这么大的遗物分散呢？结合陈悦先生在审查沉船遗物时所提出的疑问，不免让人怀疑这艘沉船是否在沉入水下之时发生过大爆炸，如果是这样的话，就有可能将其舱内的遗物一直炸到数十米之外。只是在实战的记录之中，超勇号军舰在

战场照片，远方烟雾下超勇舰正在平静地沉没

沉入水中时并未发生这样剧烈的爆炸。

根据吴立新的描述，这艘船在水下应该呈现一头高耸、一头低垂的状态，或许船的长度比我们预期的还要长一些，同时那个巨大的半圆形的被抛出的物体也吸引了人们的注意。陈悦先生告诉我，他觉得这个物品颇有些眼熟，但是一时却无法判断，于是带着这样的疑问我们开始踏上返程的归途。就在路上接到陈悦先生的来电，陈先生表示经过比对，发现那个巨大的半圆形物体应该是 19 世纪英国战舰上锅炉的舱盖，这种舱盖在甲午海战中被击沉的超勇、扬威、致远这三舰上都可能存在。

“那么这些东西到底是属于致远，还是扬威，还是超勇呢？”和我在一起的宋先生忍不住发问。

陈悦先生在那边显然也十分头疼，他告诉宋先生，这三艘军舰都是同一家工厂生产的，而且生产的年代也十分接近，故此其使用的设备包括锅炉都可能极为相似，仅仅依靠水下的录像和照片是很难判断这个锅炉的归属的。看着宋先生略带失望地放下电话，笔者在心中却产生了一丝新的疑惑，难道这条船不是超勇舰吗？

04

意外发现格林炮

这种疑惑让笔者踌躇良久，重新翻阅资料，觉得只有超勇舰可能存在于此处。同时，另一个让人疑惑的地方是如果在这个位置始终不能发现这艘军舰的舰名牌又当如何呢？我们怎么才能断定它的身份呢？

在水下的勘测活动中，救捞局的人员发现过一枚锈蚀严重的炮弹，推测是枚当时各舰都使用的舢板炮的炮弹。

以我个人的看法，要想使这次探摸能够更进一步，至少要在三个方面取得突破性的进展才可以：第一条便是准确地测定水下船体的形状，包括其长度和宽度，并以此来断定它与北洋水师沉船中哪一艘更为相符。致远舰比超勇和扬威长至少三分之一，这个区别是非常明显的。当然这里也存在着一定的变数，比如某一艘军舰在沉没之前可能因为爆炸折成两截或彻底解体，在这种情况下就很难判断正确的长度和宽度了。第二种可能影响进展的情况便是在水下发现了与北洋水师某艘战舰有关联的标志性遗物，比如说假如在水下发现了超勇舰的舰名牌，就毫无疑问可以认定它的归属。可惜的是，这件事情在和陈悦先生进行探讨的时候，被他一口否定，他表示在中国最早订购的这两艘巡洋舰超勇

北洋水师战舰上的 75 毫米舢板炮

和扬威上都没有设置舰名牌，也就是说，从外观上完全找不到它们谁是超勇、谁是扬威的证据。这一点笔者通过对当年照片的研读也得到了确认。这两点进展都无法取得的话，就只有期望在第三个方面取得突破性的进展，便是发现属于这三艘军舰中任何一艘的独特装备。

这种独特装备包括火炮、船体构件，及烟囱、轮机等凡是能够和其他舰艇区分开的东西都可以。

在国际上曾长期流传一张称之为“中国军舰扬威的最后时刻”的照片，这张照片出自日本 1896 年编纂的甲午战争照片集。上面这条军舰已经沉入水中，只有倾斜的烟囱和两侧的传声筒露在水面上，旁边标明是清国军舰扬威。但是超勇舰和扬威舰有着同样扁而长的烟囱，略带倾斜；而照片中的军舰却有一笔直圆形的烟囱，因此认为此照片与扬威舰无关。事后证明这张照片上所拍摄的军舰残骸实际上是 1884 年中法马江之战被击沉于马尾军港的中国福建水师旗舰扬武号。

既然如此，在丹东一号的考古过程中，我们有没有可能发现一些奇特的东

扬武舰被击沉，只剩烟囱露出水面

西呢？如果这条船真的是超勇号，我希望它周围可以发现一些钢制的落地大窗。这是因为超勇和扬威两舰，其火炮十分特别，它们装备的254毫米可以旋转的大炮是放置在两座固定炮房之中的。炮虽然可以旋转，但是大炮外面的炮房却不能旋转。

这样，如果大炮转向舷侧射击之时，不是会打中自己炮房的侧壁吗？

在超勇、扬威的设计过程中，英国的设计师做出了一个特殊的安排，在这两座炮房的周围设置了多个钢制落地大窗，这种用钢板制成的落地大窗在作战时可以吊起，也就是说，假如这门大炮要转向侧面射击，水兵会把侧面相应的窗吊起，在炮塔侧面开出一个大洞，炮手会将主炮从这个洞中伸出向敌舰射击。假如在水下发现了这样的奇特的炮台设施的话，其身份也很容易断定了。

事实上，吴立新在水下发现的一个特殊舷窗颇有可能揭开它的谜底。这是一个方形窗框，可活动的窗户上镶有圆形玻璃。

这种奇怪的窗户，最后被从照片上证明，只有致远级的后甲板两侧存在，而其他舰的照片上，都不曾出现！

造型奇特而有特殊盖板的超勇 / 扬威号主炮

这一特殊的物证，直到后来才引起大家的注意。当时，普遍感觉是难以找到突破点。

有的事情就是这样，当你热切地期待它传给你消息的时候，它往往会沉寂如水。而有的时候当你觉得事情不可能有进展的时候，它却又突然给你一个惊喜。

9 月 17 日，也就是 120 年前大东沟海战的那一天，在水下进行作业的吴立新发现一道奇特的反光，寻踪追去，赫然是一枚奇特的清代机枪子弹。这个子弹的发现从侧面证明了水下这条船确实是一艘军舰,而不是一条普通的商船，所以和它被推定为超勇号巡洋舰的推测吻合。

受到这一发现的鼓舞，当天工作人员继续进行了抽沙工作。这种抽沙作业相当艰苦，最初工作人员曾经试图用粗管的抽沙机进行抽送，但没有想到因为沉船上覆盖着大量的渔网，每次进行抽沙的时候都会有一部分渔网被带入挖泥船之中，损伤机械造成故障。因此 9 月份以来工作人员一直在采用一种相当原始的手段进行除沙作业。就是潜水员会手持两根水管，一根用冲刷的方式将淤

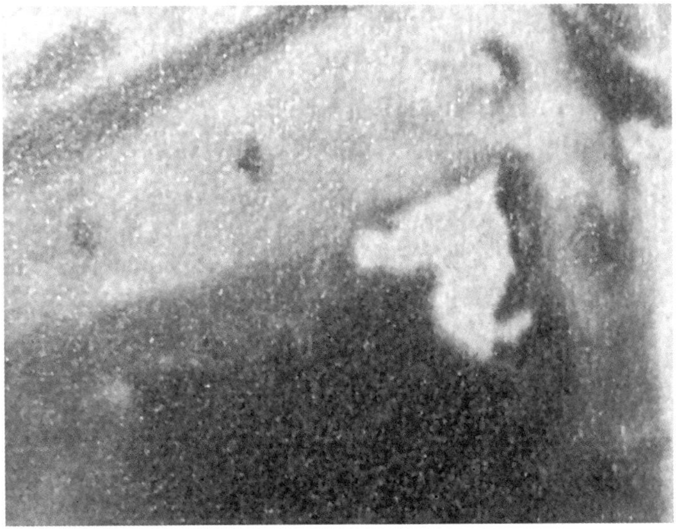

水下摄影：水下发现的方孔战舰舷窗

泥破坏，另一根吸管用于将这些破碎的碎片通过挖泥船抛向远处海面。这样工作虽然效率较低，但是也有一个好处，就是不容易损伤那些已经受损的船体结构和船上文物。就在他们努力工作之时，有人忽然发现在下面的沙层之中逐渐显露出一件椭圆形的奇特设备。

冲沙在继续，而这一独特的设备也逐渐暴露出了自己的真容。这是一根不到两米长的套管，套管的正中有一根主轴，尾部有一个已经失去了木质把手的摇把，而在它的正前方则开有十个圆孔。这究竟是一种什么样的设备呢?

工作人员首先断定它应该属于某种武器，甚至在它的侧面还发现了倾斜的瞄准器，于是连续的水下照片被送到总部。当其中一张正面照片出现在人们面前的时候，所有人都惊呆了，原因是这是一门 11.43 毫米格林炮！与陈列在日本横须贺三笠舰公园的 11.43 毫米 10 管格林炮完全一致，而那门炮便属于致远舰。

这种武器的特点是中间有一根轴，而周围的 10 个枪管通过手摇都可以旋转，从而轮番发射，这是一种在自动解决后座问题之前设计的重机枪。格林炮

船台上的致远舰尾部照片，可以清晰看到方框圆玻璃舷窗

又名神机炮，是一种诞生于1862年的原始大口径机枪。这种奇妙的转管火器，共有可转动的5根或10根同轴枪管（致远用的是10管格林炮），可通过转动枪管实现连发。这种武器既有舰用型，也有陆用型。在甲午战争中，奉军大将左宝贵扼守平壤牡丹台，身先士卒，亲自发炮二十余枚。他所发的“炮”指的就是这种格林炮。

值得一提的是，格林炮的发明者是一名美国军医。而这名医生是出于一种慈悲的思想来研制这种武器的。1861年，美国南北战争爆发，参加救治伤员的加特林医生看到了太多伤口和死亡，他认为应该发明一种武器，让一个士兵拥有比步枪强得多的火力，从而减少战场上士兵的数量，或许就可以因此减少死亡。当他设计的格林炮投入使用后，一分钟两百发的射速的确可以让一名士兵具备以前十个士兵的火力。不幸的是，正如诺贝尔的炸药被用于炮弹，科学家的初衷不能改变战争的残酷，格林炮和由它发展而出的各种自动火器的确被大量使用，却没有减少士兵的数量，而是造成了更多的死亡。

历史上的格林炮在真正的机枪出现之后由于过于笨重而被淘汰了。值得一提的是，这种格林炮今天又出现了复活的趋势，其原理老树开花，被重新演绎，用在航炮和反导弹武器上面。美国海空军之中就有大量装备这种转管火炮的军舰和飞机在服役。这种新的转管火炮被称为转膛航炮，当它们被安装到B52轰炸机的尾部时，便成为可以在1分钟之内发射6000枚炮弹的凶悍武器。直到今天，美国海军的战舰还在用这种火炮拦截来袭击的导弹。

不过这一切都不是

安放在横须贺的致远机关炮，炮盘上面的一枚五角硬币可以显示出其大小

2014年9月17日在丹东水下沉船水域发现的格林炮

我们关心的，我们关心的只是这门炮到底是否真的属于北洋水师哪艘军舰。

尽管这种格林炮在当时使用相当普遍，但是从英国原厂所发现的资料中，我们可以注意到大东沟海战中被击沉的四艘中国军舰之中唯独致远舰装备有这种格林炮，而其他各舰均无此设备。

天哪，难道说这条水下的丹东一号居然是致远舰吗？

这个符合逻辑的结果却吓坏了很多参与的专家，一时鸦雀无声。大家的感觉是在经远号被发现于庄河之后，又一次眼镜碎得一地。

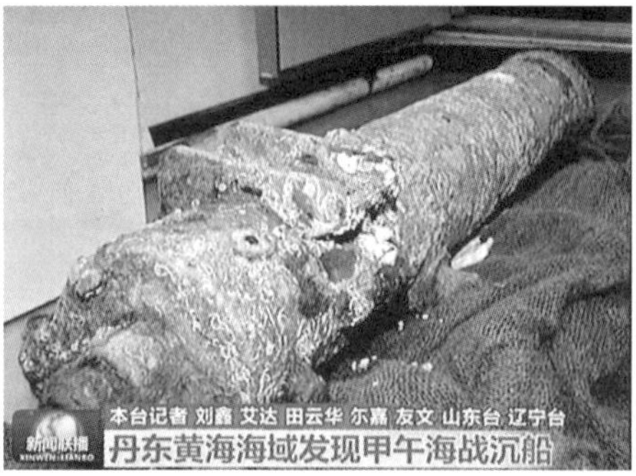

中央电视台报道截图——神秘的出水古炮，显示了其后部结构，与横须贺的火炮很相似

安放在横须贺三笠公园的致远舰机关炮，从后方角度可以看到其炮尾的标牌，希望打捞出水的格林炮上同样部位的标牌可以给我们确定的信息

电影《甲午大海战》导演冯小宁在观看一门格林炮模型

扬威舰在英国建造时的照片，当时军舰上应该还没有格林炮

指向致远

专家们倾向于该炮属于致远舰，一时群情激奋。

但也就在这个时候陈悦先生出来泼冷水了，因为他发现尽管在刚刚出厂的时候只有致远舰配备有这种特殊的格林炮，但是在 1884 年由于中法战争的威胁，当时北洋水师又特意购买了数门格林炮安装在超勇舰和扬威舰上。它们使用的格林炮居然也是十管连发的！所以这门格林炮是否属于致远舰还要打一个问号。

假如超勇、扬威上也有这样的武器，那么我们最初认定此舰为超勇也许还是一个正确的看法。

经过了心情的大起之后又大落，到了傍晚时分，陈悦先生又一个新的结论传来，顿时使每个人都振奋起来。

陈先生的结论是这门炮应该仅仅属于致远舰。为何有这样的论断呢？原因是在超勇号和扬威号上所安装的格林炮与致远舰上的并不一致，致远舰上的格林炮是属于 1886 年型，特点是十根枪管外面还要套一根保护套筒，但是超勇号和扬威号上所使用的格林炮却是不包括套筒的。可以想象这样十根管子不停

喷火的怪物在当时一定是很令对手恐惧的，不过这种不带套筒的格林炮其实相对比较原始，在美国南北战争之时便曾经被使用过。在超勇号和扬威号需要换装新式武器的时候，由于时间仓促，故此便采用了这种不带套筒的老式格林炮，虽然其保养和外观方面比致远号上的装备稍差，但实战效果并无多大差别。

陈先生的这种忽上忽下的信息让在场的朋友们十分紧张，生怕过不了多久他再次推翻自己的论断，于是忍不住向他询问，究竟是什么样的证据使你能够确认超勇和扬威上采用的是那种不带套筒的格林炮呢?

还好，这次陈先生的回答非常果断——是在超勇号和扬威号的蓝图上证实的，也就是说，在蓝图上确实标识着超勇、扬威都使用的是没有套筒的老式格林炮，与致远舰并不相同，这一点也反过来证明带有如今发现的这门格林炮的中国军舰，只能是邓世昌的致远舰。

不过在 2014 年“十一”前后，央视的节目之中对于这艘沉船可能属于致远仍然采用的是推测的语气，而到了 10 月中旬，文物局仍然表示没有证据表明沉船是致远号。我想这属于水下考古部门的谨慎，故此对于公布结论特意留有余地吧。但是，以陈悦先生为首的海军史学界，对于这条船的身份已经给出了肯定的判断——那就是致远。

这门格林炮的发现也带来了另外一个问题，就是它与在日本保存的那门格林炮之间到底有怎样的关系。对此考古专家有自己的看法，他们认为在这次水下发现的这门格林炮上面带有系锚式的固定装置，因此它与记载中放置在致远舰桅盘中的格林炮规格一致，而在日本发现的那门格林炮则不带有这样的固定装置，因此可以判断那门格林炮可能并非是放在桅盘之中的，而是被布置在致远号的甲板之上的。根据今天公布的致远舰线图，在致远号的甲板上还有另外四门格林炮的存在。

只是这样一来又带来新的疑问，就是我们一直认为致远舰是在沉没之时，由于桅杆依然露出水面才被日军将桅盘中的格林炮拆毁带到日本展出于横须贺的。假如那门格林炮根本不是放置在桅盘之中，日军又是怎么把它从船体上拆除下来的呢?

从目前的情况来看，很有可能致远舰在沉没的时候确实发生了大爆炸，这种大爆炸破坏了整个舰体结构，不像是装有几十公斤的鱼雷造成的，更像是在海战中由于船体破口太大造成海水涌入机舱造成的。当冰冷的海水与烧得滚烫的锅炉相遇时，使得锅炉发生了爆炸。致远号沉没之际，虽然有若干人员遇救，但是以大副英国人余锡尔为首的机舱所有人员无一幸存，或许就是对这一爆炸推测的一个注脚。

从周春水先生叙述的推断来看，这艘沉船残存的长度应在50米以上，这与致远舰的长度是相符的，但是致远舰排水量2300吨，而磁探仪显示水下吨位只有1600吨，又为何产生这样的差距呢？原因有二，第一是致远舰在沉没的时候曾经发生大爆炸，有部分船体被炸散脱离主体，因此使磁探仪对它的船体重量产生了误判。另外一种情况则是致远舰在沉没之后确曾遭到日方的破坏。根据现在所看到的情况，致远

日本同级军舰筑紫号上的格林炮，估计超勇、扬威上格林炮的布置与此相类

舰在1895年的时候尽管其打捞权已被日本商人获得，但因其沉没的水域较深，水下情况又颇为复杂,所以日方并没有能够立即对它和经远舰进行成功的打捞。但是1938—1939年期间，日方又组织对丹东甲午沉船进行打捞，过程中由于日方技术提高，投入较大，有可能确实已将部分致远舰船体打捞出水，这符合大鹿岛当地岛民的回忆。

可惜的是，对于这次日军的打捞并没有其他遗物可以进行佐证，如果那门在横须贺的机关炮原本是位于致远舰甲板之上的，有可能就是在那次打捞之中落入日军之手的。

至于桅盘中的机关炮为何没有被日方取走，则可能是在致远舰翻沉的过程中，这门火炮已经落入水中，故此才会与船体分离而被独自发现。

在本书即将收尾的时刻，又发来了新的消息，原来在日本的《明治二十七八年海战史》之中，也有一份中国海军各舰的沉没经纬度标识。所谓明治二十七八年海战指的便是甲午战争中的海战,而在这一套日方提供的坐标中，经纬度与防卫厅《日清海战史》所记录的并无二致，只有原标志超勇舰的位置上被标成了致远。鉴于该书成书的时间晚于防卫厅的史料，因此曾有人认为防卫厅史料里的数据才是准确的。从目前打捞的情况来看却有可能是在编制《明治二十七八年海战史》之时，日本方面已经发现在此前的史料中标错舰名的错误而进行了修改。也就是说，日方是知道此处沉船即致远的。

而就在这时，也不乏关于这艘沉船是否属于致远的争论。其中最具权威的观点是水下发现了一段残缺的炮管壁，可以从残存的膛线辨别出它属于一门19世纪后期的大口径火炮，甚至可能大于致远号上口径最大的210毫米重炮。在大东沟海战的沉船中，超勇、扬威两舰，都有更大口径的火炮……

看来，尽管很多证据指向致远舰，但直到此时，我们仍然不能给出最终的定论。而一个新的传说又开始从考古现场传开——水下发现疑似人体骨骼。

会不会是当年中国海军的忠骨？一切消息都还没有得到确认。

国家水下考古中心的工作人员表示，对这艘船的下一步探摸和打捞，可能持续数年之久，在这漫长的工作过程中，其身份总会真相大白。

水下格林炮的后部，可以看到固定装置和进弹装置，前者与横须贺火炮存在区别，显示这是一门放置在桅盘中的火炮，而横须贺那门则是放在甲板上的，后者则完全相同

丹东的海底，探索的工作将继续下去，甚至可能持续很久

此时我们比往常更殷切地期望这艘战舰残骸被打捞出水了，因为它的出水不但意味着对甲午战争的纪念，对北洋水师的缅怀，同时也能够给我们增添新的历史证据，使这次海战的真相能够得到更多的佐证。

后记

放眼明天

被打捞上岸的船体构件，不仅保留了黑色的油漆，而且竟然保留了金属闪亮的本色，仿佛它沉入海底只是昨天的事情

随着“十一”长假的结束，丹东港也进入了秋风萧瑟的季节。2014 年对于北洋水师沉船的探摸和打捞恐怕也只能止步于此了，但是相对于此前数十年的蹉跎，2014 年应该说是甲午战争水下考古取得重要发现的一年，而丹东港集团与国家文物局的通力合作无疑给这一工程未来的发展打开了良好的开端。

就在中央电视台播放丹东一号沉船被发现的消息之际，另一则新闻出现在了丹东市新闻网的醒目位置——《丹东支持打捞甲午沉船》。在这则新闻中有着如下的描述：“丹东港集团积极参与文化遗产保护工作，大力支持文化遗产保护事业，与国家文物局水下文化遗产保护中心正式签署框架性合作协议，为保护丹东海域水下文化遗产，双方达成正式协议。协议内容包括推动丹东港海域水下文化遗产保护工作，双方同意建立长期稳定的合作伙伴关系。国家文物局水下文化遗产保护中心发挥在水下文化遗产保护方面的综合优势，为丹东港海域水下文化遗产保护工作提供人员、设备与技术保障，丹东港集团有限公司发挥其在港务与涉海业务方面的优势，为项目提供资金与后勤保障等工作。”

根据向国家水下考古中心联络后所得到的最新消息，那门标志着沉船身份的格林炮已经被潜水员打捞出水并被携带到北京进行进一步鉴定。这门火炮的标志性编号和厂家等信息如今都覆盖在厚厚的海洋寄生生物之下，因此如何能够在不损伤文物的前提下去除这些附加物质，以使其真容大白于天下，并更有效地确认该船的身份，正是目前文物部门进行的一项重要工作。而丹东方面致远号复制舰也已经达到了下水的边缘，很可能在 2014 年或者 2015 年的某个时刻得以完工。海洋红港区的建设正如火如荼，历史的厚重感与现实的欣欣向荣交织在一起，给我们展现了一个生机盎然而又充满了文化气息的大东沟。

世昌号国防动员舰

在甲午海战曾经爆发的这片海域中，根据丹东人的描述将会出现一座由海岸一直伸向大海的长堤，并且在长堤的尽头建设起一座专门纪念邓世昌等曾为保卫这片海域浴血奋战的海军纪念馆。

至今丹东方面已收到相应文物约达 500 件之多，如果在打捞“丹东一号”的过程之中能够发现更多更有价值的文物，则丹东方面与国家文物局可能通过某种方式使这些文物在丹东能够向更多人展示，使得那段历史被更多人所熟悉。只是，根据推测，即便确定水下的“丹东一号”是致远舰，为了保证其不被二次损坏，其打捞恐怕也要在四到五年的时间之后才能进行。

我们应该等得起。

他们没有也不会被忘记。1996 年，中国人民海军第一艘带有直升机母舰性质的国防动员舰，便被命名为“世昌号”。大连海军舰艇学院的学员们，便是在这艘战舰上开始了自己的海军军人生涯。

对笔者而言，最为感动的是 2014 年 3 月目睹沉舰残骸打捞出水的时刻，人们惊讶地发现，由于长时间埋藏于泥下，当年的钢板依然闪烁着银色的金属光泽，仿佛那场海战就发生在昨天。或许，那是依依不舍的战舰，在展现等待了我们 120 年的容颜，那是曾经浴血奋战的中国水兵对于一个强国梦的呼唤。

在这次探摸和打捞过程当中，最大的遗憾是只找到了战舰的残骸而没有找到海军军魂邓世昌的最终埋骨之处。这不由得让我们想到在海战之前北洋水师的官兵们抛掉救生艇以决死一战的精神投入海战的情形，想来对于这位常年住在军舰之上以战舰为家的中国舰长而言，长眠于他所深爱的大海之中，并以他的军魂护卫着这片海天，或许是他最大的心愿。也许我们没有必要去寻找邓世昌的遗骨何在，面向这片大海便是面对我们的英雄。

附录 1

丹东海域出水铁质样品的金相组织初步分析

通过对钢铁制品进行金相组织的仔细观察，可以判定器物的材质，了解制作工艺，如是铸还是锻、是否经过加热、淬火等。

在附图一所示的铁舰样品残断处，分别从铁板上翘起细条、薄铁片和厚铁板一角切割下 5 毫米见方的小块，分别编号为 TJ1、TJ2 和 TJ3。

用环氧树脂镶样，经打磨抛光后，用 4% 硝酸无水乙醇混合液对样品进行侵蚀，然后利用德国 Leica DM4000M 反射偏光显微镜观察其金相组织并拍摄金相组织照片。

由附图二可知，该铁舰上取得的样品金相组织均为铁素体夹杂栾晶浮凸组织，复相夹杂物细小且变形量巨大，分布极不均匀。其中，TJ2 和 TJ3 的夹杂物沿加工方向成带状分布，可知其制作工艺为炒钢锻打。取自层状薄片翘起处的 TJ2 锈蚀最为严重，在铁素体组织中夹杂有大量的锈蚀物，而取自条状翘起处和钢板上的样品中心，锈蚀产物则明显较少。

炒钢是用生铁为原料，入炉熔融，并鼓风搅拌，促成生铁中的碳氧化，炼成熟铁或钢的工艺，是炼钢史上的一项重大的技术创新。

中国的炒钢技术始于西汉中期约公元前 2 世纪，到东汉（公元 2 世纪）已相

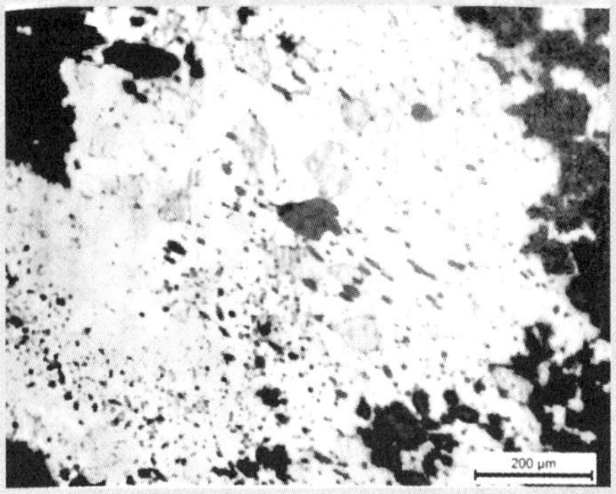

a.TJ1×100 侵蚀后

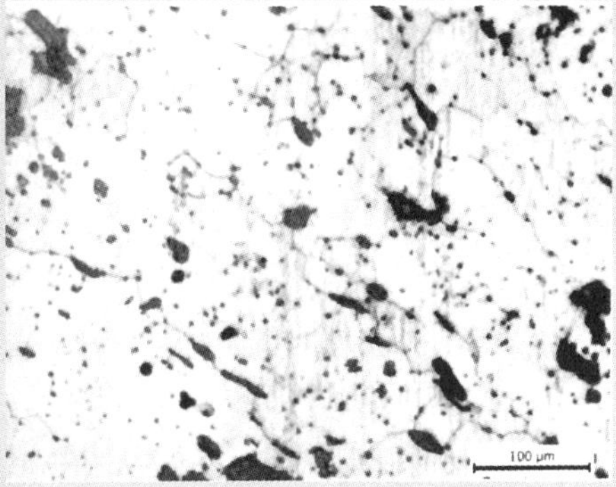

b.TJ1×200 侵蚀后

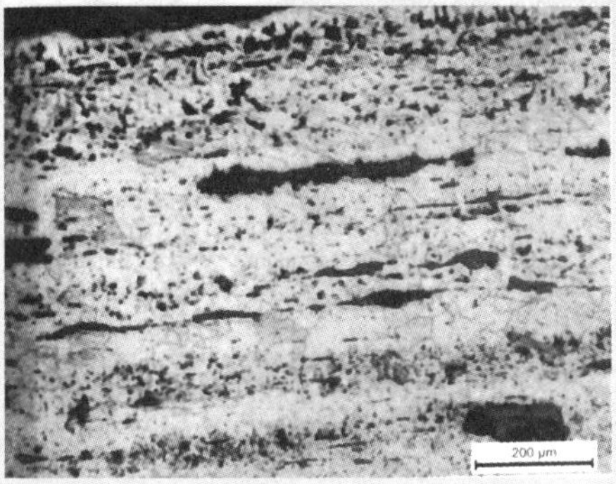

c. TJ2×100 侵蚀后

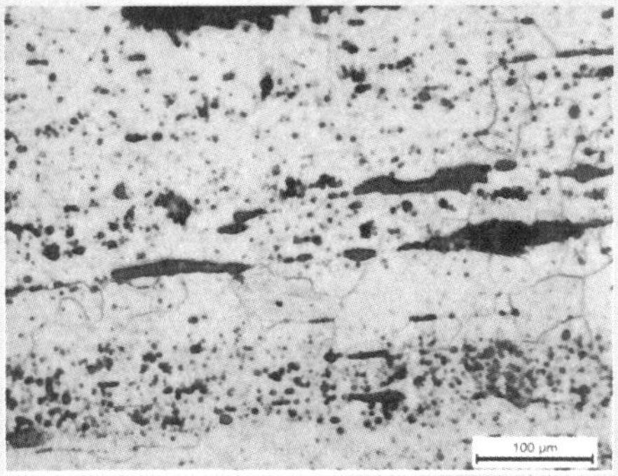

d.TJ2×200 侵蚀后

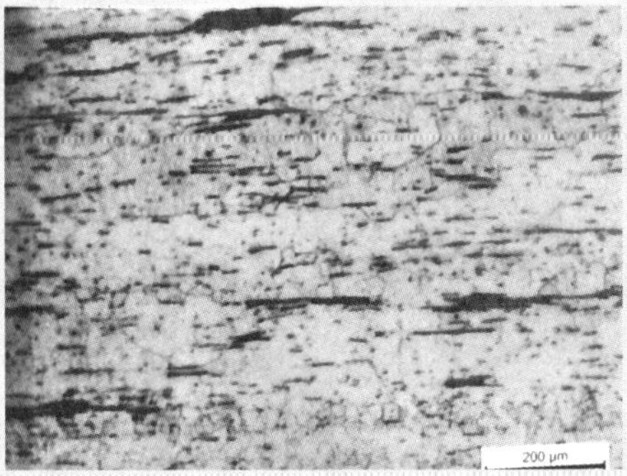

e. TJ3×100 侵蚀后

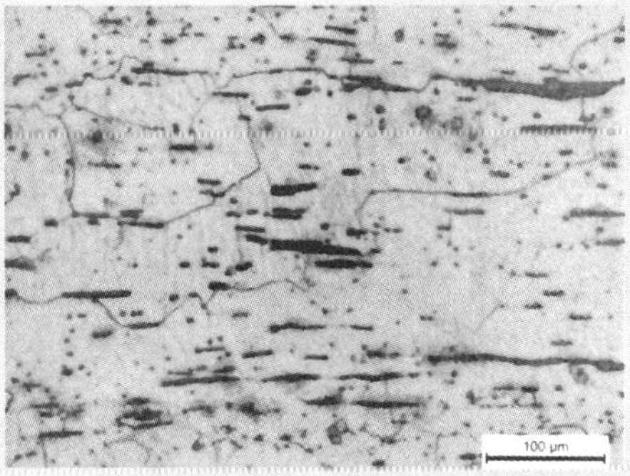

f. TJ3×200 侵蚀后

附图一　铁舰样品的金相组织照片

当普及。欧洲用炒钢法将生铁冶炼成熟铁，18 世纪中叶始于英国，用改进了的反射炉进行炒钢，一直使用到 1930 年左右，在当时被称为“震撼大地”的变化。马

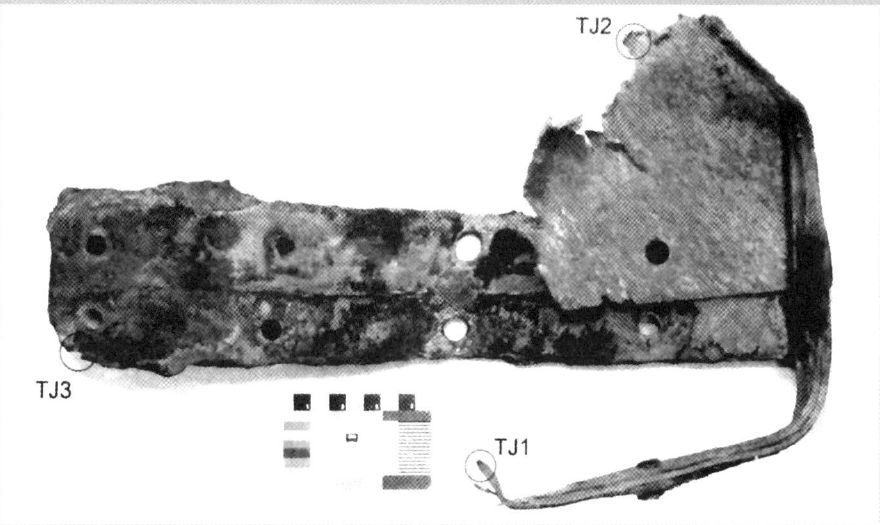

附图二　铁舰残片取样分析部位

克思在法文版《资本论》第一卷里对炒钢有过很高的评价。中国炒钢技术的发明比英国早至少1800多年。这是中国古代钢铁技术发展史中的一项重大技术革新。

综上所述，所分析的铁质残片所用的铁（钢）板材料为炒钢。炒钢在英国乃至欧洲的使用时期主要为18世纪中叶至1930年的近200年内。可以看出，此次分析的铁质残片所用材料与英国19世纪铁质舰船所用材质使用年代是基本吻合的。铁质残片样品打捞于辽宁丹东海域，结合史料，很有可能来自当时海战时的舰船。

为深入开展研究工作，有待进一步对样品开展成分分析（C、Si、Mn、S、P含量）和夹杂物分析。

国家水下文化遗产保护中心出水文化保护科技实验室

2014年3月

附录 2

丹东海域发现甲午海战沉没战舰暂命名“丹东一号”

国家文物局 9 月 30 日公布：丹东黄海海域发现中日甲午海战沉没战舰，暂命名“丹东一号”。

我国第一艘自主研发、设计和建造的水下考古专用船“中国考古 01 号”第一次航行、第一次执行水下考古任务就取得重大突破，在丹东黄海海域发现这艘体量在 1600 吨左右的沉船。经初步探明，考古人员认为，该船是中日甲午海战沉没的战舰。

国家文物局、水下文化遗产保护中心对外发布，这艘沉船是在丹东海洋红港区，也就是中日甲午海战的交战区发现的，“（船体）全部深深地陷在泥沙里，只有零星的铁甲边缘和碎片微微突起于泥沙之上，还都附着着大量的海底生物和渔网。”

“丹东一号”水下考古重点调查领队周春水介绍，这艘沉船受损很严重，“损伤来自于很多原因，可能当时就被炸弹炸了，或者说锅炉爆炸，以及近现代人们的捕网，把它（碎片）捞起来。”

从水下现场来看，抽沙之后大概一米左右下面，是一些很凌乱的钢板，还有一些木板都是碎的。

周春水介绍，考古人员在沉船现场找到了几个能说明问题的东西：一是找到一门铁炮，还有一些弹药，包括一颗子弹，还包括舰体。“因为它（舰体）是一直延续过去的，我们搜索发现，它至少长 50 米、宽 10 米，长宽比至少达到 5:1。”

周春水表示，这么修长的舰体，肯定是属于战舰之类的东西。“丹东一号”水下考古重点调查队员黎飞艳说：“（这艘沉船应该是）烧得很厉害，我在下面拍照的时候，（看到的）这些（东西）应该都是炭粒”。

黎飞艳说，发现的铁炮炮筒不完整，两头都断了，一面好像也有点缺失，但可以明显看出外形是炮筒，大概4厘米厚。

虽然还不能确定炮筒的具体位置，但对判断沉船是不是战舰来说，武器装备是最有力的证据。

史料记载，甲午海战中北洋舰队有四艘战舰沉没在交战区，分别是致远、经远、超勇和扬威舰，其中最悲壮的是致远舰。

而从现在发现的遗物看，有专家认为这艘沉船就是致远舰。

实际上，这艘沉船的发现始于2013年10月丹东港集团的新港航道开挖工程。当时在预计航道中心线偏左侧位置发现一条钢制沉船残骸，并将其中一块残片打捞出水，送往北京鉴定。

参与鉴定的旅日学者萨苏说，根据打捞起的舰舷钢板尺寸初步推论，比较接近英国船厂使用的板材。

而经国家水下考古中心技术鉴定，各项指标都与北洋水师时代舰只特征吻合。“中国考古01号”到达沉船所在的丹东海洋红港区后，通过物理探测手段和潜水调查作业，发现了铁炮、木板、铁板、煤块等大量遗物，一些铁板边沿带有铆钉孔，分析为炒钢锻打。

那么这艘沉船到底是不是致远舰呢？

萨苏说，要判定沉船属性，一般需要三个方面的资料：一是沉船结构，长宽高是多少，可大致推测是哪一艘舰；二是出水带有文字的标志物；三是出水特定的东西，比如超勇或者致远舰上独有的东西。

目前已发掘的遗物中，有多项证据指向致远舰：一是沉没地点，甲午海战后日方记录的致远舰沉没地点与考古发掘的地点一致；二是考古队员在水下发现一块方形的舷窗，只有致远舰有方形的舷窗；最具说服力的是发现一门11.43毫米的10管格林机关炮，也是致远舰独有。

周春水表示，不管它是属于哪艘舰，它的意义都是很重大的。

辽沈晚报 金松

2014年10月8日

图书在版编目（CIP）数据

寻找邓世昌：北洋水师名舰追踪纪实 / 萨苏著．-- 北京：同心出版社，2015.1

ISBN 978-7-5477-1392-1

Ⅰ．①寻… Ⅱ．①萨… Ⅲ．①报告文学－中国－当代

Ⅳ．①I25

中国版本图书馆CIP数据核字(2014）第271421号

寻找邓世昌：北洋水师名舰追踪纪实

出版发行：同心出版社
地　　址：北京市东城区东单三条8-16号 东方广场东配楼四层
邮　　编：100005
电　　话：发行部：（010）65255876
　　　　　总编室：（010）65252135-8043
网　　址：www.beijingtongxin.com
印　　刷：北京京都六环印刷厂
经　　销：各地新华书店
版　　次：2015 年 1 月第 1 版
　　　　　2015 年 1 月第 1 次印刷
开　　本：710 毫米×1000 毫米　1/16
印　　张：21.5
字　　数：315千字
定　　价：45.00元